벌레 폭풍

이종산 장편소설

벌레 폭풍

펴낸날 2024년 9월 5일

지은이 이종산
펴낸이 이광호
주간 이근혜
편집 허단 유하은 김필균 이주이 윤소진
마케팅 이가은 최지애 허황 남미리 맹정현
제작 강병석
펴낸곳 ㈜문학과지성사
등록번호 제1993-000098호
주소 04034 서울 마포구 잔다리로7길 18 (서교동 377-20)
전화 02)338-7224
팩스 02)323-4180(편집) / 02)338-7221(영업)
대표메일 moonji@moonji.com
저작권 문의 copyright@moonji.com
홈페이지 www.moonji.com

ISBN 978-89-320-4311-1 03810

이종산 장편소설

◆
◆

벌레 폭풍

문학과지성사

차
례

1장

포포

오늘도 일어나자마자 스크린 윈도를 열고 바깥을 봤다. 아주 좋은 날씨였다. 하늘은 맑고 파랗고 화창한 햇빛이 거리를 환하게 비춰서 모든 것이 선명하게 잘 보인다. 이런 날은 아침부터 선물을 받은 기분이 든다. 포포는 스크린 윈도를 보며 거리로 뛰어나가서 신선한 공기를 마음껏 들이마시고 싶은 충동이 들었지만, 곧 벌레 떼 한 무리를 발견하고 그럴 마음이 싹 가셨다. 지겨운 벌레들.

뉴스에서는 또 한차례 벌레 폭풍이 몰려올 거라고 했다. 빙하는 계속 녹고, 녹은 빙하에서 박테리아와 새로운 병들이 기어 나온다. 여기저기서 폭발적으로 태어나는 벌레들은 떼를 이루어 대륙을 횡단하면서 새로운 병을 전파한다. 너무 익숙한 이야기인데도 벌레 폭풍이 온다는 소식이 들릴 때마다 진저리가 났다. 마지막으로 벌레 폭풍이 왔던 것은 한 달 전이었는데, 다른 때보다 유독 폭풍이 심각해서 사흘 동안은 아예 하늘이 안 보였다. 그때 몰려들었던 벌레들이 아직 남아서 떼를 이루어 날아다니고 있는데 폭풍이 또 온다니. 이번에는 또 얼마나 많이 올까.

우울한 생각은 그만해야지. 얼마 전에 벌레 폭풍이 실제로 기분에 영향을 미친다는 얘기를 들었는데 정말 그런 것 같다. 벌레가 인간의 뇌에 좋지 않은 화학작용 같은 것을 일으킨다는 것은 아니고, 벌레 때문에 야외 활동을 하지 못하니 우울해질 수 있다는 거다. 되도록 바쁘게 하루를 보내고, 사람들과 대화를 나누고, 실내에서라도 햇볕을 많이 쬐어야 한단다. 맞는 말이다. 하지만 햇볕을 쬐려고 해도 채광창 밖으로 작은 군집을 이루어 날아다니는 벌레들을 보면 심란해져서 결국에는 종일 커튼을 닫아두게 된다.

포포는 채광창을 커튼으로 가리는 대신, 스크린 윈도를 통해 바깥을 내다본다. 스크린 윈도는 포포를 바깥과 연결해준다. 오늘도 거리에는 인적이 없다. 길에 사람 그림자라도 드리워진 걸 본다면 포포는 아마 심장이 쿵 떨어질 정도로 놀랄 것이다. 드론과 차 들은 자주 지나다닌다. 아, 그리고 배달원들도 있지. 음식이며 생활에 필요한 갖가지 물품들이며…… 무엇이 들었는지 알 수 없는 상자들이 종일 거리를 오고 간다.

포포의 집에도 매일 배달원이 들른다. 포포는 고객들이 주문한 나무 인형들을 향이 나는 종이에 싸고 네모난 상자에 넣는다. 포장한 상자에 주소 코드를 붙이고 그날 붙일 것들을 모아 우편함에 넣으면 포포가 할 일은 끝이다. 배달원은 매일 오후 3시에 온다. 무인 드론이 더 싸고 빠르긴 하지만, 벌레 떼가 드론을 공격해서 물건이 유실되는 사고를 몇 번 겪은 후에는 차를 사용하는 배달원을 부르게 됐다.

이 동네는 집들이 서로 널찍하게 떨어져 있어서 사람 보기가 더 어렵다. 포포는 유령도시에 사는 기분을 느끼다가 점심이나 저녁 시간에 음식 배달원들이 끊임없이 지나가는 걸 보며 위안을 얻는다. 종일 혼자 집에서 시간을 보내는 어떤 고독한 사람이 식사 때가 되어서 음식을 주문하고, 적당한 시간이 흐른 후에 배달원에게 따뜻한 음식을 받아서 어디든 편한 자리에 앉아 그날의 끼니를 먹는 상상을 하면 마음이 따뜻해진다.

지금 포포가 사는 동네에는 붉은 벽돌로 지은 옛날식 주택들이 많고, 단풍나무들도 많아서 가을에 위에서 내려다보면 동네 전체가 따뜻한 붉은색 브로콜리처럼 보인다(동네 지형이 브로콜리처럼 생겼다). 다른 동네와 경계가 되는 지점에는 커다랗지만 그리 어둡지도 쓸쓸하지도 않은 숲이 있고, 길을 따라 작은 강도 흐른다. 다음 주면 이 동네를 떠나 하얗고 네모난 집들이

규칙적으로 늘어선 곳으로 간다고 생각하니 아쉬움이 차오른다. '나도 모르는 사이에 이 동네에 정이 들었었나 봐.' 포포는 스크린 윈도로 거리를 보며 한숨을 쉰다.

"자기."

무이가 포포를 부르는 소리와 함께 노크가 들린다.

〈무이의 노크. 창을 여시겠습니까?〉

포포는 스크린 윈도를 터치해서 '열기' 버튼을 눌렀다. 무이의 얼굴이 포포의 스크린 윈도에 뜬다. 무이의 스크린 윈도에도 포포의 얼굴이 떴을 것이다.

스크린 윈도를 개발한 IT 회사인 '창문'의 창업자는 대부분 시간을 집에서 혼자 보내는 언콘택트 시대의 사람들에게 자신의 발명품이 세상을 볼 수 있고 더 나아가 사람들을 만날 수 있는 창문이 되기를 바란다고 했다. 언니는 스크린 윈도가 옛날 사람들이 쓰던 휴대전화가 대형 텔레비전만 하게 바뀐 것에 불과하고, 창문의 창업자가 신작 발표회에 나와서 하는 말은 물건을 팔기 위한 번지르르한 포장일 뿐이라는 냉소적인 태도를 고집하지만 말이다.

그래도 포포는 스크린 윈도가 창문에서 영감을 받아 만들어졌다는 사실을 좋아한다. 포포는 포포의 창문으로 무이를 보고, 무이는 무이의 창문으로 포포를 본다. 두 사람의 창문이 서로에게 열리는 순간이다. 무이는 포포가 매 순간 지나치게 의미 부여를 하는 버릇이 있다고 말하는데 포포도 그 말을 조금은 인정한다.

"안녕. 일어났어, 내 사랑?"

"죽겠어."

무이가 앓는 소리를 낸다. 분명 어제도 새벽 4시 가까이 일하다 잤겠지. 포포가 무이의 퉁퉁 부은 얼굴을 보며 속으로 혀를 쯧쯧 찬다. 하지만 그렇게 부은 얼굴이 귀엽게 보여서 자꾸 웃게 된다.

"그러게 낮에 나 일하는 거 보고 있지 말고 집중해서 일하라니까."

어제 무이는 포포가 다람쥐 하나를 다 만들고 다람쥐가 손에 들 도토리와 버섯 모양 받침대까지 만든 뒤에 저녁을 먹으며 한숨을 돌릴 때까지 포포의 방을 보고 있었다. 물론 스토커처럼 포포만 보고 있었던 것은 아니고, 나름대로 학생들이 보낸 과제물들도 읽고 수업할 내용도 정리하는 것 같았다. 하지만 한 번에 한 가지 일밖에 못 하는 포포는 무이가 그런 식으로 일한다는 게 이해가 잘 안 된다.

무이는 스무 명 정도 되는 대학 과정 교육자가 모인 그룹에 속해 있다. 실시간 수업에 학생들과의 토론, 개별 상담, 과제물 채점, 같은 그룹에 있는 교육자 동료들과의 회의, 다른 그룹에 있지만 전공이 같은 교육자들과의 정기적 모임, 그 모임을 위한 공부까지. 일이 너무 많다. 덕분에 무이는 항상 일에 잠겨 허우적댄다. "이렇게 안 하면 학생들이 금방 떨어져 나가." 무이가 자주 하는 소리다. 그러시겠지. 포포는 무이의 불안을 이해하면서도 무이가 일을 놓지 못하는 것이 불만스럽다.

아예 몇 시간을 정해 집중해서 일하고, 그 외 시간은 아예 일을 놓고 마음 편하게 보내는 게 더 좋지 않나? 하지만 무이가 하는 말대로 그건 포포의 방식이지 무이의 방식은 아니다. 포포와 무이는 서로의 방식을 존중하자는 말을 자주 한다. 대화를 하다가 말싸움으로 이어지려고 할 때 쓰는 말이다. 서로의 방식을 존중하기. 말은 쉽지만, 어려운 일이다. '결혼을 하고 나면 서로의 방식을 '존중'해야 하는 순간이 더 많아질 텐데. 우리가 그런 일을 해낼 수 있을까?' 사실 포포는 확신이 없다. '아니, 우리보다는 내가.' 포포는 무이보다 융통성이 없는 편이다. 포포가 이해할 수 없는 것들에 관해서는.

새로운 노크가 뜬다. 언니다. 열기.

"안녕."

언니가 인사한다. 리라도 옆에서 작은 손을 흔든다. 리라는 네 살이고, 수줍음이 많고, 말로 표현할 수 없이 빛나는 아이다. 리라만큼 포포를 자주 놀라게 하는 사람은 없다. 리라가 태어나기 전에는 무이가 포포를 가장 놀라게 하는 사람이었다. '난 나를 놀라게 하는 사람들을 사랑하게 되는 건지도 몰라.' 포포가 가끔 하는 생각이다.

"리라랑 산책할 건데, 너도 같이 할래?"

듣던 중 반가운 소리다. 산책을 하면 확실히 기분 전환이 된다. 언니나 리라처럼 친밀한 사람과의 산책은 더 좋다.

"자기, 언니가 산책 가자고 하네. 다녀올게. 피곤한 것 같은데 좀더 자."

무이가 고개를 끄덕이며 손을 흔든다. 얼굴은 띵띵 부었고 눈도 아직 반쯤 감겼다. 어쩜 저렇게 귀여울까. 눈은 동그랗고, 코는 납작하고, 입술은 말린 살구처럼 부풀었다. 저 작은 얼굴에 어떻게 눈, 코, 입이 다 있는지. 포포는 그 얼굴을 흐뭇하게 바라본다. 무이, 언니, 리라. 포포가 가장 가깝게 느끼는 사람들이다. 가족이라고 부를 수 있는 사람들. 세 사람의 얼굴이 스크린 윈도에 떠 있는 걸 보고 있는데 가슴속에서 애정이 솟아오르면서 눈물이 글썽거리기까지 한다.

"너 그거 결혼 전 우울증이야."

언니가 훌쩍이는 포포를 보며 웃는다. 리라는 무슨 말인지도 모르면서 언니가 농담을 하는 것 같으니까 덩달아 손으로 입을 가리고 재밌어한다.

"내가 뭘."

포포는 아닌 척하려고 하지만 목소리가 울먹거려서 짜증이 난다.

"리라. 이모 또 운다. 우리 리라보다 더 울보야. 그치? 리라가 달래줘야겠다. '이모, 울지 마' 하고."

"됐거든!"

포포는 질색하면서 손을 휘젓는다. 크고 나서는 언니 앞에서 눈물을 보인 적이 없는데 요새는 왜 이러는지. 결혼 전 우울증이 맞나 보다. 〈이모한테 울지 말라고 해.〉 언니가 리라에게 수어로 다시 말한다. 언니는 아직 수어가 서툴다. 하지만 처음보다는 실력이 는 것 같다. 리라는 포포의 눈물을 닦아주려는 듯이 화면을 문지른다. 포포는 마음이 녹아내려서 강아지 어르는 소리를 낸다. 〈예쁜 우리 리라. 이모 안 울어. 괜찮아.〉 포포도 수어를 배우고 있다. 언니보다는 실력이 낫다.

*

산책은 즐겁다. 오늘의 산책 장소는 남산식물원이다. 도심 속에 있는 작은 언덕 공원. 멀리 반대편으로는 남산타워도 보인다. 포포가 스크린 윈도 설정을 5단계로 올리자 방에 남산 식물원의 영상이 덧씌워진다. 포포의 몸은 여전히 방 안에 있지만, 스크린 윈도 5단계가 제공하는 3차원 시뮬레이션 영상과 매우 입체적인 사운드가 마치 남산식물원으로 순간 이동을 한 것 같은 착각을 불러일으킨다. 설정을 5단계로 해두면 데이터가 너무 빨리 닳아서 산책을 그리 오래 할 수는 없다. 무제한 데이터를 쓰고 싶은 마음이 굴뚝같지만 지금 버는 돈으로는 역시 무리다.

"이놈의 벌레들!"

언니가 눈앞에 팔랑거리는 검은 벌레들을 손으로 쫓으며 짜증을 낸다.

"요즘 벌레 지워주는 필터도 있다던데."

포포가 꿍꿍이를 가지고 슬쩍 말한다. 있으면 너무 좋지만 없어도 지장 없는 그런 것들은 포포의 수입으로는 살 수가 없다. 언니는 포포보다 훨씬 수입이 많아서 스크린 윈도에 쓰는 필터 정도는 초콜릿 사듯 살 수 있다.

"그래? 다음에는 네가 그것 좀 구해서 깔아놔. 산책할 때마다 보기 싫어죽겠어."

"있으면 좋을 것 같긴 한데, 좀 비싸."

"내 돈으로 해. 결혼식 때 필요한 건 다 샀어? 이사 준비는 됐고? 돈 모자라면 얘기해. 내가 빌려줄게."

언니가 자기 지갑을 통째로 던져줄 기세로 말한다. 포포는 어느 때보다 이런 순간에 언니가 든든하게 느껴진다. 그렇다고 뻔뻔하게 손을 자주 벌리는 건 아니다. 월세도 못 내고 당장 내일 밥값이 걱정될 지경이 되었을 때만 언니에게 돈을 빌린다. 인형 상점을 시작했던 초기에는 그런 일이 자주 있었다. 포포는 그때 빌렸던 돈을 아직 갚지 못했다. 언니는 원래 받을 생각이 없었던 것처럼 그때 일에 관해서는 입도 뻥긋하지 않는다. 포포의 마음에는 그 시절에 언니에게 진 빚이 무겁게 남아 있다. 그런데도 가끔 언니의 돈으로 작은 사치를 하는 재미를 놓지는 못한다.

"됐어. 그냥 둘이서 서류에 서명하는 게 다인데 뭐. 돈 들어갈 것도 없어."

"들어갈 집은 마음에 들어?"

"가서 봐야 알겠지만 괜찮은 것 같아."

포포는 아직 이사할 집에 가보지 못했다. 무이가 먼저 들어가지 않았다면 텅 빈 집에서 결혼 생활을 시작했을 것이다. 지금 집에서는 작업에 쓰는 도구들과 추억이 담긴 물건들만 가져가기로 했다.

"집은 2인용 집으로 했다고 했지? 집 옮기고 나면 작업은 어디서 하게?"

"그 집에서 해야지. 지금도 집에서 했으니까. 공간이 그렇게 많이 필요한 건 아니라 괜찮아. 충분해."

포포와 언니가 이야기를 나누는 동안 리라는 시냇물에 한눈이 팔렸다. 물이 흘러가는 모습이 신기한 모양이다.

"쟨 뭔가에 한 번 꽂히면 자기가 됐다 싶을 때까지는 저렇게 꼼짝도 안 해. 평소에는 천사 같은데 고집부리기 시작하면 아무도 못 말린다니까. 누굴 닮았는지."

언니가 리라를 보며 괜히 툴툴거리는 투로 말한다. 포포는 그 말을 듣고 웃는다.

"그건 우리 집안 내력이지. 우리 가족 중에 안 그런 사람 있어?"

"그건 그래."

언니가 바로 인정한다. 리라는 시냇가를 떠날 기색이 없다. 한참은 그러고 있을 모양이다. 포포와 언니는 하는 수 없이 리라 옆을 지킨다. 가짜 시냇물이라 리라가 물에 빠질 걱정이야 없지만 어린아이들은 어쨌든 항상 지켜보고 있어야 한다.

"난 결혼하면 한집에 살고 싶을 것 같은데. 2인용 집에서 살면 결혼해도 별로 다를 게 없지 않아?"

언니가 불쑥 묻는다. 이해를 못 하겠다는 눈빛이다. 포포는 지금 집에서 10년 정도 살았다. 가족들과 살던 집에서 독립한 뒤에 이사를 세 번 했는데, 지금 사는 집이 마음에 들어 정착했다. 결혼할 마음을 먹지 않았다면 죽을 때까지 지금 사는 집에서 떠나지 않았을 것이다. 지금 사는 집이 특별히 훌륭해서라기보다 그저 불만이 없었다. 동네도 조용하고, 집은 적당히 아늑했다. 좀 낡은 집이긴 했지만 그게 포포에게 흠이 되지는 않았다. 무엇보다 포포는 이사를 별로 좋아하지 않는다. 웬만하면 사는 곳을 옮기지 않고 살고 싶었다. 그런 포포가 결혼을 하는 것도 모자라 결혼하는 사람의 옆에서 살기 위해 이사를 결심한 것은 주변 사람들뿐만 아니라 포포 본인에게도 놀라운 일이었다. 포포보다 놀란 사람이 있다면 언니 정도일 거다. 포포는 원래 언니에게도 자기 이야기를 시시콜콜 다 하지 않는 편이라 결혼에 대한 것도 계획이 다 세워진 뒤에 통보하듯 알렸다. 결혼한다고. 다른 나라로 가서 살 거라고. 언니가 아직 혼란에 빠져 있는 것도 어쩌면 당연하다. 그럴 만하다고 포포는 생각한다. 하지만 폭격 같은 질문에 살짝 어지럽기도 하다. 포포가 아직 질문에 대답하지 않았는데, 언니는 다른 질문을 던진다.

"어떻게 결혼하겠다는 결심이 섰어? 너 그런 거에 관심 없었잖아. 난 네가 평생 혼자 살다 죽을 줄 알았어."

"무슨 말이 그래?"

"아니, 예전부터 그랬잖아. 고요하고 평안하게 혼자 살다 죽고 싶다며. 그게 네가 바라는 인생 아니었어?"

"그랬지."

"근데 왜 갑자기 마음이 바뀐 거야?"

"갑자기는 아니고. 그 사람이랑 만나면서 언제부턴가 '아, 난 이 사람이랑 평생 함께하겠구나' 하는 생각은 했어. 솔직히 결혼까지는 좀 부담스러웠는데, 올해 초엔가 그 기사를 본 거야. 2인용 집을 소개한 기사였는데 그걸 보자마자 '이거'라는 느낌이 왔어. 그 사람은 계속 결혼 이야기를 했었거든. 나는 긴가민가했고. 그런데 2인용 집을 보니까 거기서라면 그 사람과 살 수도 있겠다 싶더라고. 그런 생각이 드는 걸 보니 나도 그 사람 옆에서 살고 싶었던 것 같고. 그래서 바로 그 사람한테 얘기했지. 2인용 집에서 살아도 괜찮다면 나랑 결혼하자고."

포포는 건축 잡지에서 처음 2인용 집에 대한 기사를 봤던 때를 떠올렸다(영상으로 된 기사였다). 2인용 집은 언뜻 직사각형 형태로 단순하게 지은 단독주택처럼 보였다. 하지만 그 건물은 똑같은 모양의 두 집이 맞붙은 것이었다.

그 기사를 본 후에 흥미가 생겨서 매물로 나온 2인용 집들을 둘러봤는데, 최근 몇 년 사이에 지어진 집들은 구조가 거의 비슷했다. 겉에서 보면 평범한 한 채의 집이었지만 안으로 들어가보면 두 공간이 벽으로 확실하게 구분되어 있다. 평소에는 따로 사는 것처럼 완벽히 분리된 채 살 수 있지만, 두 공간 사이의 벽에 문이 하나 있어서 쉽게 오갈 수도 있다.

따로 살면서도 함께 살 수 있는 집. 완벽하게 포포가 바라던 이상적인 형태였다. 2인용 집들은 유행을 타고 기획형으로 많이 지어져서 매물도 많고 렌털비도 저렴한 편이었다. 집 안에 상대방의 공간으로 들어갈 수 있는 문이 있긴 하지만, 일반 현관문과 똑같이 공간 주인의 허락이 있어야 들어갈 수 있다는 점도 마음에 들었다. "이런 집 어때?" 포포는 적당한 집 하나를 골라서 무이에게 공유했다. "이 정도면 같이 살 만하지 않을까?" 메시지를 한 번 더 보내자 답이 왔다. "이거 프러포즈야?"

무이는 벌써 몇 년 전부터 포포와 결혼하고 싶다는 말을 했다. 포포는 무이가 그런 말을 할 때마다 자신과 평생을 보내고 싶어 하는 사람이 생겼다는 것이 뿌듯하고 기쁘면서도 한편으로는 부담스러웠다. 올해로 마흔 살이 된 포포는 20년 동안이나 혼자 살아왔다. 성인이 되기 전, 가족들과 함께 살 때도 대부분의 시간을 자신의 방 안에서만 보냈으니 실제로는 30년 넘게 혼자 산 것이나 다름없다. 이제 와서 다른 사람과 삶을 함께할 수 있을까?

그러나 무이를 만난 지 7년째가 된 지금, 포포는 이미 자신이 무이와 삶을 함께하고 있다고 느낀다. 두 사람이 처음 대화를 하며 밤을 새운 후로 지금까지 둘은 매일 아침과 밤에 서로의 안부를 묻고 일상을 공유했다. 하루도 얼굴을 보지 않고 지나간 날이 없을 정도다. 포포는 죽는 날까지 무이와 함께하고 싶다. 무이도 그러고 싶어 한다. 포포와 무이는 두 사람이 노인이 됐을 때 하루를 어떻게 보낼지에 대해 종종 수다를 떤다.

무이는 스크린 윈도를 통해 포포가 작업하는 모습을 보던 사람 중 하나였다. 7년 전, 포포는 나무 인형을 파는 소규모 개인 상점을 시작했다. 그 전에는 사람 인형을 주문받아 만드는 곳에서 일했는데 주로 본인이나 친구, 애인, 가족 등 사랑하는 사람의 모습을 인형으로 간직하고 싶은 사람들을 고객으로 하는 작은 회사였다. 초상화를 그리는 것처럼 사람들의 모습을 조각한다는 게 매력적으로 느껴져서 충동적으로 입사 지원을 했는데 덜컥 뽑혀버렸다. 운이 좋다고 생각했지만 막상 그곳에 들어가보니 실망스러웠다. 마지막에 이목구비를 다듬는 건 사람이 했지만 그 전 단계까지는 전부 3D 프린터기가 해서 사실상 공장이나 다름없었다. 선택할 수 있는 체형도 세 가지뿐이었다. 보통, 근육질, 플러스. 사람들은 대부분 '보통'을 골랐다. 한 번에 5백 개씩 배달이 왔는데 포포가 하루에 해야 하는 양은 최소 50개였다.

회사에서는 한 사람의 얼굴을 섬세하게 만드는 것보다는 빠른 속도로 작업하는 걸 더 중요하게 여겼다. '그냥 엇비슷하게만 만들면 돼요. 어차피 고객들도 예술품을 원하는 게 아니니까. 그런 걸 원하면 더 비싼 곳에 맡겼겠지. 아주 딴 사람 같지만 않게, 적당히 예쁘게. 내 말 무슨 뜻인지 알죠?' 조형사들을 관리하는 팀장은 그렇게 말했다. 몇 달 후 포포는 조형사들 중에서 작업 속도가 가장 빠른 사람이 되었지만 점점 일을 견딜 수 없어졌다.

포포가 만들고 싶은 것은 사람들이 따뜻함을 느낄 수 있는 나무 인형이었다. 매일 집에 놓고 바라보다 보면 그 안에 요정의 영혼이 담겨 있다고 생각하게 될 만큼 사랑스러운 나무 인형. 포포는 일에 지칠 때마다 나무토막을 손에 쥐고 상상 속의 친구들을 만들었는데, 회사에서 일한 지 1년이 좀 넘었을 때부터는 인형을 만드는 시간에 한정해서 스크린 윈도를 전체 공개로 해놓았다. 신기하게도 보는 사람이 점점 늘어서 나중에는 만 명이 넘는 사람들이 그들의 스크린 윈도를 통해 포포의 방을 봤다. 무이는 포포가 작업하는 모습을 보는 사람이 열 명 남짓이었을 때부터 꾸준히 그를 보러 오던 사람이었다.

포포는 자신을 보고 있는 게 어떤 사람들인지 궁금해서 자주 오는 사람들의 스크린 윈도를 한 번씩 들여다봤다. 무이는 자신의 스크린 윈도를 24시간 전체 공개로 해놓고 있었다. 그렇게 자신의 24시간을 남에게 공개하는 사람들이 포포는 이해되지 않았다. '왜 그렇게까지 자신을 남에게 보여주고 싶어 할까?' 포포는 그런 생각을 하면서도 무이의 삶을 엿보았다. 사실은 무이의 외모가 마음에 들었다. 그러다 무이가 손목에 '리본'을 심었다는 걸 알게 되면서 호기심이 강해졌다. 무이의 외모를 보고 짐작하긴 했지만 실제로 자신과 비슷한 사람이라는 걸 알게 되자 묘하게 기뻤다. 포포는 손으로 하는 작업을 해야 해서 부작용이 덜한 '리본' 대신 질 안쪽에 '링'을 넣었다. 포포의 자궁에 있는 '링'은 호르몬을 조절해서 성적인 특징들을 흐릿하게 만든다. '링'은 '리본'과 같은 역할을 하지만 '리본'을 넣은 사람들은 겪지 않는 부작용인 위장 장애를 일으킨다. 장치를 넣은 지 10년이 넘어서 이제 익숙해지기는 했지만 메스꺼움이 아예 사라지지는 않아서 포포는 속이 거북해지는 것을 먹지 않으려고 항상 신경 쓴다.

어느 날 무이는 포포의 작업을 보다가 인사를 남겼고, 포포는 이때다 싶어서 답장을 했다. 둘은 그날 저녁부터 새벽까지 여덟 시간이나 대화를 나눴다. 다음 날 일을 해야 해서 새벽 5시에 억지로 헤어지고 난 뒤 포포는 스크린 윈도를 무이에게만 공개로 해놓고 침대에 누웠다. 무이를 사랑하게 될 것 같다는 예감이 들어서 가슴이 두근거렸다.

"침대는 하나야, 두 개야?"

언니가 왼 손가락 하나와 오른 손가락 두 개를 들고 묻는다. 리라는 그새 시냇물에 흥미를 잃고 나비를 따라간다. 포포는 리라의 뒷모습과 풍경 한쪽에 뜬 지도에 나타난 리라의 위치를 동시에 보면서 리라가 너무 멀어지지 않는지 살핀다. 가상 공간에서의 산책이라 아이를 잃어버릴 염려는 없지만 그래도 돌발 상황이 생길까 봐 걱정스럽다.

"언니, 리라가 듣겠어!"

포포는 리라에게 눈을 떼지 않은 채 너스레를 떤다. 이럴 때는 편하게 수다를 떨 자매가 있다는 게 참 좋다.

"아니, 기본적인 질문이잖아. 내가 뭐 둘이 섹스하냐고 물어봤어? 그냥 집에 침대가 몇 개인지 궁금하다고."

"내 집에 하나, 무이 집에 하나. 각각 하나씩 두 개야. 됐어?"

"난 이해가 안 된다, 동생아. 나라면 싱글 침대를 사서 둘이 꼭 붙여 잘 텐데."

"아이고, 애도 혼자 낳은 사람이 무슨 소리야,"

"애만 혼자 낳은 거지 다른 건 둘이서 잘하거든?"

"뭐야? 만나는 사람 생겼어?"

"만나는 사람은 언제나 있지."

"조심해. 언니는 걱정도 안 돼? 리라도 있잖아."

"넌 하여튼 그쪽으로는 너무 예민해. 사람을 만지면 무조건 병에 걸릴 거라는 건 지나친 생각이야. 나도 나름대로 조심하고 있어."

"안전한 거 맞지?"

"야! 작작 좀 해."

언니는 단독 난자를 가지고 태아를 배양하는 방식으로 리라를 얻었다. 언니가 첨단 기술이라면 뭐든 경험해보고 싶어 하는 모험가인 건 알았지만, 그렇게 혼자 아이를 낳고 기를 줄은 몰랐다. 그러고 보니 무이나 리라만큼이나 언니도 포포를 놀라게 한다. 횟수로만 따지자면 포포의 인생에서 그를 가장 많이 놀라게 한 사람은 언니다. 리라는 세계에서 마흔일곱번째로 태어난 '아버지 없는 아이'다. 포포는 그 말의 어감이 마음에 안 든다. '하나의 어머니를 가진 아이'라고 부르자는 사람들도 있는데, 포포도 그게 더 나은 것 같긴 하지만 썩 좋은 것 같지도 않다. 역시 가능하다면 아무 수식어도 없는 편이 낫지 않을까?

"어머, 벌써 시간이 이렇게 됐네. 나 출근 찍어야 돼."

언니가 눈으로 리라를 찾는다. 포포는 리라가 시야 안에 없다는 걸 깨닫고 가슴이 덜컥 내려앉는다. 대화에 빠져서 리라를 잠시 잊고 있었다. 성격 급한 언니가 지도상에 뜬 리라의 위치를 보고 그쪽으로 간다. "언제 저기까지 갔대?" 언니는 금방 숨이 차서 헉헉거린다. 포포도 언니 뒤를 쫓는다. 리라는 길을 벗어나 나무들이 우거진 곳으로 들어갔다.

"리라, 이제 그만 가야지!"

언니가 리라를 재촉하며 나무들 사이로 들어가다가 멈칫한다. 뭘까? 몇 발자국 들어가자 포포에게도 언니를 놀라게 한 것이 보인다. 검은가시모기들이 나무들을 새까맣게 뒤덮었다. 리라는 겁에 질려 있다가 엄마와 이모를 보고 울음을 터뜨린다.

〈엄마, 벌레들이 나무 먹어.〉

리라가 엉엉 울면서 손을 움직여 말한다. 진짜 바깥이었으면 어떡할 뻔했을까. 간담이 서늘하다. 언니는 얼른 리라를 안아 올리고 품에 껴안는다. 포포는 수어로 리라를 달래보려고 애쓴다. 급하니 수어들이 잘 떠오른다. 손이 알아서 움직이는 것 같다. 〈저 벌레들 진짜가 아니야. 가짜야. 절대 너한테 못 와.〉

스크린 윈도 5단계에서 구현되는 가상현실은 어른이 봐도 마치 진짜 현실 같다. 시각적으로 생생한 것은 당연하고, 소리나 냄새, 감촉까지 느낄 수 있으니 말이다. 리라는 아직 어려서 현실 세계와 가상 세계를 구분하지 못한다. 리라에게는 모든 것이 현실이다.

"나 먼저 나갈게. 애가 너무 놀라서."

언니가 리라의 머리를 쓰다듬으며 말한다. 포포는 얼른 그러라고 고개를 끄덕인다. 언니와 리라가 사라지고 포포는 나무들 사이에 혼자 남는다. 바닥에 죽은 벌레들이 수북하다. 검은가시모기도 있고, 다른 벌레들도 있다. '끔찍해.' 그런 광경을 더 보고 싶지 않아서 포포도 산책을 끝낸다. 가상 산책은 실제 지금 시간의 그 장소를 그대로 보여준다. 공원이 벌레들로 뒤덮이다니. 벌레들이 나무를 뒤덮는 건 폭풍의 조짐 중 하나다. 나뭇잎으로 배를 채운 벌레들은 힘을 모아서 커다란 무리를 이루고 바람이 불면 대륙 이동을 시작할 것이다. 검은가시모기들이 왜 대륙 이동을 하는지 그 이유는 아직 밝혀지지 않았다. 이동을 하는 패턴도 불규칙하다.

스크린 윈도의 설정을 5단계에서 1단계로 바꾸자 언니의 집 안이 보인다. 언니는 구석에서 업무용 스크린을 보고 있고, 리라는 울음을 멈추고 둥근 플라스틱 볼 안에서 언어 선생님에게 열중해 있다. 출퇴근 체크를 하다니, 정말 구식이라니까. 기술만 첨단이면 뭐 해. 포포는 속으로 언니가 다니는 회사를 욕한다. 언니는 주로 그릇에 쓰이는 친환경 소재를 개발하는 연구원이다. 언니와 언니가 다니는 회사는 어떤 면에서는 첨단이면서 어떤 부분은 구식인 게 비슷하다. 언니는 사람과 사람의 피부가 맞닿는 것이 진짜 사랑이라고 생각한다. 포포처럼 '접촉 혐오'가 있는 젊은 애들이 통 이해가 안 간다고 혀를 차는 구식 인간이다. "탈학교가 사람들을 다 버려놨다니까." 언니가 투덜거리면 포포는 그냥 못 들은 척한다.

*

포포가 초등학교 2학년이던 해의 6월에 무시무시한 규모의 벌레 떼가 세계의 하늘을 뒤덮었다. 매년 검은가시모기의 개체수가 급증하면서 각국의 골칫거리가 된 지 오래였지만 그해 여름에 나타난 벌레 떼는 사상 최악의 규모였다.

검은가시모기는 얼핏 보면 말벌처럼 보일 정도로 커서 말벌모기라고도 불린다. 검은가시모기에 물리면 열흘에서 한 달 정도의 잠복기를 거친다. 잠복기가 끝난 뒤의 증상은 고열이다. 심한 고열이 나면 의식을 잃어 사람이 하루아침에 죽기도 한다. 그해에 검은가시모기 떼가 도시와 촌을 가리지 않고 몰려들면서 독감이 순식간에 무서운 속도로 퍼졌다. 정부는 국가재난사태를 선포했고, 부모들은 아이들을 학교에 보내지 않았다.

이미 사립학교들은 대부분 '완전한 온라인 수업'을 하고 있었지만 공립학교는 아직 오프라인 수업을 고집하던 때였다. 포포는 사립학교에 다니는 애들이 부러웠다. 학교는 정글 같았다. 예절을 모르는 원숭이 같은 아이들이 종일 시끄럽게 꽥꽥거리고 선생님들은 무서운 호랑이들 같았다. 의자는 고문 기구처럼 너무 딱딱하고 불편해서 어떻게 앉아도 몸이 배배 꼬였다. 말을 안 듣는 몇몇 애들 때문에 다 같이 혼나는 것도 싫었다.

교실은 딱딱한 규율과 소란스러운 무질서가 공존하는 곳이었다. 포포는 아침마다 현관에 서서 열이 나는 것 같다며 꾀병을 부렸지만 엄마는 포포가 진짜로 열이 나는 날에도 학교에 보냈다. 초등학교 2학년 1학기 말에 학교가 예정보다 한 달이나 일찍 방학에 들어가고 개학이 조금씩 늦춰지다 결국 다음 해부터 아예 전면 온라인 수업을 하기로 결정됐을 때 포포는 기뻐서 방방 뛰었다. "언니, 이제 정말 학교 안 가도 되는 거야? 영원히?"

중학생이었던 언니는 한심하다는 얼굴로 포포를 봤다. "그렇게 좋니? 난 답답해죽겠는데. 우린 이제 감옥에 갇힌 수감자나 다름없어." 포포는 언니가 뱉은 '수감자'라는 단어가 매력적으로 느껴졌다. 검은가시모기의 유행이 길어지면서 포포의 식구들은 가족 간 감염을 막기 위해 집 안에서도 동그란 어항처럼 생긴 플라스틱 헬멧을 쓰고 지내야 했는데, 포포는 그게 수감자가 받는 벌이라고 상상하는 걸 좋아했다.

엄마나 아빠가 방 앞에 밥이 담긴 식판을 놓아주는 건 '배식'이고, 다른 가족들이 불러서 문을 빠끔히 열고 얼굴을 보며 대화하는 건 '면회'였다. 면회는 사전 신청을 해야만 했고(포포는 목록을 만들어 넣은 서류를 만들었다. '면회 신청 서류', 신청자 이름/연락처/수감자와의 관계), 시간 제한도 지켜야 했다. 다른 가족들은 하여튼 특이한 애라고 말하면서 포포가 정한 규칙들에 콧방귀만 뀌었지만 포포는 자신이 만든 놀이에 푹 빠졌다. 하지만 그건 말 그대로 놀이였을 뿐이다. 포포는 공상을 많이 하는 편이긴 했지만 현실감각을 아주 잊지는 않았다. 아마 현실이 어떤 것인지 가르쳐주기 좋아하는 언니 덕분이었을 것이다.

벌레들이 거대하게 떼를 이루어 세계를 휩쓸고 다니던 그해 겨울에 엄마는 집을 떠나 다시는 돌아오지 않았다. 엄마가 떠난 뒤 언니는 포포에게 엄마 역할을 해주려고 애썼다. 포포는 언니를 돕기 위해 사춘기를 쥐 죽은 듯 보냈다. 마침내 스무 살이 되어 집을 나와 독립했을 때 포포는 잊고 있던 어린 시절의 놀이를 떠올렸다. '당신은 오랫동안 모범적인 수감 생활을 했기에 사면되었습니다. 축하합니다.' 그때 귓가를 스쳐 지나갔던 말은 환청이었을까? 아니면 머릿속에 떠오른 말이 너무 생생해서 마치 들린 것처럼 느껴졌던 걸까? 포포는 가족들과 살던 집을 나와 새로운 집으로 가던 길에 들었던 그 말을 지금도 선명히 기억한다.

20년이 흐른 지금, 포포는 결혼을 앞두고 있다. 포포는 첫번째 가족을 사랑하긴 하지만(심지어 엄마조차도 사랑한다) 그 안에서 행복을 찾지는 못했다. '두번째 가족과는 행복할 수 있을까? 무이가 나 때문에 불행해지면 어떡하지? 내가 무이 때문에 죽고 싶을 정도로 외로워지거나.' 포포는 요즘 그런 생각을 자주 한다.

포포는 무이와 냉랭한 관계가 될까 봐 두렵다. 첫번째 가족 사이에 있었던 나쁜 일들이 반복될까 봐. 포포에게 가족이란 세상에서 유일하게 자신을 위해주는 따뜻하고 힘이 되는 사람들인 동시에 삶을 외롭게 느껴지게 하는 타인들이다. 가족들조차 타인이니 누군들 그러지 않겠는가. 무이는 포포의 삶에 온기를 불어넣었다. 결혼한 뒤에도 그 불씨가 꺼지지 않을 수 있을까? 걱정이 꼬리에 꼬리를 문다.

포포는 도망치지 않기 위해 마음을 다잡는다. 잡생각이 끊이지 않을 때는 손을 움직이는 게 제일이다. 포포는 스크린 윈도를 '모두에게 비공개'로 설정하고 벽에서 등을 돌린 채 작업에 집중한다. 때로는 바깥과 자신의 연결을 끊고 완전히 혼자가 되는 것이 도움이 될 때가 있다. 막막한 외로움으로부터 헤어나는 데에. 내면에 집중하면 혼자라는 사실이 외롭기보다는 편하게 느껴진다.

이틀 뒤, 포포는 나무도 구할 겸 숲으로 갔다. 생선을 사는 것처럼 어떤 나무가 마음에 든다고 그걸 가져갈 수 있는 것은 아니지만, 그래도 어떤 나무를 보고 마음에 든다고 그 숲을 관리하는 목재상에게 말을 해두면 결국에는 비슷한 것을 구할 수 있다.

포포가 숲에 들어갔을 때는 오전 10시였다. 이틀 전과 달리 하늘에는 구름이 껴서 대기가 우중충했다. 그래도 햇빛 한 줄기가 나뭇잎 사이를 뚫고 바닥까지 닿기는 했다. 빽빽하게 우거진 나무 사이로 난 오솔길을 걷는데 앞쪽에서 새소리가 들렸다. 포포는 걸음을 멈추고 눈으로 새를 찾았다. 새들에게 포포는 보이지 않고 포포의 발걸음 소리가 들리지도 않는다. 그래서 새들은 도망가지 않았다. 가상 산책의 멋진 점이다. 포포는 즐겁게 새들을 관찰하다가(그 새들은 무척이나 예쁜 오목눈이들이었다) 심상치 않은 움직임을 느끼고 하늘을 바라보았다. 멀리서 검은 벌레 떼가 넘실거리는 것이 보였다. 벌레 폭풍이 몰려올 조짐이었다. '구름이 아니라 벌레 떼들 때문에 숲이 어두운 거였구나. 예보에서는 이틀 뒤에나 온다고 했는데.' 숲이 벌레 떼의 그림자로 어둡다는 걸 알게 되니 불안으로 가슴이 울렁거렸다. 포포는 얼른 산책 모드를 끄고 숲에서 나와 짐을

싸기 시작했다.

*

　무인 택시를 부른지 20분이 지났다. 원래는 부르기만 하면 10분 안에 집 앞으로 오는 게 보통인데, 택시 위치가 몇 분째 한자리에 멈춰 있다. 도로 정체일까? 지금 택시가 서 있는 길을 직접 볼까 해서 위성 지도를 켜려는데 차가 움직인다. 문제에서 빠져나온 모양이다. 스크린 윈도가 캐리어에 들어 있어서 바깥을 볼 수 없는 게 답답하다. 포포는 무이와 마지막으로 인사를 나누고 스크린 윈도를 벽에서 떼서 차곡차곡 접은 다음 캐리어에 넣었다. "조심히 와, 내 사랑. 보고 싶어." 스크린 윈도를 끄기 전에 무이가 했던 말이 귓가에 아른거린다.

　손목에 찬 미니 윈도에 택시가 도착했다는 알림이 뜬다. '바깥에 벌레 떼가 있으면 어떡하지?' 막상 현관문을 열려니 겁이 난다. 헬멧도 썼고 피부가 드러나는 곳이 없도록 보호 장갑과 장화도 챙겼지만 그래도 만에 하나 벌레가 달려들어서 옷 속을 비집고 들어올까 봐 불안하다. 벌레들이 말 그대로 구름 떼처럼 몰려와서 벌써 하늘 위에 진을 치고 있으면? 문을 열고 거리로 나가자마자 벌레 떼가 달려들어 전신을 휩쌀 수도 있다.

　알림이 다시 울린다. 5분 안에 나가지 않으면 택시는 떠날 것이다. 이번에 택시를 놓치면 다른 택시를 또 불러야 하는데 그러면 또 얼마나 오래 걸릴지 알 수 없다. 게다가 비행기 탑승 시간도 빠듯하다. 4일 뒤로 예약해놓았던 항공권을 오늘 것으로 바꾸느라 이미 적지 않은 돈을 손해 봤다. '그렇게 바꾼 비행기를 택시를 못 타서 놓치면 정말 멍청이지.' 포포는 비행기를 놓치면 잃을 비용을 생각하며 눈을 질끈 감고 현관문을 연다. 상상과 달리 벌레들은 그에게 별로 관심이 없다. 상공을 떼 지어 날아다니는 벌레 무리들이 있긴 하지만 포포에게 한꺼번에 달려들지는 않는다. 하늘도 불길한 기운은 있지만 새까맣게 뒤덮이지는 않았다. 검은가시모기 두세 마리가 뒤늦게 관심을 보이며 길에 나타난 인간 하나를 집적대려고 다가오지만 그땐 이미 포포가 택시에 타서 문을 쾅 닫은 뒤다. 모기가 느려서 다행이다. 모기들이 빠르기까지 했다면 인류는 정말 위험에 빠졌을지도 모른다.

가는 길은 꽉 막혔다. 택시에 붙은 스크린 윈도로 도로 상황을 확인해보니 앞쪽에서 검은가시모기 떼 때문에 사고가 난 차가 있는 모양이었다. 두꺼운 보호 장갑을 낀 손에서 진땀이 난다. 장갑을 벗어버리고 싶지만 마음을 놓을 수가 없다. 방금도 검은가시모기 무리 하나가 택시 앞 유리로 돌진했다. 검은가시모기들은 유리에 부딪혀 뒤로 튕겨 나갔지만 몇 번이나 더 도전했다. 그중 몇 마리는 뇌진탕이라도 일으킨 것인지 범퍼에 떨어졌다. 다른 차들도 사정이 마찬가지라 앞뒤 범퍼가 벌레 사체들로 범벅이 됐다.

몇 분 사이에 벌레 폭풍이 거세져서 이제 검은가시모기 떼가 쉴 새 없이 유리창에 부딪힌다. 세상이 새까맣다. 차들은 벌레들을 떨치려고 더 속력을 내서 달린다. 와이퍼가 움직이면서 벌레들을 밀어낸다. 하늘을 보니 말이 안 나온다. 벌레들이 먹구름이 몰려들 듯 다가오고 있었다.

택시가 공항 앞으로 미끄러져 들어갔다. 가까스로 탑승 시간을 맞췄다. 포포는 차를 택시 반납 코너에 세워두고 서둘러 탑승구로 달렸다. 하지만 탑승구 분위기가 이상했다. 사람들은 탑승구 앞에 줄을 서는 대신 의자에 앉아 있었다. 의자가 모자라서 바닥에 앉은 사람들도 있었다. 포포는 탑승구 위에 붙은 안내판을 봤다.

〈벌레 폭풍으로 인해 해당 항공편은 결항되었습니다.〉

포포는 다음 항공편을 물어보려고 승무원을 둘러싼 사람들에 합류했다.

"이렇게 대책 없이 그냥 비행기가 안 뜨면 어떻게 하라는 거야! 당신들, 내가 손해배상 청구할 거야."

정장을 입은 남자가 얼굴이 붉게 달아올라서 승무원에게 거칠게 항의했다. 승무원은 약간 난처한 듯했지만 차분하게 설명

했다.

"저희도 당황스럽습니다. 벌레 폭풍이 애초에 예상했던 것보다 훨씬 강하게 와서 도저히 비행을 할 수 있는 상황이 아닙니다. 아마 발권하신 항공사에 문의하시면 환불이 될 겁니다."

"다음 비행기는 언제쯤 탈 수 있을까요?"

세련된 차림새에 머리를 짧게 친 중년 여자가 점잖게 물었다.

"원래는 이런 경우, 네 시간 내에 다음 항공편이 생길 경우에는 대체 항공권을 제공해드립니다. 그런데 예보에 따르면 벌레 폭풍이 2~3일은 갈 것 같다고 해서 저희도 다음 항공편을 장담할 수가 없는 상황입니다."

그 대답을 듣고 포포는 물러났다. 얼마 후에 승무원들이 안내 방송을 했다. 포포가 이미 들은 내용이었다. 대체 항공권을 받을 사람은 일단 탑승구 앞에서 대기를 부탁한다고 했다. 떠날 사람들은 떠나고, 기다릴 사람들은 남았다. 포포는 기다리는 사람들 속에 남았다.

결국 네 시간이 지난 후에도 새로운 항공편은 마련되지 않았다. 포포는 고민하다가 공항에서 좀더 기다려보기로 했다. 일단 탑승구 앞에서 밤을 새우고 내일 오후까지 비행기가 하나도 없으면 그때 가서 다시 생각해봐야 할 듯했다. 포포처럼 항공편을 기다리는 사람들이 꽤 있었다. 승무원들은 기약 없이 기다리고 있는 승객들에게 식사권과 담요를 나눠 줬다.

탑승구가 너무 환해서 포포는 어둑한 곳을 찾아 공항을 헤맸다. 다른 곳들보다 어둑한 탑승구가 하나 있었다. 구석진 곳에 있어서 그런지 사람도 별로 없었다. 포포는 그곳의 의자에 자리를 잡고 길게 누웠다. 캐리어를 부치지 않아서 다행이었다. 캐리어 안에는 포포의 전 재산이 들어 있다. 돈이야 가상 계좌에 들어 있지만.

아끼는 나무 인형, 오래 써서 손에 익은 조각칼 들. 포포가 가진 것 중 가장 비싼 물건인 스크린 윈도와 옷가지들. 무이가 줬던 작은 선물들도 캐리어에 들었다.

어둑한 공항에서 얇은 담요를 덮고 혼자 의자에 누워 있으니 포포와 처음 밤을 새며 통화했던 날이 생각났다. 둘이 처음 말을 튼 그날 밤에 무이는 포포에게 물었다.

"이름을 왜 버블껌이라고 지은 거예요?"

버블껌은 포포가 온라인에서 쓰는 이름이었다.

"너무 유치하죠? 세 살 때 지은 이름이라 그래요. 그때 제가 제일 좋아하는 게 풍선껌이었거든요. 본명하고도 상관이 있어요."

"본명 궁금하다. 알려줄 수 있어요?"

"포포예요. 이포포. 가명 같죠? 근데 진짜 태어났을 때 부모님이 지어주신 이름이에요. 원래는 태명이었는데 입에 너무 붙어서 그대로 쓰기로 했대요."

"포포? 무슨 뜻이에요?"

"한자 이름인데, '감쌀 포힌' 자를 두 번 써요. 감싼다는 뜻이래요. '포대기'할 때의 '포'예요. 포용한다고 할 때의 '포'이기도 하고."

"포용하는 사람이라는 거구나. 그래서 그렇게 따뜻한 걸 만드시나 보다."

"아뇨. 전 그렇게 따뜻한 사람은 아니에요. 싸고 또 싸는 건 꽁꽁 매는 거잖아요. 그래서 그런지 좀 답답한 성격이에요. 꽉 막힌 데가 있어요. 어릴 때는 '포'가 거품이라는 뜻인 줄 알았어요. 언니가 그렇게 가르쳐줬거든요. 그래서 중의적인 의미로 버블껌이라는 이름을 썼던 거예요. 무이는요? 왜 무이예요?"

"그게 제 본명이에요. 저도 좀 고지식한 데가 있거든요. 우리 비슷한 점이 많은 것 같지 않아요?"

사실 두 사람은 비슷한 점보다는 다른 점이 훨씬 많았지만 어쨌든 같이 있으면 무척이나 즐거웠다. 무이를 만난 후로 포포는 시간이 쏜살같다는 말의 의미를 곱씹게 됐다. 무이를 만나기 전에는 하루하루가 너무 천천히 흘렀다. 사는 게 지겨웠다. 그런데 무이가 삶에 들어오자 갑자기 꾸물꾸물 기어가던 시간이 일어나 달리기 시작했다. 지난 7년은 활시위에서 날아간 화살처럼 순식간에 지나갔다. 설레어서 뒤척였던 그 첫날의 밤이 어제 같기만 한데.

무이를 만난 후, 포포는 회사를 관두고 자신의 나무 인형을 판매하는 소규모 개인 상점을 열었다. 둘이 사귀기 시작했을 때 무이는 막 대학에서 나와 교육자 그룹에 들어가 자리를 잡으려 애쓰고 있었다. 포포는 안정적인 자리를 포기하고 새로운 모험에 뛰어든 무이의 용기가 멋있어 보였다. 무이를 보며 포포는 수입 때문에 억지로 하고 있는 일을 포기할 용기를 얻었다.

상점을 열었던 첫해에는 수입이 거의 없어서 회사에 다니는 동안 조금 모아뒀던 돈을 다 쓰고 나중에는 언니에게 집세와 식비를 빌려야 했다. 하지만 가장 힘든 시기가 지나자 해마다 주문이 늘었다. 지금 포포는 회사에 다닐 때보다 두세 배의 돈을 번다. 워낙 연봉이 짠 회사였기 때문에 지금 버는 것도 많은 돈이라고는 할 수 없지만, 포포의 삶은 회사를 다닐 때보다 훨씬 나아졌다. 더 이상 무의미하다고 생각되는 일에 하루를 쓰지 않는 것만으로도 행복하다. 무이를 만나지 않았다면 그럴 용기를 내지 못했을 것이다. 무이는 포포의 삶을 변화시켰다. 그게 지금 포포가 불편한 의자에서 떨어지지 않으려고 애를 쓰며 혼자 공항에서 밤을 보내는 이유였다.

새벽녘에 유리 벽을 요란하게 두드리는 소리가 들렸다. 포포는 잠결에 그 소리를 듣고 잠에서 깼다. '벌레들이 유리창에 부딪히는 걸까?' 눈을 뜨고 밖을 보기가 무서웠다. 포포는 현실을 외면하고 다시 잠들고 싶었지만 유리 벽을 두드리는 소리가 너무 컸다. '이러다 벌레가 유리창을 깨기라도 한다면…… 이러지 말고 사람들하고 안전한 곳을 찾아서 들어가 있자.' 포포는 단단히 결심을 하고 눈을 떴다. 깊은 새벽이라 공항 안은 휑했다. 지나가는 거라고는 무인 청소기뿐이었다. 개항 백 주년을 앞둔 인천공항은 낡고 오래된 분위기를 물씬 풍겼다. 포포는 새벽 시간과 오래된 공항이 주는 쓸쓸한 느낌에 몸을 떨며 담요를 어깨에 두르고 유리 벽으로 다가섰다. 어슴푸레한 어둠 속에서 뭔가가 쉴 새 없이 유리 벽에 날아와 부딪히는 것이 보였다. 그것은 벌레가 아니었다. 분명 아니었다. 공항의 유리 벽을 거세게 두드리는 것은 **빗방울**들이었다. 바깥의 나무들이 마구 흔들리는 것이 보였다. 바람도 심한 듯했다.

벌레 폭풍이 유리 벽을 부수려고 돌진하고 있는 게 아니라는 걸 알게 되니 긴장이 풀리면서 출출해졌다. 따뜻한 커피 한 잔이 절실했다. 포포는 캐리어를 끌고 공항 복도를 걸었다. 공항 안에 24시간 운영하는 카페가 있었다. 포포는 커피와 샌드위치를 시켜놓고 카페 테이블에 앉아 한 시간쯤 시간을 때웠다. 공항의 밝은 조명은 사람을 피로하게 했다. 나른해진 포포는 원래 잠을 자던 곳으로 돌아갔다. 조금 전에 포포가 잠을 자던 의자에는 다른 사람이 누워 있었다. 포포는 그 자리가 가장 좋았지만 할 수 없이 그 근처에 자리를 잡았다. 막 잠이 들려는 데 보안 직원 유니폼을 입은 덩치 큰 남자가 와서 포포의 어깨를 손가락으로 두드렸다. '여기서 지면 안 되는 거였나?' 포포는 공항에서 밤을 새워본 적이 없었다. 포포는 겁이 났지만 알고 보니 그는 그저 더 좋은 자리를 알려주려는 것이었다. 지금 그 자리는 너무 춥다면서. 그는 더 어둡고 더 따뜻한 자리로 포포를 데려간 뒤에 곧바로 다른 데로 갔다. 포포는 그가 알려준 자리에서 담요를 두르고 잠이 들었다.

다시 잠에서 깬 것은 아침 7시가 넘어서였다. 햇빛이 공항 안을 채웠다. 포포는 상황을 알아보려고 처음 갔던 탑승구로 향했다. 사람들이 탑승구 앞에 줄을 서 있었다. 결항되었던 항공편이 운행을 재개한다는 안내 방송도 나왔다. 포포는 줄을 서서 기다리다가 자기 차례가 되었을 때 승무원에게 물었다.

"타도 되는 건가요?"

포포는 원래 예매했던 표를 보여주었다. 어제 결항됐던 항공편이 적힌. 승무원은 그 표를 대체 항공권으로 바꿔 주었다. 지금 사람들이 탑승하는 7시 40분 출발 비행기에 빈자리가 있어서 타도 된다고 했다.

"벌레 폭풍이 끝난 거예요?"

"네, 벌레 폭풍 대신 다른 폭풍이 왔어요. 진짜 폭풍이요. 간

밤에 꽤 요란했는데 못 들으셨나요?"

"비바람이 부는 건 봤는데 그게 폭풍인지는 몰랐네요."

"바람이 무섭게 불었어요. 그 덕에 벌레들이 다 흩어졌답니다."

뒤에 기다리는 사람들이 있어서 더 얘기할 수는 없었다. 포포는 새로 받은 표를 받고 얼떨떨하게 비행기 안으로 들어갔다.

비행기가 활주로를 떠나 상공으로 떠오르자 손 안쪽에서 땀이 났다. 포포에게는 고소공포증이 약간 있었다. 비행기가 목적지에 가까워질수록 다른 공포심이 점점 커졌다. 그곳에 도착해서 모든 게 변해버리면 어쩌지. 결혼하면 다른 사람이 되는 배우자들이 있다고 하지 않나. 지금까지 무이와 잘 지낼 수 있었던 것은 스크린 윈도를 통해서만 서로를 봤기 때문인지도 모른다. 부부가 되고 시간이 많이 흐르면 무이는 차갑고 무정한 사람이 될 수도 있다. 혹은 포포가 그렇게 되거나. 찬바람이 쌩쌩 부는 관계가 되어서 대화 한마디 없이 며칠을 보내거나, 서로에 대한 미움으로 악담을 퍼붓게 되면 어떡하지? 갑자기 행복한 결혼 생활을 꿈꿨던 것이 망상처럼 느껴졌다.

'잘 생각해. 지금이라도 되돌릴 수 있어. 공항에 내리자마자 돌아가는 비행기를 구해서 타면 돼.' 포포는 비행기가 착륙할 때 그런 생각까지 했다. 하지만 출국 수속을 받고 밖으로 나왔을 때 포포는 무이가 너무나 보고 싶어졌다. 무이의 얼굴을 떠올리자 용기가 났다. '바보같이 굴지 말자. 무이가 날 기다리고 있어. 무이를 보러 가는 거야.' 포포가 갑자기 힘차게 걷기 시작하자 포포의 옆을 따라오던 캐리어가 급하게 속도를 올렸다. 포포는 가여운 캐리어를 쓰다듬었다. '미안. 천천히 갈게.' 캐리어 안에는 포포가 특별히 아끼는 나무 인형들이 들어 있었다. 오랜 친구 같은 인형들이었다. 포포는 친구들이 멀미를 일으키지 않도록 조심하면서 공항에서 지하철 플랫폼으로 이어지는 통로로 들어갔다. 스무 살에 집에서 독립해서 나왔을 때 머릿속에서 울리던 말이 떠올랐다. '당신은 오랫동안 모범적인 수감 생활을 했기에 사면되었습니다. 축하합니다.'

민정

거리는 화창했다. '선물 같은 날이네.' 민정은 리라의 손을 잡고 걸으며 생각했다. 옛날에 엄마가 그렇게 말했지. 이렇게 날이 맑은 날이면 엄마는 온 집 안의 창문을 활짝 열고 햇볕과 바람을 불러들였다. 엄마는 두 손으로 햇볕을 받아 마시는 시늉을 했고, 민정은 엄마를 따라 하며 키득키득 웃었다. 그건 둘만의 장난이었다. 포포가 태어난 뒤에도 그건 변하지 않았다.

'포포랑 엄마랑 셋이서 공원에 산책 갈 때도 좋았어. 특히 가을에.'

가을의 공원은 울긋불긋한 단풍으로 정감이 있었다. 민정은 유아차를 끌어볼 기회를 노리며 엄마 옆에 바짝 붙어 걷고는 했다. 그러다 보면 자꾸 유아차에 발이 걸리거나 엄마에게 부딛혔는데, 그때마다 벼락같은 호통이 날아왔다. "다 큰 애가 왜 이래? 똑바로 걸어, 이민정!" 그렇게 혼이 나면 무안하기도 하고 서럽기도 해서 엄마에게서 떨어져 낙엽이 쌓인 곳을 골라 밟으며 딴청을 부렸다. 낙엽이 바스락거리는 소리를 듣다 보면 슬픔이 가셨다.

민정의 기억 속에서 엄마는 웃는 얼굴일 때가 별로 없다. 엄마를 떠올리면 지친 얼굴이 가장 먼저 떠오른다. 엄마가 집을 떠났을 때 민정은 별로 놀라지 않았다. 엄마는 하루아침에 갑자기 떠난 것이 아니었다. 민정은 일어날 일이 일어난 것뿐이라고 생각했다. 그런 생각으로 찢어지는 가슴을 붙여보려고 매일 밤 헛된 노력을 했다.

리라의 작은 손이 미꾸라지처럼 빠져나간다. 요즘 리라는 엄마와 손잡는 걸 싫어한다.

"밖에서는 엄마 손 잡아야지."

민정이 손을 잡으려 하자 리라가 두 손을 주머니에 넣고 씩 웃는다. 일부러 엄마를 약 올리려고 하는 것 같다.

"너 그게 얼마짜린데!"

리라가 입은 방호복은 올해 나온 신상품으로 벌레로부터 몸을 보호해주면서도 통풍과 방수도 되고 신축성까지 좋다. 큰맘 먹고 산 옷인데 리라가 장난을 치느라 늘어난 것을 보니 짜증이 난다. 원래는 허리 위에 있는 주머니가 무릎까지 내려왔다.

리라는 두툼한 보호 장갑을 껴서 주머니에 잘 들어가지도 않는 손을 억지로 욱여넣는다.

"그러다 찢어져!"

민정이 리라의 손을 주머니에서 빼려고 하면서 잠깐 실랑이가 벌어진다. 결국 민정이 이겼지만 승리라고 할 수는 없다. 둘 다 지치고 기분이 상했으니까. 리라는 울음을 터뜨리며 열심히 손을 움직인다. 손으로 나쁘다고 말하며 민정을 가리킨다. 리라는 요즘 하루에 한 시간씩 수어를 배우는데 '나쁘다'라는 말을 배운 뒤부터는 자주 이런다. **나빠. 엄마, 나빠. 나빠, 너.**

민정은 한숨을 쉰다. 하루에도 몇 번씩 이런 씨름이 벌어진다.

'내가 나쁜 엄마일까?'

리라가 싸움에서 이기려고 하는 말인 걸 알면서도 민정은 순간 심란해진다. 가지 않은 길도 생각하게 된다. 파트너와 함께 아이를 키우는 삶을 선택했다면 덜 힘들었을까? 그러다 고개를 젓는다. '아냐. 대신 난 속 썩이는 어른은 없잖아. 애가 속 썩이면 달래기라도 하지.'

어떤 삶을 선택했든 후회는 있었을 거다. 민정은 리라를 달래 다시 길을 걸으며 며칠 후면 포포가 결혼한다는 사실을 떠올리고는 새삼스레 신기해했다.

"걔가 결혼을 하다니. 사람 앞날은 진짜 모른다니까."

중얼거리자마자 리라가 민정의 소매를 붙잡고 잡아당긴다.

〈무슨 말?〉

손으로 물음표를 그리고 입술을 두드리면 그 뜻이다. 무슨 말? 리라는 요즘 자기만의 수어를 만드는 것에 열중해 있다. 선생님에게 배운 수어를 외워야 하는데, 외우는 게 힘들 때마다 '자기만의 수어 만들기'에 빠져드는 게 민정은 걱정이다. 리라는 그것을 '비밀 수어'라고 부른다. 민정과 대화할 때 쓰는 둘만의 수어라면서. 하지만 민정은 리라가 포포와도 비밀 수어를 쓰는 것을 안다. 제 외할머니와도.

"아무것도 아니야."

민정은 말하면서 손을 휘젓는다. 민정은 리라만큼이나 수어를 잘 못 외우고 있다. 하고 싶은 말이야 있지만, 수어로 어떻게 말해야 할지 모르겠다. 집에서라면 하고 싶은 말을 전달할 방법이 여러 가지 있다(채팅, 자동으로 되는 음성 텍스트 변환, 그림 그리기, 수어를 찾아보며 더듬더듬 따라 하기 등등). 하지만 길거리에서 실시간으로 리라에게 하고 싶은 말을 다 전달하기는 아직 어렵다. 아직은. 시간이 지나면 차차 나아질 거라고 민정은 생각한다.

리라는 시무룩한 표정을 지었지만, 곧 자신이 기분이 안 좋았다는 사실을 잊어버린 것처럼 거리를 두리번거린다. 밖에 나오는 게 매일 있는 일은 아니다 보니 나올 때마다 신기한가 보다. 민정은 리라의 손을 잡고 잠시 기억에 잠긴다.

둘 중 하나가 결혼을 한다면 당연히 민정이 할 것이라 생각했다. 민정과 포포를 둘 다 아는 사람이라면 다들 그랬다. 옛날부터 민정은 누군가와 함께 사는 삶을 꿈꿨고, 포포는 그 반대였다. '결국에는 둘 다 원하는 대로 된 셈인가? 나는 리라랑 살고 있고, 걔는 2인용 집에서 파트너랑 따로 산다니까. 그렇게 좋아서 외국까지 가 결혼하면서 왜 굳이 따로 사는 건지 이해가 안 돼. 그럴 거면 여기서 혼자 사는 거랑 크게 다를 것도 없잖아. 아니다, 그래도 바로 옆에 붙어 있는 집에서 사니까 하루에 한 번씩은 얼굴 보면서 살겠지? 설마. 그럴 거야. 걔가 아무리 유난이라지만.'

민정은 포포가 사는 방식이 이해가 잘 되지 않는다. 포포는 성인이 된 후로 쭉 혼자 살았다. 날씨가 아주 좋고 벌레도 없는 날 동네를 산책하는 것 말고는 거의 바깥에도 나가지 않았다. 옛날 같으면 아주 음침한 사람 취급을 받았을 것이다. 하지만 요즘은 포포 같은 사람들이 널렸다. 집 안에서 혼자 지내는 것에 완벽하게 적응해서 굳이 바깥에 나오지 않고도 잘 산다는 사람들. 민성의 생각에 포포는 바깥에 나오는 걸 무서워하는 것 같다. '벌레 패닉'에 빠진 거다. 벌레를 지나치게 두려워한 나머지 공포에 빠져 바깥은 무조건 위험하다고 생각해서 안에서 숨어 지내는 거지. 신체 접촉에 너무 예민한 것도 그렇다. 접촉 혐오. '스킨 포비아'라는 신조어가 돌았을 때 민정은 포포에게 말했다. "딱 너 같은 애들이네."

포포는 남과 닿는 걸 질색한다. 기억하기로는 벌레 폭풍이 처음 오고 몇 년 안 됐을 때부터 그랬다. 검은가시모기 독감이 유행하면서 포포는 자기 방으로 들어가버렸다. 그때는 모든 사람이 그러긴 했다. 하지만 유행이 물러간 뒤에도 포포는 방에서 나오지 않았다. 그 후로 바이러스가 진화하면서 2차, 3차 독감 유행이 왔다. 벌레들이 대규모로 이동하면서 대륙에서 대륙으로 질병을 옮기는 벌레 폭풍은 이제 사람들에게 너무 익숙한 현상이 되었다. 포포처럼 혼자 살면서 자기 공간에서 나오지 않는 사람들은 점점 많아졌다. 이제는 오히려 가족들과 부대끼며 사는 사람들이 소수 취급을 받는다.

'그런데 걔가 결혼을 하다니. 다시 생각해도 놀라워.'

민정은 동생의 삶에 너무 깊숙이 들어가지 않고 한 발짝 정도의 거리를 두려 노력한다. 나 아닌 다른 사람의 삶을 어떻게 완벽하게 이해하겠는가. 동생이 타인이라는 생각을 할 수 있게 된 것도 그리 오래되지는 않았다. 포포가 타인이라는 생각을 하지 않으면 너무 심하게 참견하고 지나치게 마음을 쓰게 된다. 그러면 자신과 동생 둘 다 괴로워진다는 것을 민정은 오랜 시간을 거치고 많이 싸운 끝에 배우게 됐다.

"착각하는 것 같은데 언니는 엄마가 아니야. 엄마 빈자리는 절대 못 메꿔. 그러니까 주제넘게 나한테 엄마 노릇하려고 하지 마."

고등학생이었던 포포에게 그런 말을 들었을 때는 머리가 띵했다. 얼음으로 된 망치로 별안간 가슴을 얻어맞은 고통까지 느꼈다. 지금 생각하면 사춘기의 들끓는 반항심에 언니에게 상처가 될 말을 날카롭게 벼려서 날린 것일 텐데, 그때는 정말로 상심해서 한 달도 넘게 포포와 말을 하지 않았다. 그때는 민정도 아직 어렸다. 돌아보니 그랬다. 고작해야 스물셋인가 넷이었으니.

'그건 자기가 내 눈치를 보느라 사춘기도 얌전하게 보냈다고 하지. 하도 예민해서 내가 제 눈치를 얼마나 봤는데. 웃겨. 나중에 걔 ( ) 만나면 이 얘기를 꼭 해줘야지.'

( )에 어떤 말을 넣어야 할지 아직은 모르겠다. 아내나 남편도 아니고, 파트너라고 부르기도 어색하고. '그러고 보니 이름이 뭐더라?'

포포가 결혼하는 사람은 베일에 싸여 있다. 세 달 전에 포포가 먼저 스크린 윈도를 노크해서 말을 걸더니(그런 일은 매우 드물었다. 포포는 자기가 필요한 게 있을 때만 먼저 노크했다) 할 말이 있다고 했다. 긴장한 얼굴이었다.

그런 포포의 얼굴은 딱 두 번 봤다. 첫번째는 스무 살이 되던 해에 집을 나가 살겠다고 선언했을 때고, 두번째는 직장을 그만뒀다고 말했을 때였다. 잘 다니던 직장을 그만뒀다고 고백했을 때 포포의 얼굴은…… 볼은 발갛게 달아오르고 눈에는 불안과 초조, 민망함 그리고 불가해한 행복 같은 것이 뒤섞여 글썽이고 있었다. "언니, 나 회사 그만뒀어. 내 가게를 해보려고." 그 얼굴을 보니 머릿속에 이런 말들이 스쳤다. '직장에 다니면서 해볼 수도 있었잖아. 물건이 안 팔리면 어쩌려고? 제대로 오래 고민해보긴 한 거야? 대책 없이 회사를 그만두기부터 하면 어떡해.' 하지만 결국 이렇게밖에는 말할 수 없었다. "잘했어. 잘됐네. 먹을 거 떨어지면 말해. 괜히 다른 데서 돈 빌리지 말고."

포포는 상의하는 타입이 아니었다. 뭐든 마음을 먹으면 일단 저지른 뒤에 말하는 아이였다. 엄마가 집을 떠날 때 그랬던 것처럼(민정은 그때만 떠올리면 가슴이 시큰하다).

"언니, 나 결혼해."

그게 포포 인생의 세번째 선언이었다.

"뭐? 결혼을 한다고? 누구랑?"

그때까지 민정은 포포가 누구를 만나고 있는지도 몰랐다. 몇 년 전부터 만나는 사람이 있는 것 같다고 짐작하고 있긴 했지만, 확실히는 몰랐다. 포포는 자신의 사생활을 남에게 말하는 아이가 아니었다.

"괜찮은 사람이야. 자기 일 있고, 멋있고, 따뜻해."

자기 일이 있고, 멋있고, 따뜻하다니. 포포다운 조건이었다. 포포는 한사코 자기와 결혼할 사람을 보여주지 않았다. "결혼할 때 볼 텐데 뭘."

도대체 어떤 사람이 포포같이 무심한 애랑 결혼할 생각을 했을까?

소식을 들은 뒤부터 그 사람에 대해 열심히 캐물었지만, 몇 가지 정보 외에는 얻어내지 못했다. 무려 7년이나 연애를 했다는 것(7년이라니! 앙큼한 것), 대학 과정을 가르치는 선생이라는 것, 포포와 같은 사람이라는 것(그 사람은 '리본'을 심었다고 했다), 두 엄마 밑에서 자랐다는 것, 베트남계와 대만계 혼혈이라는 것.

그러나 민정이 진짜 알고 싶은 건 그런 게 아니었다. 물론 그런 정보가 호기심을 조금이나마 식혀주긴 했지만, 그런 건 어차피 들을수록 감질나기만 할 뿐이다. 상대 집안에 양말이 몇 켤레 있는지까지 알아낸다고 해도 만족할 줄 모르는 호기심이라는 놈은 더 많은 걸 원할 거다.

민정은 딱 5분이라도 그 사람과 마주 앉아서 대화를 해보고 싶었다. 말투, 눈빛, 그 사람의 생각. 포포를 어떻게 쳐다보는지. 세상을 어떤 시선으로 보는 사람인지.

"아주 면접관 나셨네. 면접관 나셨어. 같이 일할 팀원 뽑으세요?"

포포는 그렇게 말하며 웃었다.

*

웬일로 리라는 오늘 얌전했다. 길에 버티고 서서 짜증을 내다 제 분에 못 이겨 눈물을 뚝뚝 떨구지도, 산책 나온 강아지인양 한시도 가만히 있지 못하고 여기저기를 쏘다니지도, 끝없이 수다를 떨지도 않았다. 덕분에 두 사람은 싸우지 않고 평화롭게 목적지까지 갈 수 있었다.

'냠냠'은 싼값에 유기농 음식을 먹을 수 있는 식당이다. 모든 재료를 유기농으로 쓰는데, 재료를 튀기고 구운 뒤 온갖 양념이나 소스에 버무려서 위험할 정도로 맛있는 음식을 내놓는다. 선택할 수 있는 고기 종류가 여러 가지인 것도 장점이다.

민정은 자판기 앞으로 가서 리라에게 묻는다.

"뭐 먹을래?"

〈용감한.〉

두 팔을 구부린 채 양옆으로 들면 '용감한'이라는 뜻이다('냠냠'의 어린이용 세트에 형용사로 된 이름이 붙어 있다. '반짝이는' '용감한' '행복한' '기뻐서 날아갈 것 같은' 등등. 리라는 항상 '용감한'을 고른다). 이것도 리라가 만든 수어다. 민정은 당분간은 리라가 자신이 만든 수어를 쓰는 걸 내버려두기로 했다. 커뮤니티에서 보니 아이들이 자신만의 수어를 쓰는 것은 흔한 일이라는 것 같았다. 억지로 고치려고 하면 오히려 역효과일 수 있다는 말이 많았다.

민정은 '피곤한'이라는 메뉴가 있으면 그걸 고르고 싶었지만, 현실적으로 타협해서 국수 한 그릇과 밥 한 공기, 주스, 그리고 감자녀깃을 주문했다. 탄수화물과 튀긴 음식 그리고 과일 주스는 일과 육아를 병행하는 지친 어른이 매일 거르지 않고 챙겨 먹어야 하는 영양제 같은 것이다. 민정은 그렇게 믿었다. 포포는 그런 식생활이 심각하게 몸에 나쁜 영향을 미치며, 민정이 자기처럼 견과류 몇 줌에 샐러드, 밥 반 공기와 신선한 해산물 따위를 먹으며 체중을 줄여야 한다고 말하지만, 그건 그애의 생각이다. 민정은 그런 빈약한 음식으로 끼니를 근근이 때우고 싶지 않다. 전쟁이 일어나서 보급이 끊기면 또 모르지만. 혹여 가죽 구두밖에 먹을 게 없는 상황이 온대도 그 구두를 최대한 맛있게 요리해서 먹을 거다. '구두를 조각내서 두드린 다음 소금물에 삶고 양념을 발라서 구우면 그냥 먹는 것보다는 맛있지 않겠어? 밀가루를 묻혀서 전을 부치든지.'

자판기 입구로 음식이 나오기를 기다리고 있는데 손목에 찬 미니 윈도에 새로운 노크가 떴다. 그 남자다.

옆에 리라가 있어서 민정은 윈도를 사생활 모드로 돌렸다. 윈도를 사생활 모드로 해두면 헬멧 밖으로 소리가 새어나가지 않아서 비밀스러운 대화를 할 수 있다.

곧 플라스틱 헬멧 안쪽에 있는 한 뼘짜리 스크린에 그 남자의 얼굴이 떴다.

"어, 무슨 일이야? 나 지금 리라랑 아침 먹을 거 사러 왔어."

평소 같았으면 바로 '보고 싶어서 노크했지'라고 말했을 텐데, 오늘은 그 남자의 표정이 좋지 않다. '하나가 괜찮으면 하나가 말썽이지. 오늘 리라가 말썽을 안 부린다 했더니.'

"무슨 일 있구나. 뭔데? 심각한 거야?"

침묵.

"나 뜸 들이는 거 싫어하는 거 알잖아. 얼른 말해봐."

"나 양성이래."

그 남자가 두 손으로 얼굴을 가리고 고개를 푹 숙인다. 우는 건 아니다. 절망한 것이다.

"SV? 자기 물린 적도 없잖아. 혹시 물렸는데 나한테 말 안 한 거야?"

"그럴 리가 있겠어. 그런 일이 있었으면 바로 얘기했지. 다른 사람한테 옮은 것 같아. 미안해. 당신이 걸렸으면 어쩌지? 하루라도 빨리 검사받아보라고 바로 연락한 거야. 나도 병원에서 방금 연락받았어."

"일단 알았어. 나중에 다시 얘기해. 자긴 그럼 오늘 입원하는 거야?"

"응."

"그래. 그럼 병원 들어가서 다시 연락 줘. 거기서도 연락은 할 수 있는 거지?"

"응, 그럴 거야."

"나도 이따 다시 연락할게. 병원 조심히 들어가고, 너무 걱정하지 마."

"고마워. 얼른 준비하고 나가야 해서. 끊을게."

"그래, 이따 봐."

그렇게 연결이 끝나고 그 남자가 헬멧 스크린에서 사라졌다. 민정은 잠깐 멍해져 있다가 정신을 차린다. 리라가 옷자락을 잡고 마구 흔들어댄다. 민정은 그제야 자판기에서 포장된 음식이 나와 빨간 불이 번쩍이며 노랫소리가 흘러나오고 있다는 것을 알아차린다.

*

민정은 집에 가는 길에 약국에 들러서 SV-3 검사 키트를 샀다. 성인용과 유아용 각각 하나씩. SV는 말벌모기독감의 다른 이름이다. Sting Virus-3. 모기의 침에 찔려서 감염된다고 해서 그런 이름이 붙었다.

하늘이 새까맣게 뒤덮일 정도로 심한 벌레 폭풍이 나타난 건

3년 전부터였다. 리라가 태어난 그 이듬해 여름. 민정은 벌레 떼로 어두워진 하늘을 보며 심란해했다. '이런 세상에 리라를 태어나게 한 게 잘한 일이었을까?'

민정이 중학교 2학년이었을 때 처음으로 SV가 유행했다. SV는 육지를 덮친 대형 파도처럼 세상의 많은 것을 쓸어갔다. 시간이 지나 세상이 다시 안정되고, 사람들이 전염병의 상처를 회복하고 잊어갈 무렵 SV는 변종되어 다시 나타났다. 민정이 대학을 졸업했을 즈음이었다.

다행히 SV-2는 본격적으로 말썽을 부리고 돌아다니기 전에 잡혔다. 사람들이 SV의 변종 바이러스가 나타날 걸 예상하고 대비해둔 덕분이었다. 그러나 20년 뒤에 다시 나타난 SV-3는 너무 강했다. 사람들을 감염시키는 속도도 훨씬 빨라졌고, 사람뿐만 아니라 개, 고양이, 소, 말, 양, 닭과 오리까지 감염시켰다. 몇십 년 사이에 여러 나라가 열대기후로 변하면서 검은 가시모기의 개체 수가 폭발적으로 늘어난 것도 SV-3의 힘을 강화시키는 데 한몫했다. 바이러스가 피에 섞인 검은가시모기 떼는 3년째 대륙 이동을 하면서 전 세계에 SV-3를 퍼뜨리고 있다.

SV-3가 오기 전의 지난 20년은 새 시대의 황금기였다. 도시들은 기존의 전산망을 철거하고 보이지 않는 그물선을 새로 깔았다. 전선이 있는 동네가 사라졌고, 집 안에서도 세계를 돌아다니는 기분을 느끼게 해주는 스크린 윈도가 집집이 보급되었다. 하늘에 교통망이 구축되어서 드론 배달이 안정화되고, 자율주행하는 무인택시와 드론카들도 상용화되었다. 집에서 새로운 것을 배우고, 일을 하고, 사람을 만나고, 물건을 사는 시스템도 점점 더 편리해졌다.

민정은 이런 흐름에 딱히 불만은 없었다. 그 덕에 일할 곳이 많아진 데다 생활이 편리해진 면도 있으니까. 그러나 모든 걸 간접적으로만 경험하는 기분이 들어 답답할 때가 있었다. 그런 기분이 견딜 수 없을 정도로 심해지면 훌쩍 여행을 떠났다. 스크린 윈도를 벗어나 집 바깥에 있는 세상을 직접 경험하고 싶었다.

직장에 들어간 뒤로도 계속 세상을 돌아다녔다. 대학을 졸업하자마자 취직하기는 했지만 어디에 있든 일을 하는 데는 별지장이 없었다. 아빠와 단둘이 사는 집에서 스크린 윈도로 세상을 바라보며 살다가 다른 나라로 떠나서 두 발로 길을 걸으며 낯선 도시를 두 눈으로 직접 보고, 마주치는 사람들과 직접 접촉을 하다 보면 그제야 비로소 살아 있는 느낌이 들었다.

여행에서 세상을 본다는 건 단지 두 눈으로 보는 걸 의미하는 게 아니었다. 스크린 윈도를 5단계로 설정해서 장소 이동을 하면 그 공간의 소리까지 들을 수 있어서 시각적인 것뿐만 아니라 청각적인 부분까지 구현되지만, 그곳의 공기를 몸으로 느낄 수는 없다.

민정은 알프스산에서 야생화가 핀 들판을 걸으며 한국보다 훨씬 찬 공기를 피부로 느꼈다. 사하라사막에서 현지인이 빌려주는 텐트에서 하룻밤을 보내며 일기를 썼고, 베네치아에서 배를 타고 도시를 구경하기도 했다. 체코의 오래된 술집에서 맥주를 마셨고, 로마에서 신전에 들어가봤고, 이른 아침에 노트르담대성당의 마당에서 사람들이 켜놓은 촛불을 바라보기도 했다. 베트남의 강에서 다이빙을 한 적도 있고, 독일 지방의 호수에서 수영을 하기도 했다.

많은 도시를 걸으며 아주 다른 여러 사람을 만나 짧거나 긴 대화를 나누고, 눈을 맞추고, 악수를 하고, 포옹을 했다. 사랑에 빠진 적도 몇 번 있었다.

지금은 그 모든 일이 전생에 있었던 일 같다. 민정은 리라가 태어나서 더 넓은 세상을 궁금해하는 나이가 되면 함께 여행을 다닐 생각이었다. 아이에게 그 모든 벅찬 풍경을 보여주고 싶었다. 지나치게 생생한 실제 세상을 몸으로 겪게 해주고 싶었다. 이 시대에는 그런 것을 경험하는 아이들이 점점 줄어들고 있다.

아름답고 광활한 풍경이 주는 감동이 번개처럼 온몸을 짜릿하게 관통할 때 옆에서 감동을 나눌 자신의 사람이 있었으면 하기도 했다. 아이에게 자랑스레 보여주고 싶었다. 아이의 감동받은 얼굴을 보며 마치 자신이 세상을 만들기라도 한 것처럼 뿌듯해하는 상상을 했다. 한 아이에게 세상의 아름다움을 보여주고, 하나의 인간이 성장하는 걸 옆에서 지켜보고 싶었다. 한 사람의 생애를 바로 옆에서 지켜보고 싶었다.

그런 생각으로 리라를 세상에 태어나게 했다. 오래전부터 해왔던 생각이라 서른이 되기 전에 난자를 보관해놓았었다. 마흔 살에 결심을 하고 산부인과로 갔을 때는 모든 게 안정적이던 시기였다. 세상은 황금기였고, 개인적으로도 상황이 좋았다. 직장에서도 자리를 잡았고, 정신적으로나 육체적으로나 건강했다. 외롭지도 않았다.

'난 내 외로움을 달래려고 아이를 가지는 게 아니야.'

아이를 자신의 외로움을 달랠 목적으로 태어나게 하는 게 아니라는 게 민정에게는 중요했다. 그러나 이제 와서는 그게 뭐가 그렇게 중요했을까 싶다. 전혀 외롭지 않은 것도 아니었을 거다. 어쨌든 앞으로의 몇 년은 품에 안고 살 아이가 필요했던 거겠지. 따뜻한 체온을 거리낌 없이 나눌 수 있는, 돌봄이 필요한, 자신을 필요로 하는 어린아이가.

역시 이기적인 선택이었을지도 모른다. 세상이 이렇게 될 줄 알았다면. 그래도 똑같은 선택을 했을까? 벌레 폭풍이 하늘을 뒤덮을 때마다 민정은 그런 생각에 빠진다. 오늘 같은 날은 더 그렇다. 자신이나 리라, 혹은 둘 다 SV-3에 감염되었을지도 모르는 이런 상황에서는.

*

키트 검사 결과는 다행히도 음성으로 떴다. 민정은 음성을 의미하는 초록불이 들어온 SV-3 검사용 막대를 들고 한숨을 길게 쉬었다. 그리고 테이블에 놓아둔 나머지 막대 세 개와 손에 들고 있던 막대를 밀봉되는 봉투에 넣어 쓰레기통에 버렸다.

〈내 동생 포포의 노크. 창을 여시겠습니까?〉

스크린 윈도와 손목에 찬 미니 윈도에서 동시에 알림음이 울렸다. '무슨 일이지?' 민정은 미니 윈도를 터치하며 스크린 윈도가 있는 방 안으로 들어갔다.

"언니, 지금 잠깐 얘기할 수 있어?"

스크린 윈도 화면 속에 있는 포포는 활기 있어 보인다. 웃는 얼굴이 아닌데도 건강해 보이는 걸 보면 요즘 확실히 컨디션이 좋은가 보다.

"너 맨날 안색이 창백하더니 요새는 얼굴에서 빛이 난다? 이게 사랑의 힘인가, 말로만 듣던?"

민정은 동생의 얼굴에 혈색이 도는 걸 보고 기분이 좋아져서 너스레를 떤다. 포포도 기분 좋게 언니의 말을 받았다.

"뭐 그렇지. 언니 근데 지금 그게 문제가 아니야. 엄마가 내 결혼식에 안 온대!"

포포는 기가 막힌다는 투다. 민정도 포포의 말을 듣자마자 열이 올라서 정수리까지 뜨거워졌지만, 바로 대답하지 않고 방 바깥을 힐끔 봤다. 리라가 잘 있는지 확인하는 거다. 리라는 얌전히 앉아서 패드에 그림을 그리고 있다. 얼마 전에 거실 벽 하단에 커다란 스크린 패드를 설치했는데 잘한 일 같다. 리라는 그 커다란 패드에 종일 그림을 그리고 논다. 화면 아래쪽에 있는 지우개 모양 아이콘을 끌어서 문지르면 그림이 지워진다는 것도 금방 익혀서 이제 쉴 새 없이 민정을 부르지도 않는다. 자기가 그린 그림을 봐달라거나 같이 그리자고 부르기는 하지만 말이다.

"리라 잘 있어? 보고 싶다."

"조금만 있다가. 그런데 그게 무슨 소리야? 엄마가 네 결혼식에 안 온다고?"

"바쁘대. 그날 회사에서 무슨 행사가 있다나?"

포포가 피식 웃는다. 하지만 민정은 웃음이 나오지 않았다.

"무슨 대단한 행사가 있어서 네 결혼식에 안 온다는 거야? 결혼식을 매주 하는 것도 아니고, 인생에 딱 한 번 있는 딸 결혼식인데. 심지어 어디 멀리까지 가야 하는 것도 아니잖아. 그냥 그 시간에 스크린 윈도 켜고 결혼식에 접속만 하면 되는 건데 어떻게 그 정도도 못하겠다고 할 수가 있어? 난 정말 엄마를 이해할 수가 없어. 내 평생의 적어도 반, 아니 3분의 2쯤은 엄마를 이해하려고 노력하면서 보냈는데, 엄마는 끝없이 과제를 주네. 열받는다, 진짜."

"됐어. 엄마가 이러는 거 한두 번도 아니잖아. 난 상관없어. 어차피 엄마가 온다고 뭐 달라질 것도 없고. 그냥 참석자 1 하고 별다를 것도 없었을걸? 와서 이상한 소리나 안 하면 다행이지."

"무슨 이상한 소리?"

"몰라. 엄마는 항상 우리 예상을 뛰어넘잖아. 결혼식 하느라 동시 접속자 수가 많아졌을 때 소모되는 에너지가 너무 많다고 한 소리 했을지도 모르지. '하찮은 네 결혼식 하는 데 낭비되는 에너지자원이 너무 많은 거 아니니? 그냥 둘이 조촐히 서약이나 하면 어때?'"

포포가 엄마 흉내를 내고는 웃는다. 평소라면 민정도 웃었겠지만 이번엔 입맛이 쓰다. '해도 해도 너무 하네.' 그 생각밖에는 들지 않는다.

"너 잠깐 나가봐. 아무래도 엄마한테 노크해서 한마디 해야겠어. 이번 일은 진짜 나 못 넘어가. 내 일이라면 몰라도 너한테 이러는 건 안 돼. 그렇게 못 놔둬."

"뭐 하러 그래. 난 상관없다니까? 그리고 언니가 뭐라고 한다고 엄마가 마음을 바꾸겠어? 엄마가 어떤 사람인지 언니가 나보다 더 잘 알잖아. 언니가 뭐라고 하든 엄마는 신경도 안 쓸걸? 달라질 것도 없는데 괜히 열 내면서 힘쓰지 마."

"달라질 게 왜 없어? 난 화라도 내야겠어. 아니면 나 화병 나 죽어."

"그래, 알겠어. 언니도 내가 뭐라고 한다고 마음 바꿀 사람이 아니지. 마음대로 해. 하여튼 난 엄마랑 싸울 생각 없으니까 둘이 지지고 볶든 어쩌든 난 빼주고. 알겠지?"

포포가 윈도에서 나갔다. 민정은 바로 엄마의 스크린 윈도에 노크한다. 〈거절〉이 떴다. 〈노크〉와 〈거절〉이 몇 차례 반복된다. 민정은 계속 〈노크〉한다. 엄마가 〈수락〉할 때까지 〈노크〉할 생각이다. 결국 엄마가 〈수락〉했다. 〈노크〉 열세번째에.

"대체 무슨 일이야? 무슨 큰일이 있길래 이렇게 노크를 해대? 누가 죽기라도 한 거니?"

스크린 윈도에 엄마의 모습이 뜨자마자 민정은 스트레스를 받는다. 검은색 긴 원피스를 입고 정원 테이블에 앉아 있는 엄마는 너무 멀쩡하고 여유로워 보인다. '왜 노크를 거절한 걸까? 내가 왜 노크한 건지 알아서겠지.' 민정은 자기가 떠올린 질문에 자기가 대답을 하고 다시 화가 치솟는다.

"엄마야말로 무슨 큰일이 있길래 포포 결혼식에 안 온다는 건데?"

"내가 꼭 참석해야 할 행사가 있어."

딱 한마디다. 딱 한마디. 엄마는 항상 이런 식이다. 길게 풀어서 설명하는 법이 없다. 짧게 통보하고 끝이다. 집에서 떠날 때도 그랬다. 민정의 머릿속에서 빠르게 그날의 기억이 떠올랐다. 어느 날 저녁, 엄마가 집에 들어와서는 신발을 벗자마자 말했다. "나 외국 가." 저녁 7시쯤이었다. 엄마는 밤늦게 들어올 때가 많아서 저녁 식사는 보통 셋이서 했다. 아빠, 민정, 포포. 셋. 식탁에 앉아 있던 세 사람은 어리둥절해서 엄마를 봤다. 무슨 소리지? 엄마가 방금 뭐라고 한 거야?

"외국에 간다고? 어디?"

아빠가 엄마에게 물었다. 엄마는 아무 대답도 없이 식탁에 앉아 있는 세 사람을 봤다. 거의 쏘아보는 듯했다. 민정은 엄마가 가족들을, 자신을, 그렇게 쳐다본다는 것에 상처받았다. 엄마는 식탁에 앉아 있던 세 사람을 적이라도 바라보는 것처럼 쳐다봤다. "여행 가는 거야? 아니면 출장?" 아빠는 다시 물었다. 엄마는 원래 훌쩍 여행이나 출장을 떠나고는 했다. 그때마다 아빠는 군소리하지 않고 받아들였다.

"아니. 둘 다 아니야. 회사는 그만둘 거야. 오늘 사직서 냈어."

그 말을 하면서는 엄마가 눈길을 피했다. 엄마는 가방을 바닥에 내려놓고, 외투를 벗어 방에 걸어놓고 나왔다.

"잠깐 밖에 나가서 같이 얘기할 수 있어?"

아빠는 의자에 앉은 채 엄마를 향해 나직하게 물었다. 아빠의 목소리는 침착했다. 목소리가 떨리거나 표정이 흔들리지도 않았다. 그러나 괜찮은 것은 아니었다. 아빠는 엄마가 떠나기를 원치 않았다. 아빠는 가정적인 사람이었다. 무엇보다 가족을 소중하게 여기는 사람. 아빠에게 넷으로 이루어진 가족은 유일하게 따뜻한 소속감을 느낄 수 있는 공동체였다. 아빠는 그 공동체가 안정적으로 유지될 수 있도록 최선을 다했다. 그러나 엄마는 말 한마디로 아빠가 가장 지키고 싶어 하던 것을 박살 냈다.

"그래, 나가자."

엄마는 그렇게 말하고 벗었던 외투를 다시 입었다. 두 사람이 신발을 신고 집에서 나간 뒤 민정은 충격을 고스란히 흡수한 채로 식탁에 앉아 있었다. 포포는 엄마와 아빠가 나갈 때까지 조용히 밥을 먹다가 민정에게 물었다. "언니, 괜찮아?"

너무나 많이 머릿속에서 되풀이되었던 기억이라 몇 초면 재생이 끝난다. 그날 이후로 30년이 흘렀다. 30년 동안 수없이 머릿속에서 그날의 기억이 되풀이되었다. 슬픔, 무력감, 분노, 이해, 사랑과 미움이 뒤섞인 복잡한 감정도 정말 셀 수 없이, 끝도 없이 많이 되풀이되었다. 혼자 눈물을 쏟으며 엄마를 용서한 밤들도 있었다.

그러나 이런 일이 한 번씩 생길 때마다 다 괜찮아진 줄 알았던 분노가 다시 올라온다. 엄마는 민정이 임신을 했을 때도, 리라를 낳았을 때도 한 번도 찾아오지 않았다. 먼저 노크를 해서 안부를 물은 적도 없다. '사람이 어떻게 그럴 수가. 엄마 역할은 바라지도 않아. 인간으로서 최소한의 도리라는 게 있잖아.' 민정은 병원 침대에 혼자 누워 있던 밤에 그런 생각을 하며 눈물을 흘렸다. 포포가 보호자 역할을 했고, 아빠도 자주 찾아왔다. 하지만 엄마는 너무나 무심했다.

민정은 엄마를 마주 보고 있으면 너무 많은 기억이 한꺼번에 떠올랐다. 대부분 화가 나는 기억들이다. 차라리 아예 안 보고 살았으면 싶을 때도 있지만 두 사람 사이에는 아직 고리가 연결되어 있다. 가족이라는 고리. 그토록 오래 떨어져 살았는데도, 엄마가 그렇게 멀리 달아났음에도 불구하고, 고리는 지금까지도 끊어지지 않았다. 단순히 피로 연결되어서가 아니다. 피가 아니라 기억들이 문제다. 사랑했던 기억들. 사랑을 받았던 기억들. 추억이라는 것들. 사랑이 담긴 기억들은 너무 강력하다. 자신이 엄마를 미워하는 것이 엄마를 사랑하기 때문이라는 것을 민정은 알고 있다. '엄마는 날 버렸지만, 난 엄마를 사랑하지. 그게 진짜 문제야.' 민정은 스크린 윈도 속의 엄마를 보며 생각한다. 엄마는 복잡한 사람이다. 매력적이고 아름다운 사람이고, 자유로운 사람이고, 강인하면서도 나약한 사람이다. 가까이서 보면 누구나 복잡하다. 그 복잡함이 한 인간을 아름답게 만든다. 가족으로 살면 서로의 복잡함을 알게 된다. 불필요할 정도로 많이 이해하게 되기도 한다. 민정은 오랜 세월 동안 엄마에 대한 생각을 많이 했다. 엄마가 왜 가족들을 떠날 수밖에 없었는지도 어느 정도는 이해한다. 그러나 이해한다고 용서하게 되는 건 아니다. 민정은 어떨 때에는 엄마를 용서하고, 어떨 때에는 엄마를 다시 미워한다.

'말끔한 용서라는 게 있을까?'

민정은 스크린 윈도 속의 엄마를 바라보며 생각한다. 엄마는 그저 물끄러미 민정을 마주 보고 있다. 상담사 같은 표정을 하고서. 지금 엄마의 얼굴은 잔잔하다. 무슨 말을 하든 담담하게 들어줄 것처럼 민정을 바라본다. 그러나 막상 다시 대화가 시작되면 둘 사이에는 불이 붙을 것이다. 그걸 알기에 민정은 쉽사리 입을 떼지 못한다. 하지만 영원히 입을 다물고 있을 수는 없는 노릇이다. 민정은 단단히 마음을 먹고 다시 입을 연다. 엄마와의 대화는 언제나 전쟁이다. 모든 말은 공격이 아니면 방어, 그도 아니면 잠시간 휴전 요청이다. 지금은 공격할 차례.

"일생에 딱 한 번이야. 그동안 못 한 엄마 노릇 이번엔 한 번 해주면 안 돼?"

"일생에 딱 한 번일지 어떻게 알아? 두 번일 수도 있고, 세 번일 수도 있지. 그리고 엄마 노릇이라는 게 대체 뭔데? 그게 뭐길래 너는 항상 그렇게 큰소리 땅땅 치면서 날 몰아붙이고 난 매번 너한테 죄인이 되어야 하는 거니?"

"엄마가 언제 죄인이 됐는데? 항상 당당하잖아. 엄마는 미안
하지도 않아? 엄마가 그렇게 해외 나갔을 때 난 한창 사춘기였
어. 포포는 어린애였고. 나라면 미안했을 거야. 아니, 애초에 어
린 자식들 두고 그런 식으로 떠나지 않았겠지. 나였으면."

"넌 정말 철이 안 든다. 그 나이쯤 됐으면 이해하거나 아니면
아예 관심 끄고 네 인생 살거나 둘 중 하나는 해야 하는 거 아니
야? 이제 넌 네 인생 살고, 난 내 인생 좀 살자. 난 그러고 싶은
데 넌 안 그래?"

민정은 이제 한계를 느낀다. 엄마가 이 정도로 차갑게 나올
줄은 몰랐다. 이번에는 조금이라도 미안해할 줄 알았다. '나 혼
자서 엄마를 붙잡고 있었던 걸까? 그걸 나만 몰랐던 건가?' 그
렇다면 고리를 끊을 때가 온 건지도 모른다. 혼자만 붙잡고 있
던 고리를 손에서 놓으면 그땐 어떻게 되는 걸까? 영영 멀어지
게 되나? 영원히 상관없는 사람으로 살게 되는 걸까? 민정은
그러고 싶은 충동이 자신의 안에서 맴도는 걸 느끼며 그 충동
을 내면의 눈으로 바라보았다. 다른 눈, 육체에 붙은 두 눈은 엄
마를 관찰하고 있다.

벌레 한 마리가 날아왔다. 벌레가 엄마 주변을 맴돈다. 엄마
는 플라스틱 헬멧도 쓰지 않았다. 민정은 잠시 긴장한다. 저 벌
레가 엄마를 쏜다면? 엄마가 병에 걸린다면? 엄마는 자신이 죽

는다고 자식들을 불러들일 사람이 아니다. 엄마는 혼자 쓸쓸히 죽어가는 쪽을 선택할 것이다. 어쩌면 장례식도 하지 않겠다고 할지 모른다. '그러면 남은 우리는 어떡해야 하지? 아직 용서도 화해도 하지 못했는데.' 민정은 어정쩡하게 반은 용서하고 반은 원망을 안은 채로 살아갈 남을 인생을 상상한다. 원망은 시간이 지나면 작은 자갈이나 해변의 모래알만큼 작아질 수는 있겠지만, 완전히 녹아서 사라지기는 어려울 것이다. 하지만 다시 잘 보니 그 벌레는 전염병을 옮기는 검은가시모기가 아니다. 아마 파리인 것 같다.

"나도 이제 매달리기 싫어. 엄마 말대로 나는 내 인생 살고, 엄마는 내 인생 살아야지. 그동안 붙잡아서 미안해. 이제 다신 엄마한테 연락 안 할 거야."

진심이다. 엄마와는 이제 끝이다. 끝낼 때가 됐다. 민정은 자신이 그런 말을 했다는 게 놀랍다. 그동안 하지 못하고 질질 끌었던, 해야만 했던 일을 드디어 해낸 것 같다. 마음이 홀가분해진다. 말을 하고 보니 별거 아니다. 상상 속에서는 이미 수없이 했던 말인데 그동안은 용기를 내지 못했다. 포포의 결혼이 엄마와 연 끊는 계기가 될 줄이야. 민정은 묘한 기분을 느낀다. 인생의 아이러니라고 하기에는 뭣하고, 예상하지 못했던 연쇄작용이랄까.

"좀 구차하지만 한마디만 하자."

엄마가 발언권을 얻으려는 사람처럼 몸을 세운다. 민정은 할 말을 하고 마음이 여유로워져서 그러라는 듯 엄마를 본다.

"네 말대로 내가 엄마 노릇 못한 건 맞아. 하기 싫었으니까. 그런데 이번에 포포 결혼식에 못 가는 건 정말 갈 수가 없어서 야. 미리 알려줬으면 일정을 맞춰볼 수 있었겠지. 결혼식이랑 행사 날이 딱 겹친 걸 어떡해."

"그러니까 행사를 빠지거나 다른 날로 옮기면…… 됐어. 포 포 말대로 엄마가 이런 게 한두 번도 아닌데. 기대한 내가 잘못 이지. 얘기 그만할래. 이제 나갈게."

민정은 '나가기' 버튼으로 손을 가져간다. 그때 엄마가 다급 하게 말한다.

"네가 학교 졸업할 때는 갔잖아."

하, 그러셔! 민정이 이제 정말 엄마의 스크린 윈도에서 나가 려는데 리라가 방으로 들어온다. 리라는 할머니를 좋아한다. 엄마도 리라를 보자마자 얼굴이 환해진다. 리라를 향해 웃으 며 손을 흔드는 엄마는 다른 사람 같다. 리라가 스크린 윈도 쪽 으로 다가와 화면을 만진다. 그리고 거실에 있는 패드를 가리 킨다. 자신이 그린 그림을 자랑하고 싶은 거다. 스크린 윈도 안 에 있는 엄마에게는 거실에 있는 패드가 보이지 않는다. 리라 는 답답한 듯 민정을 붙잡고 흔들고, 민정은 어쩔까 생각하다 가 거실로 나가 패드의 그림을 스크린 윈도로 보낸다.

엄마의 스크린 윈도에 리라의 그림이 공유됐다. 분홍색으로 그린 커다란 성 꼭대기에서 공주가 손수건을 흔들고 있고, 하늘에서는 초록색 용이 공주를 위협하듯 무섭게 입을 벌리고 불을 내뿜고 있다. 무지개도 있다. 무지개는 바닥에서 시작되어 성 꼭대기까지 닿는다. 무지개 위에는 기사가 있다. 무지개를 타고 걸어 올라가 공주를 구출하려는 것이다. 요즘 리라가 심취한 레퍼토리다. 민정의 눈에는 리라의 그림이 꽤 근사해 보인다. 네 살 아이가 그린 것치고는 정말 잘 그린 것 같다. '그림 그리는 사람이 되려나?' 민정은 회화 작가나 디자이너가 된 리라를 상상하다가 피식 웃으며 고개를 흔든다. '부모란 정말. 죄다 고슴도치라니까.'

*

엄마에게 리라를 맡기고 외출이라도 할 수 있었다면 관계가 더 나아졌을까? 민정은 거실에서 방 안쪽에 시선을 둔 채 그런 생각을 한다. 리라는 스크린 윈도 앞에 앉아서 할머니와 놀고 있다. 리라는 말을 하려는 욕구가 강하다. 세 살 때부터 키보드에 집착하더니 한글도 빠르게 익혀서 이제 웬만한 말은 패드를 쳐서 할 수 있다. 리라가 패드를 치면 문자가 바로 음성으로 바뀌는 기능도 있다. 하지만 리라는 올해 들어 부쩍 그 기능을 잘

쓰려 하지 않는다. 민정이 이유를 묻자 리라는 손을 움직여서 "엄마. 들어. 싫어"라고 말했다. 아이에게 벌써 비밀과 사생활이 생기다니. 그 순간 민정은 자신의 가슴이 어떤 감정으로 출렁거리는 것을 느꼈다. 잘 생각해보니 그 감정은 섭섭함이 섞인 두려움이었다. 어느 날 리라도 포포처럼 자신의 품을 떠날 거라는 두려움. 생각보다 그 시기가 빨리 찾아온 것에 대한 섭섭함. 그러나 아직은 아니었다. 몇 년이 지나 막상 그때가 오면 홀가분할지도 모른다.

'무슨 얘기를 저렇게 할까?'

리라는 진지한 얼굴로 패드를 치고 있다. 몇 분 정도는 내버려둬도 될 것 같다.

"할 일을 하자."

민정은 일부러 소리 내어 말한다. 뭐부터 해야 하지? 아무 생각도 나지 않고 머릿속이 하얗다. 하지만 괜찮다. 일정표에 다 써놓았으니.

- 빨래
- 리라-수어(오후 2시~4시)
- 장 보기
- 저녁 만들기
- 메일 보내기

- 보고서 체크

- 논문 읽기

- 독서(시간 남으면)

'과연 시간이 남을까?' 민정은 마지막 항목을 보며 생각한다. 크게 바쁜 일도 없지만 마냥 여유를 부릴 수만도 없는 일정이다. '빨래부터 하자.' 민정은 집 안을 돌아다니며 세탁해야 할 것들을 거뒀다. '참 그 사람한테도 연락을 해봐야 할 텐데.' 두 손에 얼굴을 파묻던 그의 얼굴이 아른거렸다.

민정에게 그는 정서적 지원을 주고받을 수 있는 지원군이자 삶이라는 전쟁에서 언제나 협력을 요청할 수 있는 아군이다. 자주 만나는 건 아니라 삶의 동반자라고 하기는 어울리지 않는 느낌이지만, 민정은 그와 맺고 있는 지금 정도의 관계가 좋았다. 각자의 일은 가능한 한 각자가 해결하고, 지나치게 상대에게 의존하지 않는, 적당히 거리가 있는 관계라 부담이 없다. 생활이라는 것에 필연적으로 따라붙는 지저분한 불순물들이 관계에 섞이지 않는 것도 마음에 든다.

민정은 그와 결혼하고 싶지는 않다. 리라와 집안일과 회사 일의 균형을 가까스로 유지하고 있는데 조율해야 할 일거리가 하나 더 늘어난다면. 민정은 감당할 자신이 없다. 지금의 생활은 완벽하다고 할 수는 없어도 나름대로 안정적이고 그럭저

력 평화롭다. 이 정도의 안정과 평안을 얻기 위해 민정은 지난 10년, 20년을 최선을 다해 분투하며 버텨왔다. 그래, 살았다기보다는 버텨왔다는 표현이 더 정확하다. 리라가 태어난 뒤로는 매일이 정말 정신없이 흘러가서 울고 싶은 순간도 많았다. SV 때문에 어린이집에 보낼 수도 없어서 리라를 끼고 일했다. 육아휴직은 겨우 1년이었다. 그 1년 동안에도 일을 아예 쉬지는 못하고 하루에 서너 시간씩 스크린 윈도로 축소 업무를 했다.

'작년 이맘때까지만 해도 아기 같았는데. 언제 저렇게 컸지?'

민정은 리라가 걱정되어 또 한 번 방 안을 힐긋 보고는 생각했다. 리라의 얼굴에서 성숙함이 언뜻 보인다. '리라가 일찍 크는 걸까, 다른 아이들도 그럴까?' 수어 센터 커뮤니티에 질문을 올려도 좋을 것이다. 커뮤니티 사람들은 그런 간단한 질문에도 활발한 대화를 이어간다. 질문이 좋은 불씨여야 하긴 하지만 말이다.

지금 방 안에 있는 리라는 안전해 보인다. 하지만 아이들의 행동은 예측할 수 없어서 잠시 한눈파는 사이에 무슨 일이 벌어질지 모른다. 스크린 윈도 속의 엄마는 리라가 갑자기 넘어지더라도 손을 뻗어 잡아줄 수 없다. '크게 소리를 쳐서 날 부를 수는 있겠지.' 그 정도의 거리가 스크린 윈도 속에 있는 사람들과 맺을 수 있는 관계라고 민정은 생각한다. 그래서 그 남자를 계속 만나는 것이다. 민정에게는 스크린 윈도 속에 있는 사람들이 아니라 현실에 있는 사람이 필요했다. 리라 외에 다른 사람이. 만질 수 있고, 얼굴을 보고 웃고 떠들 수 있는, 키스도 할수 있고 그 이상도 나눌 수 있는 그런 관계를 원했고, 운 좋게 알맞은 상대를 찾았다.

'내가 욕심이 너무 많은 걸까?'

민정은 바구니에 모은 옷가지를 세탁기에 털어 넣었다. 리라와 잘 지내면서 안정된 생활을 유지해나가고 싶고, 회사 일도 잘해나가고 싶다. 그리고 어느새 그도 포기할 수 없는 인생의 중요한 한 부분이 되었다. 민정은 세탁기 버튼을 누르고 고개를 흔들었다. '잡다한 생각이 너무 많아. 욕심이 좀 많으면 어때. 내가 잘하면 되지. 난 그럴 능력이 되는 사람이야.'

민정은 리라가 있는 방으로 돌아간다. 그에게 연락을 해보긴 해야 하지만 리라가 먼저다. 리라를 방에 오래 혼자 두기에는 마음이 초조하다.

"리라, 이제 그만. 할머니도 할 일 해야지."

민정은 리라를 부드럽게 붙잡고 얼굴을 보며 천천히 말한다. 리라는 입술을 잘 읽지 못하지만 상황은 이해한다. 이제 할머니와의 대화를 '종료'해야 한다는 것을.

스크린 윈도 속에서 엄마가 리라와 민정에게 뭐라고 말하려는 순간, 어떤 여자가 화면 구석에 나타나 그녀를 부른다.

"선생님, 이제 가셔야 해요."

민정도 그 사람을 안다. 엄마의 비서다. 이름이 마들렌이었던가? '대체 엄마를 어떻게 견디는 걸까?' 민정은 의심한다. 어쩌면 진짜 인간이 아니라 가상 인간인지도 모른다. 엄마는 바로 일어나서 화면을 향해 손을 흔들며 말한다.

"리라, 안녕. 또 보자."

엄마가 한 말은 바로 문자로 변환되어 화면에 크게 뜨지만, 리라는 그것을 보고 있지 않다. 엄마가 흔드는 손을 보고 마주 손을 흔들며 정확하지 않은 발음으로 말한다. "할머니, 안녕!"

엄마가 화면에서 사라진다. 다시 둘만의 시간이다. 민정과 리라는 거의 종일 둘이서 시간을 보낸다. 방금처럼 다른 사람들이 끼어들 때도 있지만, 그들은 스크린 윈도 속에서만 존재한다. 리라가 만지고 안길 수 있는 사람은 민정뿐이다.

'얘가 날 지겨워하게 되면 어쩌지?'

민정은 자신에게 안겨 있는 리라를 보며 생각한다. 리라도 엄마 품이 지겹고 답답해질 때가 올 거다. 세상 밖으로 나가서 다른 사람들과 만나고 어울리고 관계를 맺고 싶은 욕구가 폭발하는 시기 말이다. 민정은 그때가 오는 것이 기대되기도 하고 두렵기도 하다. 바로 그 시기에 민정과 리라의 관계는 크게 변할 것이다. 충돌도 할 것이다. 포포와 부딪혔던 것처럼. 그러나 포포와는 그 시기를 거치며 애증이 쌓여서 관계가 더욱 단단해졌다. 애정이 섞인 미움은 관계를 끈끈하게 만든다. 싫든 좋든.

지금 엄마에게 느끼는 것 같은 미움을 리라도 가지게 된다면. 그것만은 사절이라고 생각하며 민정은 고개를 흔든다. 리라는 아직 민정의 품 안에 있다. 민정은 그것이 좋다. 리라의 정수리에서 나는 어린아이의 땀냄새와 무언가에 집중할 때의 진지한 표정, 이제 제법 묵직해진 몸의 무게를 사랑한다.

'지금은 이게 나한테 가장 중요해.'

민정은 그런 생각을 하며 리라에게 속삭인다.

"리라야, 점심엔 뭘 먹을까?"

리라는 반응이 없다. 머리를 쓰다듬자 그제야 엄마를 올려다본다. 민정이 밥을 먹자고 손으로 말하자 리라가 도리질을 한다. 아직 배가 안 고픈가 보다.

"밥 먹어야 수어 센터 가지."

민정은 말을 하면서 손을 움직인다. 이 정도 수어는 능숙하게 할 수 있다. 민정의 말에 리라가 벌떡 일어나 부엌으로 달려간다. 리라는 수어 센터에 가는 것을 좋아한다. 요즘 수어 센터의 선생님에게 푹 빠져 있다. 질투가 날 정도다.

"또 뭘 먹나."

민정은 한숨을 쉬며 부엌으로 간다. 리라는 벌써 의자에 앉아 있다. 반짝거리는 눈을 하고서는. 사랑스러운 얼굴. 그 순간을 사진 찍어두고 싶다는 생각을 흘려보내며 민정은 냉장 스토브의 화면을 터치한다. 민정은 사진이나 영상 찍는 것을 그리 좋아하지 않는다. 순간은 흘러가는 것이 자연스럽다. 기억에 남는 것만 기억하면 된다. 머리에 사진처럼 남는 기억만을 안고 살기에도 벅차다.

리라가 첫걸음마를 뗀 순간이나 처음으로 민정의 이름 세 글자를 쓴 순간 같은 것들을 민정은 선명하게 기억한다. 남들보다 기억력이 좋기 때문에 사진에 별로 흥미를 갖지 않게 된 걸까? 아니면 사진 찍는 습관이 없기 때문에 오히려 더 많은 것을 기억하게 된 걸까?

스크린 윈도의 카메라 기능을 켜놓기만 하면 모든 일상이 저장되는 시대에 민정처럼 사진이나 영상을 찍지 않는 사람은 드물다. 포포도 리라의 순간들이 사라지는 게 아쉽지 않느냐고, 일상적으로 영상 찍는 습관을 들이라는 말을 종종 한다. 그러나 민정은 요즘 사람들이 기록 중독이라고 생각한다. 기록이 쌓인다는 생각을 하면 사진과 영상의 산에 깔리는 상상이 떠올라 숨이 콱 막힌다.

"언니는 보수주의자야. 옛날 사람."

포포는 가끔 그런 말을 한다.

"난 세계에서 마흔일곱번째로 아빠 없는 아이를 낳은 여자야. 환경을 해치지 않는 미래의 소재를 개발하고 있고. 나만큼 현대적인 사람이 어디 있다고."

민정은 포포에게 능숙하게 받아치지만 속으로는 동생의 말이 어느 정도는 맞다고 생각한다. 보수주의자까지는 아니지만 옛날 사람 같은 면이 있긴 하다고. 민정은 옛날 사람처럼 따뜻한 체온을 사랑하고, 사람을 직접 만나 대화를 나누는 것을 좋아한다. '그게 뭐 잘못도 아니잖아. 내가 그런 사람인 걸 어떡해.' 민정은 자신이 또 잡다한 생각을 하고 있다는 것을 의식하며 냉장 스토브에서 나온 도시락을 집어든다. 버튼 하나만 누르면 냉장고에서 바로 음식이 데워져서 나온다니. 편한 세상이다. '그래도 직접 만드는 음식만은 못하지. 오늘은 꼭 장을 봐서 맛있는 걸 해 먹을 거야.' 민정은 그런 생각을 하고서는 피식 웃는다. '아, 난 역시 옛날 사람인가 봐.'

포포와 윤슬의 대화

〈포포의 노크. 창을 여시겠습니까?〉

〈예.〉

"아빠?"

"응, 우리 딸. 잘 도착했어?"

"잘 왔어요."

"새집은 지낼 만하고?"

"엄청 좋아. 원래 살던 집보다 좀 작긴 한데, 대신 신축이라 깨끗하고 이것저것 잘 갖춰져 있어. 단지 안에 무인 식당도 많고, 옷 가게도 있고, 별별 가게가 다 있어서 밖에 나갈 필요가 없어. 단지 안에 있는 상점들 물건은 뭐든 집 앞으로 배달되고. 전에 살던 집은 근처에 상점이 없어서 비누 하나 살 때도 드론 배달을 시켜야 했는데. 여긴 단지 안에서 다 해결돼서 좋아. 드론 배달은 가끔 물건이 유실되기도 하잖아. 반품하려고 해도 골치 아프고. 그리고 사람들이랑 붙어 사는 게 생각보다 괜찮네?"

"이웃들이 가까이 살아?"

"아무래도 단지니까. 전에 살던 집은 이웃에 사는 사람들을 마주칠 일이 거의 없었는데, 여긴 안 그래. 우리 집이랑 똑같이 생긴 2인용 집들 수백 채가 사방 50미터 거리를 두고 쭉 늘어서 있어. 울타리만 없으면 진짜 붙어 있는 거나 마찬가지야. 공중에서 보면 꽤 기괴할 것 같아. 그나마 지붕 색이 다 달라서 다행이지. 벽 색깔은 다 똑같거든. 지붕 색까지 똑같았으면 강박적으로 보였을 거야."

"벽은 무슨 색깔인데?"

"흐리멍덩한 색. 회색도 아니고 베이지도 아니고. 사진으로 볼 때는 괜찮아 보였는데, 와서 보니까 별로야."

"때 탈까 봐 그런 색으로 지었나 보지."

"그런 것 같아. 벽까지 신소재로 하려면 돈이 많이 들어서 그랬나? 벽도 지붕처럼 색을 바꿀 수 있으면 좋을 텐데. 그래도 검은색은 아니라 다행이야. 검은색이었으면 진짜 우중충했을 걸? 뱀파이어나 유령이 사는 집 같았을 거야."

"뱀파이어나 유령은 벽이 검은 집에 안 살걸?"

"왜?"

"유령은 투명하잖아. 검은색 집 앞에 서 있을 때 네 몸이 투명하다고 생각해봐. 싫지 않을까?"

"그게 왜 싫은지 모르겠는데."

"투명한 유령이 검은 집 앞에 서 있으면 시꺼멓게 보일 거 아냐. 내 몸이 투명하다면 난 하얀 집에서 살고 싶어. 햇빛이 비치면 내가 아예 안 보이게. 그럼 내가 빛이 된 느낌일 것 같아. 빛에 녹아들어서 한 몸이 되는 거지."

"근데 유령이 낮에 거리를 활보할 수 있어?"

"넌 유령이 낮에는 사라졌다가 밤에 다시 생겨나는 거라고 생각해?"

"몰라. 생각해본 적 없어."

"유령이 투명하니까 환한 낮에는 안 보이는 거지. 그래서 비오는 날에는 가끔 보이잖아. 흐릴 때."

"유령 본 적 있어?"

"한 번씩."

"그런 얘기 한 적 없었잖아. 난 항상 유령이 진짜로 존재하는지 궁금했는데. 유령이 진짜 있어, 아빠?"

"모르지."

"한 번씩 본다며."

"내 눈에 보이긴 하는데, 보인다고 그게 꼭 진짜로 존재한다는 뜻은 아니잖아."

"아빠는 말을 너무 심오하게 해."

"내가? 나 안 그런데?"

"그래. 근데 그럼 뱀파이어는? 영화 같은 데 보면 검은 성처럼 생긴 대저택에 살던데. 고딕 양식의 건축물 있잖아."

"요즘 뱀파이어들은 그런 데 안 살걸? 옛날 건물들은 벌레 들어오는 걸 막기가 힘들잖아. 내가 뱀파이어라면 검은색 집에서는 안 살 거야. 검은색은 햇빛을 제일 잘 흡수하잖아. 나라면 하얀색 집을 선택하겠어. 하얀색은 검은색과 달리 햇빛을 튕겨내니까."

"그건 아빠 취향이지."

"맞아, 내 취향이야."

"근데 아빠. 엄마가 내 결혼식에 안 온대."

"그렇구나."

"아빠는 반응이 무덤덤하네? 언니는 화내던데."

"화낼 게 뭐 있어. 상현 씨가 언제 가족 행사 참여하는 거 봤어?"

"언니 학교 졸업식 때는 왔었잖아."

"그래, 그땐 왔었네. 그때 딱 한 번."

"엄마한텐 내 결혼식이 언니 학교 졸업식보다 못한가 봐."

"그렇게 생각하진 말고. 무슨 사정이 있겠지."

"대단한 사정이랄 것도 없어. 직장에서 행사가 있대. 내 결혼식은 언니 학교 졸업식보다도 못하고, 회사 행사보다도 중요도가 낮아."

"넌 젊은 애가 뭘 그런 걸 그렇게 신경 써. 엄마 못 오는 게 뭐 그리 큰일이라고. 떨어져서 산 지도 오래 됐잖아."

"하여튼. 괜히 둘이 결혼한 게 아니라니까. 나도 신경 안 쓰려고 하긴 해. 아빠 말대로 엄마가 언제 가족 행사 참여했다고. 내 생일에나 언니 생일에나 메시지 한번 보낸 적이 없잖아. 아빠는 엄마한테 생일 축하 메시지 받아본 적 있어?"

"아니."

"그러니까. 그런 사람이라니까. 엄마랑 얘기하고 있으면 내가 세상에 태어난 게 잘못처럼 느껴져. 엄마한테 난 어느 날 배 속에 생긴 돌멩이 같은 거야. 배 속에 돌멩이가 생겨서 그냥 배출한 거지. 배 속에 똥이 쌓이면 변기에 엉덩이 대고 싸는 것처럼."

"우리 딸, 좀더 품위 있게 얘기할 수는 없어?"

"농담 아니야. 엄마한테는 정말 그렇다니까."

"똥한테 이름을 지어주는 사람이 어딨어. 엄마가 네 이름 지을 때 얼마나 신경 썼는 줄 알아?"

"감싸긴. 아빠는 아직도 엄마 좋아하지?"

"싫을 건 뭐야. 대단하잖아. 혼자 멀리 가서 자기가 가치 있다고 생각하는 일을 하는 거. 그거 아무나 할 수 있는 게 아니야."

"엄마는 내가 아빠를 닮았으면 해서 내 이름에 '감쌀 포' 자를 넣은 거야. 아빠같이 포용력 있는 사람이 세상에 또 있을까? 난 없다고 봐."

"나 그런 사람 아니야."

"아빠 그런 사람 맞아."

"이제 내 얘기 그만하고, 네 얘기 하자. 네 친구는? 둘이 잘 지내?"

"당연히 잘 지내지! 이쪽으로 와도 어차피 스크린 윈도로 서로를 볼 때가 많을 테니 사실 뭐 그리 차이가 있을까 했는데, 막상 여기 와서 2인용 집에 같이 사니까 모든 게 다 달라. 생각했던 것보다 훨씬 좋아."

"싸우지는 않고?"

"아직은. 나중에는 맨날 싸울지도 모르지만, 지금은 전혀 안 싸워. 좋기만 해."

"잘됐네. 그 친구랑 벌써 오래됐다며. 지금까지 잘 지냈으면 앞으로도 그렇겠지."

"그럴까? 그랬으면 좋겠는데."

"그럴 거야."

"아, 아빠. 나 결혼식 때 편지 써줘야 하는 거 알지?"

"까먹진 않았는데 꼭 내가 써야 해? 마지막으로 편지 써본 게 언제인지도 모르겠는데."

"정말 너무하시네. 편지 안 써주면 결혼식 때 공백의 시간을 가질 거야. 아빠에게 글 한 편을 부탁했는데, 아무것도 안 써주셔서 잠시 침묵하는 시간을 갖겠다고. 그리고 그 시간 동안 카메라는 아빠 얼굴에 맞춰둘 거야."

"결혼식 아예 안 가도 되니?"

"난 괜찮은데, 언니는 화 많이 낼걸? 감당하실 수 있겠어요?"

"음. 그건 자신이 없네. 써볼게. 대신 글이 별로여도 실망하지 말아줘."

"진짜 못 쓰겠으면 딱 한 줄만 써서 줘도 돼. 뭐라도 쓰기만 해주세요."

"알겠어."

"고마워. 기대할게요."

"기대하지 말라니까."

"네네. 난 이제 자려고."

"그 친구랑 잠도 따로 자는 거지?"

"응. 집이 붙어 있기는 하지만, 각자 공간에 따로 사니까."

"혼자 자는 게 지겹진 않아?"

"아빠는?"

"난 편해."

"나도."

"그래. 잘 자라."

"아빠도 안녕히 주무세요."

"안녕."

"안녕. 또 연락할게요."

〈포포가 떠났습니다. 대화를 종료하시겠습니까?〉

〈예.〉

포포

아빠의 스크린 윈도에서 나오자마자 무이의 노크가 떴다. 잠깐 숨을 돌리고 싶기도 하지만 무이의 노크를 무시할 수는 없다. 포포는 무이의 노크에 응답했다. 스크린 윈도에 뜬 무이의 얼굴을 보자 알게 모르게 쌓였던 하루의 피로가 싹 가시는 것 같았다. 송아지처럼 순한 눈매와 동그란 코, 옆으로 퍼진 짧은 곱슬머리가 포포의 눈에는 한없이 사랑스러워 보였다. 어떻게 시간이 지날수록 점점 더 귀여워 보이는지. '콩깍지가 이렇게 오래가기도 하나?' 포포는 무이의 얼굴을 보며 그런 생각을 하고는 조금 놀란다. 자신이 누군가를 이렇게 사랑하고 있다는 게 신기하다. 요 며칠은 무이의 얼굴에서 빛이 나는 것처럼 보일 정도다.

포포가 이곳에 온 지 벌써 일주일이 지났다. 처음 며칠은 술에 취한 듯 정신이 없었다. 두 사람은 종일 서로의 공간이 보이도록 스크린 윈도를 켜놓고 사랑의 대화를 나눴다. 잘 때도 상대방이 보이도록 카메라를 맞춰놓고 잠들었다. 인생에서 처음으로 비행기를 타고 먼 거리를 날아왔다는 흥분과 사랑하는 사람과 더욱 가까워진 느낌(육체적으로나 정신적으로나), 결혼을 앞두고 느끼는 기대와 두려움이 포포를 어지럽게 만들었다. 인생에서 이토록 빛나는 시기가 또 있을까? 포포는 진심으로 행복을 느끼고 있었고, 무이도 포포와 같은 감정을 느끼고 있는 듯했다.

결혼식은 한 달 후다. 그때까지 남은 시간이 너무 짧은 것 같기도 하고, 너무 긴 것 같기도 해서 포포는 아득함을 느낀다. 결혼식이라니. 어쩌자고 그렇게 거창한 일을 벌이기로 했을까. 포포와 무이는 각자의 방에 공지를 띄우고, 중요한 사람들에게는 따로 초대장을 돌렸다. 포포와 무이를 아는 사람들은 대부분 결혼식에 참석할 것이다. 최대 인원은 천 명으로 예약해놓았는데, 무이는 자리가 모자랄까 봐 걱정하고 있다. 포포는 천 명도 너무 많다고 생각하지만, 반지를 걸지는 않았다. 돈이 좀더 들긴 해도 그만큼 하객들에게 받는 돈도 늘어날 테니 괜찮다.

"뭐 하고 있었어?"

화면 속에서 무이가 묻는다.

"아빠랑 잠깐 얘기했어."

포포는 무이를 향한 친밀감을 느끼며 대답했다. 두 사람은 지난 몇 년간 이렇게 저녁마다 일상적인 대화를 나누었다. 아마 남은 생 동안 매일 그런 나날을 보낼 것이다. 포포는 그런 식으로 정해진 미래에 안정감을 느꼈다. 민정은 포포가 인생을 바꿀 결단을 잘도 내린다며 엄마에게 대담함과 모험심을 물려받은 거라고 말하지만, 포포는 그 말에 동의하지 않는다. 포포가 회사를 관두고 인형을 만들며 살아가기로 한 것도, 무이와 결혼하려고 평생 살던 곳을 떠나 새로운 곳으로 온 것도 변화를 원해서가 아니었다. 오히려 그 반대다. 자신에게 잘 맞는 것을 선택해서 평생 그것을 바꾸지 않고 살고 싶었다. 그런 점에서 자신은 엄마가 아니라 아빠를 닮았다고 포포는 생각한다. 엄마가 떠나지 않았다면 아빠는 평생 엄마에게 충실했을 것이다. 엄마가 떠나고 많은 시간이 흐른 지금도 아빠는 예전과 같은 감정으로 엄마를 사랑하는 것처럼 보인다. 포포는 그런 아빠가 답답하면서도 한편으로는 이해가 간다. 포포 역시 무이를 평생의 사랑으로 생각한다. 민정은 어디로 흐를지 모르는 것이 사랑이라고 하지만, 포포는 사랑이 의지의 영역이라고 생각한다. 포포는 무이를 평생 사랑하기로 했고, 무이가 그만두기를 원하지 않는 한 영원히 그럴 것이다. 사랑의 의지. 포포에게 그것은 종교와 같은 것이다. 그러니 아빠를 이해할 수밖에 없지 않겠는가.

"뭐라셔?"

무이의 말.

"그냥. 잘 도착했냐고 안부 인사. 자기랑 안 싸우고 잘 지내
냐고 해서 전혀 안 싸우고 너무 좋기만 하다고 자랑했어. 새집
좋다는 얘기도 하고."

"자랑만 했구나."

"신혼이니까."

"정확히 말하자면 신혼은 아니지. 아직 결혼한 건 아니니까."

"식 올리기 전에는 모른다는 거야?"

포포가 눈을 흘기는 척하자 무이가 웃음을 터뜨린다. 두 사
람은 요즘 어린애들처럼 아무 일에나 쉽게 웃는다. 소리 내어
잘 웃는다.

"당연하지. 바로 한 시간 후에 일어날 일을 모르는 게 인간
인데."

"난 무슨 일이 생겨도 너랑 결혼할 거야."

"결혼식 전날 사고가 나서 내가 죽을 수도 있잖아."

"그럼 영혼결혼식 할 기야."

무이가 또 웃음을 터트린다. 포포는 그 웃음소리가 좋아서
또다시 행복해진다. 인생을 함께할 사람이 있다는 것이 감사
하다.

"벌레 폭풍이 몰려오면? 갑자기 엄청나게 거대한 벌레 폭풍이 와서 세상을 까맣게 뒤덮을 수도 있잖아."

"이 집에서 문 닫아걸고 같이 있으면 되지. 벌레들이 집 외관을 뒤덮을 수는 있어도 안까지는 못 들어올걸?"

"전기가 끊겨서 스크린 윈도를 못 켜는 상황이 되면?"

"내가 당신 공간으로 가면 되지. 당신이 내 공간으로 와도 되고."

이 집에는 상대방의 공간으로 갈 수 있는 문이 하나 있다. 그 문을 열면 무이를 만날 수 있다. 스크린 윈도를 통하지 않고 무이를 만난 적은 한 번도 없었다. 이 집에 도착한 날도 그랬다. 포포는 무이처럼 드디어 둘이 바로 곁에서 살게 되었다는 기쁨에 가슴이 벅찼지만, 무이의 집 문을 열고 그 안으로 들어가지는 않았다.

포포가 여기로 오기 전에 두 사람은 2인용 집에 살더라도 계속 각자의 공간에서 따로 살기로 합의했다. 포포는 스무 살 이후로 다른 사람과 함께 살아본 적도, 어떤 단체 생활을 해본 적도 없었다. 회사에 다닐 때도 스크린 윈도를 통해서만 사람들과 소통했다. 포포는 스크린 윈도를 통하지 않고 사람을 직접 만난다는 게 불편했다. 사랑하는 무이라고 해도 같은 공간에서 함께 살 자신은 없었다. 포포에게는 그런 욕구가 거의 없다. 다른 사람의 살갖을 만지거나 키스하고 싶은 욕구를 가끔 희미하게 느끼기는 했다. 하지만 곧바로 강한 혐오감이 올라와서 스킨십에 대한 욕구를 덮었다. 포포는 여기 오기 전에 무이에게 그런 얘기를 솔직하게 털어놓았다. 유년기부터 대규모 벌레 폭풍을 경험한 세대 중에는 포포와 같은 사람이 많아서 그게 아주 특별한 흠이라고는 할 수 없지만, 그래도 결혼할 사람에게 얘기하지 않고 넘어갈 일은 아니었다. 무이도 포포가 그런 사람이라는 걸 아예 모르지는 않았다. 포포가 결혼을 결심하기 전에 무이에게 그 얘기를 한 것은 쐐기를 박기 위해서였다. 자신이 결혼을 하더라도 그 부분을 바꿀 수는 없다는 것을 확실히 얘기하고 싶었다. 결혼 후에 서로 쓸데없이 상대방을 설득하려고 힘을 빼거나 하는 일이 없도록 말이다.

무이 역시 원가족을 떠난 후로 남들과 부대끼며 살아본 적이 없는 사람이다. 스킨십은 청소년기에 서툴게 사귀던 여자아이와 한 번, 이십대 초반에 또래 남자애와 한 번 해보았는데 두번 다 좋은 경험은 아니었다고 했다. "솔직히 말하면 속이 메스꺼웠어." 무이는 고백하는 투로 말했다. 그런 대화를 나눈 것이 세 달 전쯤이다. 그 대화는 포포에게 마지막 관문이었다. 결혼해도 지금까지처럼 각자의 공간에서 따로 살아도 된다는 것이 확실해지자 마음이 무척이나 편안해졌다.

그런데 방금 무이가 한 말 — 내가 당신 공간으로 가면 되지. 당신이 내 공간으로 와도 되고 — 을 들으니 갑자기 가슴이 무거워졌다. 그 말이 반쯤은 농담이라는 걸 아는 데도 그렇다. 무이는 역시 그런 것을 바라는 걸까? 각자의 공간을 나누는 경계를 허물고 상대방의 공간에 들어가 상대방을 만지면서 친밀감을 느끼기를 바라나?

"그런 상황이 되면 그럴 수도 있다고. 내가 그러고 싶다는 건 아니야."

포포가 당황한 것을 느꼈는지 무이가 얼른 말한다. 어색한 미소. 포포는 무이의 서운한 감정을 알아차리고 사과한다.

"미안해."

"미안할 게 뭐 있어. 같이 얘기해서 그러기로 결정한 건데. 나도 따로 사는 거 좋아. 그리고 자기가 나 있는 데까지 와줬잖아. 난 그걸로 충분해."

무이가 거짓말을 하는 게 아니라는 건 안다. 하지만 완전히 진심인 것만도 아닐 것이다. 무이는 각자의 공간에서 사는 게 자신도 편하지만 가끔은 한 공간에 같이 있을 때도 있었으면 좋겠다고 말한 적이 있다. 그때 포포는 정확히 하고 싶어서 무이에게 물었다. "가끔이면 얼마나? 한 달에 한 번?" 포포의 말에 무이는 조금 당황해하며 웃었다. "아니, 그건 너무 적지. 난 하루에 한 번 정도를 생각했어. 길게는 아니어도 하루에 5분이나 10분 정도씩 여러 번 만나는 것도 좋고. 난 자기가 내가 있는 곳으로 와서 나랑 결혼하고 싶다길래 자기도 그러고 싶은

건 줄 알았어. 그게 아닌가?" 그래서 더 깊은 이야기를 하게 된
거였다. 두 사람은 그날 장장 세 시간에 걸쳐 그에 대해 이야기
를 나눴다. 한 번의 대화로 끝난 것도 아니다. 포포가 여기 오기
전까지 두 사람은 결혼 후에 어떤 방식으로 함께할 것인지에
대해 아주 많은 대화를 나눴다. '2인용 집에서 각자의 공간에
머물면서 서로를 '직접' 만나는 일 없이 지낸다.' 결국 그런 결
론을 내릴 수 있었던 건 무이가 양보해준 덕분이었다. 무이는
여전히 '가끔은' 한 공간에서 함께 지내기를 바랄 것이다. 그러
나 포포는 그렇게 하는 것이 두려웠다. 포포에게는 무이와 함
께 2인용 집에서 사는 것이 낼 수 있는 용기의 최대치였다.

"자기가 날 얼마나 사랑하는지 알아. 나도 당신을 많이 사랑
하고. 그거면 됐어. 그 이상을 바라는 건 나도 욕심이라고 생
각해."

포포가 계속 조용해서일까? 무이가 다시 말한다.

"그러니까 신경 안 써도 된다고."

"알겠어. 자기가 날 많이 이해해주는 거 알아. 그래서 고맙고
미안해."

"고마울 필요도 없고, 미안할 필요도 없어. 난 이렇게 사는
거 좋다니까? 우리도 수많은 스크린 윈도 부부 중 하나가 되는
거지. 얼마나 멋져? 신세대 같잖아. 서로 냄새 맡을 일 없으니
샤워도 하고 싶을 때 할 수 있고. 좋은 점이 또 뭐가 있지? 자기

가 말해봐. 스크린 윈도 부부의 좋은 점."

"글쎄, 뭐가 있을까? 지금은 딱 떠오르는 게 없네."

"그럼 왜 스크린 윈도 부부로 살자고 했어?"

무이의 얼굴에 장난기가 가득하다. 포포가 곤란해하는 얼굴이 보고 싶은 것이다. 포포는 그것을 깨닫고 웃는다.

"난 스킨포비아니까."

포포가 스킨포비아라는 건 민정이 했던 말이다. 포포는 그 말을 듣고 바로 무이에게 전했다. 언니가 자신에게 그런 말을 했다고. 그 얘기를 하며 두 사람은 깔깔 웃었다. 그리고 그 뒤부터 그 말은 두 사람의 새로운 농담거리가 됐다.

"어머, 자기 스킨포비아였어?"

"몰랐어? 난 완전히 스킨포비아지."

말해놓고 포포는 생각한다. '근데 난 진짜 스킨포비아이긴 한데.' 포포는 떠오른 생각을 무이에게 그대로 말한다.

"난 진짜 스킨포비아이긴 해."

"난 스킨포비아랑 다음 달에 결혼하는 사람이고."

무이가 그렇게 말하고 웃는다. 무이와 있으면 항상 이렇다. 진지한 주제로 대화를 나누다가도 결국은 함께 마주 보고 웃게 된다. 그건 포포가 무이를 사랑하는 수만 가지 이유 중 하나다.

깊은 밤이다. 포포는 얕은 잠을 자다 눈을 떴다. 밤은 고요하다. 스크린 윈도 화면으로 잠든 무이의 모습이 보인다. 포포와 무이 둘 다 작은 등을 켜놓았다. 자다 깼을 때 서로가 보이게 하려고 그런 거다. 공동 수면이라는 게 유행한 적이 있다. 반짝 유행하고 그친 것만도 아니다. 요즘도 공동 수면을 하는 사람들이 있다고 한다. 그룹을 만들어 다른 사람들이 자는 모습을 화면에 띄워놓고 잠드는 것이다. 그걸로 오래 앓던 불면증을 고친 사람도 꽤 있다고 한다. 포포는 작업을 할 때는 다른 사람들이 볼 수 있도록 자신의 방을 공개 모드로 해놓고는 하지만, 불특정 다수의 타인에게 사적인 모습까지 노출하고 싶지는 않다. 잠은 가장 사적인 영역 중에 하나다. 가장 무방비하고 그렇기 때문에 가장 나약한 모습이기도 하다.

"내가 자는 모습을 다른 사람들이 구경한다니. 생각만 해도 소름 끼쳐."

포포는 공동 수면에 대한 기사를 보고 무이에게 그렇게 말했있다. 포포가 무언가에 대해 그렇게 격한 반응을 하는 건 드문 일이어서 무이는 웃었다. 그리고 말했다.

"난 몇 번 해본 적 있어."

"진짜? 그런 걸 왜 했는데?"

"얼마 전에 유독 잠이 안 오는 날이 있었는데, 그날 처음으로 해봤어. 유행이라니까 궁금하기도 하고. 나 그런 거 해보는 거 좋아하잖아."

"어땠어?"

"신기했어. 별 기대 없었는데 은근히 효과가 있더라고. 그날 아침까지 푹 잤어. 그날은 정말 날이 샐 때까지 한숨도 못 잘 것 같았는데. 그다음부터 진짜 잠이 안 오는 날에는 가끔 해."

유행하는 문화에 관심이 많은 편인 무이와 달리 포포는 세상의 유행에 별 관심이 없다. 그게 뭐든 자신과는 상관없는 일 같다. 무이는 포포의 그런 무심한 면을 좋아한다. 다른 사람들에게 휩쓸리지 않고 자기 세계를 조용히 지키는 것 같아서 멋져 보인다고 했다. 무이가 연애 초반에 그런 얘기를 했을 때 포포는 고개를 저었다.

"난 그냥 폐쇄적인 거야."

실제로 포포는 자신의 폐쇄적인 면에 대한 자부심이 조금도 없었다. 포포는 오히려 세상일에 관심이 많고 유행을 잘 타는 무이가 매력적으로 느껴졌다. 무이는 파도를 잘 타는 서퍼처럼 세상의 흐름을 잘 읽고 거기에 몸을 실을 줄도 아는 사람이다. 포포는 무이가 세상을 사는 데에 능숙한 면이 있는 게 좋았다. 무이는 남들보다 일찍 자기 수업을 개설했는데, 얼마 지나지 않아 인기 있는 강사가 됐다. 수업이 안정 궤도에 들어가고 나서는 거기에 만족하지 않고 커리큘럼이 괜찮은 다른 강사들을 설득해서 대학 과정 강사 그룹을 만들었다. 무이가 만든 그룹은 점점 확장되어서 소속된 강사도 많고, 그룹의 팬처럼 따라다니는 학생도 많다. 무이는 학생들을 상대할 때나 다른 강사들을 상대할 때나 거침이 없다. 다른 사람을 만나서 이야기하거나 설득하는 걸 전혀 두려워하지 않고, 추진력도 강하다. 정치에 능하다고 할까. 포포에게는 없는 능력이다.

무이에 비하면 포포는 자기만의 동굴을 만들어 틀어박히는 사람이다. 포포는 많은 사람을 필요로 하지 않는다. 몇 사람이면 충분하다. 아빠, 언니, 조카 리라 그리고 이제 무이도 가족이 될 것이다. 아니, 무이는 이미 가족이었다. 그런데, 무이도 그럴까? 자신이 무이에 대해 느끼는 감정과 무이가 자신에 대해 느끼는 감정이 같은 무게일지 포포는 문득 자신이 없어진다. 밤이어서 그럴 것이다. 어둠 속에 혼자 있으면 약한 기분이 드니까. 어둠은 빛이 사물을 환하게 밝히는 것처럼 인간의 나약한 감정을 선명하게 드러나도록 만든다.

"자기, 깼어?"

스크린 윈도 화면 속에서 무이가 말을 건넨다. 포포의 기척을 느끼고 잠깐 깼나 보다. 무이는 아직 반은 꿈속인지 말도 웅얼거리고, 눈도 거의 감겼다. 포포는 무이에게 다정하게 대답했다.

"괜찮아. 더 자. 나도 더 잘 거야."

"어제도 잘 못 자더니."

"시차적응이 덜 돼서 그런가 봐. 자꾸 잠에서 깨네."

"피곤해서 어떡해."

"괜찮아. 점점 나아지겠지. 이러다 자기까지 잠 깨겠다. 얼른 다시 자."

"응, 나 내일 오전 수업 있어서. 잘게. 미안해."

"미안하긴. 잘 자."

이내 무이의 잠든 숨소리가 들린다. 금세 다시 깊게 잠든 것 같다. 무이는 하루에 다섯 시간 정도밖에 자지 않는다. 길지 않은 잠을 방해할 수 없다. 포포는 조용히 화면 속의 무이를 바라본다. 방에서 나가 거실로 가서 문 하나만 열면 무이의 공간으로 들어갈 수 있다. 지금 무이를 깨워서 그쪽으로 가도 되겠느냐고 묻는다면 무이는 기꺼이 오라고 할 것이다. 포포가 그쪽으로 가면 무이는 포포를 침대로 끌어당길 것이다. 포포와 무이는 서로를 끌어안고 깊이 잠들 것이다. 무이의 체온. 무이의 냄새. 무이의 감촉. 모든 것이 낯설 것이다.

포포는 머릿속으로 그런 것들을 그리다 작은 등을 껐다. 벽 너머에 무이가 있다는 사실, 문 몇 개만 열면 무이에게 갈 수 있다는 사실이 지금 이 순간에는 안심이 된다. 지금 이 순간에는 공동 수면을 하는 사람들을 어렴풋이 이해할 수 있을 것 같다.

그러나 날이 밝으면 환한 햇빛에 나약한 감정들은 그림자 속으로 들어갈 것이다. 만약 지금 어둠 속에서 선명하게 드러난 감정들에 항복해 무이의 침대로 들어간다면 후회하게 될 거다. 포포는 아침이 밝자마자 자신만의 공간으로 돌아가고 싶어질 것이고, 그러면 무이에게 어젯밤 잠시 그런 기분이 들었던 것인데 매일 밤 이러고 싶은 것은 아니라고 말해야 할 것이다. 무이에게 그런 변덕을 부릴 수는 없다. 그런 식으로 내키는 대로 행동해서 무이를 실망시킬 수는 없다.

포포는 화면에서 등을 돌리고 누워 몸을 웅크리고 주먹을 꽉 쥔다. 무엇이 두려운지 모르겠다. 왜 갑자기 외로움이 어깨를 감싸는 듯한 기분이 드는지 모르겠다. 무이도 이래서 한밤중에 공동 수면 그룹을 찾아 들어갔던 것일까? 공동 수면을 하는 사람들도 이런 감정 때문에 스크린 윈도에 모르는 타인들의 자는 모습을 켜두고 잠자리에 드는 것일까?

날이 밝으면 괜찮아질 거야. 날이 밝으면.

포포는 속으로 중얼거린다. 나이가 들면서 느는 것 중 하나는 자신을 달래는 기술이다. 스크린 윈도 5단계를 켜고 아직 낮 시간인 나라 중 한 곳을 골라 낯설고 아름다운 도시를 산책할 수도 있지만, 내키지 않는다. 대신 포포는 며칠 전까지 자신이 살던 도시를 스크린 윈도에 띄운다. 그곳은 지금 한낮이다. 오후 3시 20분. 먼 곳에 와서 보니 몹시 평화로워 보인다. 동네가 노란빛이 도는 햇볕에 잠겨서 꿈속의 풍경 같다.

'저곳이 그리워.'

무심코 생각하고 포포는 고개를 젓는다. 오랫동안 살던 곳이
니 그리운 게 당연하다. 그립다는 게 돌아가고 싶다는 뜻은 아
니다. 포포는 무이와 함께하는 삶을 선택한 것을 후회하지 않
는다. 그래도 지금은 그리워해도 될 거다. 떠나온 지 얼마 되지
않았으니까. 화면 속 동네 풍경 가운데에 포포가 살던 집이 있
다. 눈에 익숙한 나무들이 바람에 흔들린다. 벌레도 몇 마리 떠
다닌다. 빨간 지붕들이 아름답다. 길에는 오늘도 아무도 지나
다니지 않는다. 간혹 배달용 드론이나 배달부만 지나갈 뿐이
다. 화면으로 보니 왠지 배달부도 진짜 사람이 아니라 가상 그
래픽처럼 보인다. 그걸 보고 있는데 서서히 눈이 감긴다. 의식
이 멀어진다. 포포는 꿈의 세계로 들어간다. 오늘은 어떤 꿈이
기다릴까? 무이가 보고 싶다. 얼른 날이 밝았으면 좋겠다. '자
고 일어나면 다 괜찮아질 거예요. 잘 자요.' 누군가가 그렇게 말
해준다면 좋겠다. '당신은 잘하고 있어요. 당신은 옳은 결정을
했고, 올바른 길로 가고 있어요. 모든 게 다 잘될 거예요. 당신
은 행복해질 거예요. 아무 걱정하지 말고 푹 자요.' 그러나 포포
는 지금 어둠 속에 혼자 있다. 무방비 상태로 몸을 웅크린 채로.
초원 한가운데에 홀로 떨어진 연약한 동물처럼.

2장

포포

출출했다. 아주 배가 고픈 것은 아니었다. 그냥 간식 같은 게 필요했다. 단지 내의 서비스를 이용하면 배달 통로로 10분 안에 뭐든 받을 수 있다. 포포는 여기 와서 필요한 것들을 배달 통로로 받아서 썼고, 계속 그렇게 할 수도 있다. 하지만 오늘은 바깥에 나가보고 싶었다. 이곳에 도착한 후로, 그러니까 새집으로 이사하고 나서 포포는 한 번도 밖으로 나가본 적이 없었다. 이곳에 온 지도 열흘이 넘었다. 포포는 그 사실이 이상하게 느껴졌다. 체감상으로는 한 달은 지난 것 같았다.

포포는 고민하다 일단 스크린 윈도로 밖을 내다봤다. 사람들이 있었다. 배달을 가는 사람들이 아니라 이곳 단지에 사는 사람들이었다. 아이들도 있었다. 한 아이가 달리면서 앞에서 달리는 아이를 잡으려 했다. 술래잡기 놀이 같은 것을 하는 듯했다. 두 아이는 땀에 젖어 있었다.

그 아이들을 본 순간 포포는 잠시 옛날로 돌아간 듯한 착각을 느꼈다. 포포가 아주 어렸을 때는 길가에서 뛰노는 아이들이 있었다. 어렴풋하지만 언니와 거리에서 놀았던 기억도 있다. 그러다 벌레 폭풍이 세상을 휩쓸면서 포포는 방으로 들어갔다. 포포가 밖으로 나오지 않는 동안 세상이 변했다. 포포는 언니의 등쌀에 못 이겨 아주 가끔 억지로 산책을 하는 것 말고는 거의 밖으로 나가지 않았다.

그랬던 포포에게 스크린 윈도는 혁명이었다. 스크린 윈도가 나오고부터 포포는 집 안에서 바깥세상을 돌아다닐 수 있었다. 포포는 스크린 윈도를 쓰면서 자신이 외출이나 산책, 여행을 싫어하는 게 아니라는 걸 알았다. 그저 '진짜 바깥'이 싫었던 것이다. 언제 벌레를 만날지 알 수 없고 불특정 다수와 마주쳐야 하고, 더럽고 위험한 가능성들이 잔뜩 있는, 보호받을 수도 없고 위험이 나타났을 때 바로 집으로 돌아올 수도 없는 '진짜 바깥' 말이다.

포포는 언니를 이해할 수 없었다. 집을 나가지 않고도 세계를 돌아다닐 수 있는데 왜 굳이 위험을 감수하는 걸까? 언니는 겁도 없이 온갖 곳을 돌아다녔다. 사람들도 막 만나는 것 같았다. 아무나 만나서 친해지고 사랑에 빠졌다. 포포는 그런 언니를 보면 겁이 났다. 낯선 곳을 혼자 돌아다니다가 병에 걸린 사람과 접촉하면 어떻게 하나. 숲이나 절벽에 갔다가 벌레에게 쏘이면? 벌레 떼에 휩싸여 옴짝달싹도 못 하고 그 자리에서 죽어버리면?

리라가 태어난 뒤부터는 언니도 예전보다 조심하는 듯하다. 지금도 만나는 사람은 있는 것 같지만. 그 사람은 안전할까? 포포는 잠시 걱정에 휩싸였다가 지금 자신이 어떤 상황에 있는지 깨닫고 미소를 지었다.

'하긴 나야말로. 난 원래 살던 곳까지 떠나서 여기 와 있잖아.'

하지만 무이는 안전한 사람이다. 포포가 느끼기에는 그렇다. 무이는 스크린 윈도로 종일 사람들을 만나지만, 집 밖으로 나가 사람을 직접 만나는 일은 거의 없다. 포포만큼은 아니지만 무이도 타인과 직접 만나서 관계 맺는 것을 그다지 좋아하지 않는다. 둘 다 그런 사람이라 그렇게 오래 스크린 윈도로만 만나면서도 관계를 지속할 수 있었던 것이다.

무이가 바깥에 나가 사람들과 직접 접촉을 하는 사람이었다면 포포는 이곳에 올 결심을 하지 못했을 것이다. 포포와 무이는 중요한 부분들이 겹쳤다. 리본을 심은 사람이라는 것, 타인과 피부를 맞대고 싶은 욕구가 거의 없다는 것, 그럼에도 불구하고 누군가와 정신적으로 깊은 관계를 맺고 싶은 욕구가 있

고, 정신적 동반자와 삶을 함께하고 싶은 욕구도 있다는 점이
같았다.

포포는 무이를 만나기 전까지는 누군가와 삶을 함께하는 것
이 가능할 거라 믿어본 적이 없었다. 포포에게 삶이란 언제 끝
날지 알 수 없는 영화 같은 것이었다. 자기 의지와 상관없이 어
느 극장의 좌석에 앉혀져 누가 만든 것인지도 모를 영화를 스
크린으로 보고 있다가 갑자기 어느 날 영화가 끝나고 극장 안
이 암전된다. 죽음이란 그런 암전 같은 게 아닐까 하고 포포는
생각했다. 삶은 언젠가는 끝날 것이 분명하지만, 언제 끝날지
는 알 수 없기에 한없이 막막했다.

그러다 불쑥 무이가 삶에 나타나 점차 일상을 함께하게 되면
서 포포는 처음으로 자신이 실제로 살고 있다는 기분을 느끼게
됐다. 자신이 살아 있다는 것을 느꼈다. 무이를 만나기 전까지
자신이 얼마나 외로웠는지도 알게 됐다. 자신이 사랑이 필요한
사람이라는 것도 처음으로 깨달았다.

포포는 무이를 만나면서 천천히 자신이 어떤 사람인지, 무엇
을 원하는지 알아갔다. 포포는 무이와 함께하면서도 독립적인
삶을 유지하기를 원했다. 그런 결론을 내리는 데에 7년이라는
시간이 걸렸다. 무이는 포포에게 삶을 함께하는 것이 가능하다
고 느껴지게 하는 단 한 사람이었다. 2인용 집을 발견한 순간에
는 막연했던 바람들과 선명했던 욕구들이 한꺼번에 정리되는

것 같았다. 드디어 함께하면서도 따로 살 수 있는 방법을 찾았다고 느꼈다.

그런데 문제는 함께하면서도 따로 사는 삶이 말처럼 쉬운 게 아니라는 거다. 포포는 여기 와서 그것을 깨닫고 있다. 여기에 오기 전에는 단순하게 생각했다. 집만 달라지는 것이지 생활은 크게 변할 게 없을 거라고. 물리적인 거리는 가까워지지만, 각자의 공간이 있어서 무이와 직접 마주칠 일도 없을 테고, 생활도 각자 살던 대로 살면 된다. 그런 식의 생각이었다.

하지만 막상 여기 와보니 모든 게 달라진 기분이다. 아직은 달라지지 않았더라도 앞으로는 모든 게 달라질 것이고, 무이와 헤어지지 않는 한 예전과 같은 삶으로 돌아갈 수는 없을 것이다. 그렇다고 포포가 여기 오기 전까지 자신의 삶이 완벽했다고 생각하는 것은 아니다. 그렇게 미화되기에는 기억이 충분히 숙성되지 않았다. 그런데 벌써 혼자 뚝 떨어져 살던 때가 전생처럼 느껴지는 건 왜일까?

무이는 아침부터 일이 바쁜지 아직 노크가 없다. 포포는 바깥 내다보기를 잠깐 멈추고 무이의 창을 확인했다. 역시 〈업무 중〉 표시가 떠 있다. 포포는 그것을 보고 왠지 마음이 편안해졌다. 일단은 혼자 있을 수 있는 것이다.

'그렇다면 슬쩍 나가서 동네를 살짝만 돌아보고 올까?'

포포는 스크린 윈도 화면을 꽉 채운 집 앞 풍경을 보며 망설인다. 포포가 밖에 나갔다는 걸 나중에 알게 되면 무이가 서운해할지도 모른다. 바로 옆 방에 있는 파트너는 직접 만날 준비가 안 되었다며 보러 가지도 않으면서 낯선 타인이 가득한 거리로 나가 돌아다닌다니 모순 아닌가. 무이는 포포가 정말 자신을 사랑하는 게 맞기나 한지 의심하게 될 수도 있다.

아니, 무이는 별로 신경쓰지 않을 가능성이 더 크다. 무이는 그렇게 쪼잔한 성격이 아니다. 포포가 밖에 나간 걸 가지고 농담을 던지기는 하겠지만, 화를 내거나 삐지지는 않을 것이다. 무이가 서운해하면 어쩌나 하는 걱정이 든 것은 포포가 지레 쫄려서다.

솔직히 포포는 여기 와서 며칠 지내면서 마음이 복잡해졌다. 여기 오기 전에는 새집에 도착하자마자 무이를 끌어안는 상상도 했다. 비행기 안에서 했던 공상이다. **새집 앞에서 미니 윈도로 무이에게 도착했다는 것을 알린다. 무이는 환호성을 지르며 현관문을 열고 박차고 나온다. 포포는 두 팔을 벌려 무이를 안는다. 두 사람은 서로를 바라보고 얼굴을 만지며 몇 번이나 이게 꿈이 아니라 현실이라는 것을 확인한다.**

그러나 그런 일은 일어나지 않았다. 비행기 안에서 두 사람은 연결되어 있었다. 각자 다른 일을 하다가도 한쪽이 말을 걸면 대화를 주고받았다. 공항에서 내려서 스카이로드 정거장으로 이동해 드론 버스로 갈아타고 새집이 있는 주택단지에 도착

할 때까지 두 사람의 연결은 끊어지지 않았다.

"나 이제 들어갈게."

포포는 집 앞에서 미니 윈도에 뜬 무이의 얼굴을 보며 말했다. 현관문을 열고 들어가고 나서는 손목을 들어 미니 윈도로 집 안을 비췄다. 무이가 볼 수 있도록.

"환영해. 우리 이제 이웃이네?"

미니 윈도에서 무이의 목소리가 들렸다.

"방에 스크린 윈도 설치해놨어. 켜봐."

포포는 무이의 말대로 했다. 연결은 잘됐다. 스크린 윈도에 미니 윈도를 가져다 대자 바로 화면에 무이의 얼굴이 떴다.

"너무 좋은 거 산 거 아니야? 돈 많이 썼겠는데?"

포포는 벽 한 면을 가득 채운 화면을 보며 말했다. 무이가 사 준 새 스크린 윈도는 5단계 모드가 원활하게 돌아가는 최신형 모델이다. 무이는 그것이 이사 선물이라고 했다. 포포는 아직 새 스크린 윈도로 5단계 모드를 켜보지 않았다. 1단계 모드로만 켜놓고 잠깐 집 앞을 보거나, 무이와 대화하는 용도로 주로 썼다. 그 외에 필요한 게 있어서 주문을 하거나 하는 간단한 일들은 미니 윈도로 했다. 아직은 새 스크린 윈도보다 원래 쓰던 미니 윈도가 편했다.

'5단계 모드를 한번 써볼까?'

최신형 스크린 윈도의 성능이 어느 정도인지 궁금하기는 했다. 지금까지는 새집에 적응하느라 피곤해서 최신형 모델이 선사하는 생생한 5단계 모드를 체험해볼 여유가 없었다.

포포는 미니 윈도를 만져서 스크린 윈도 설정을 5단계로 바꿨다. 1단계는 평면 화면, 2단계는 생생한 소리를 지원하고, 3단계는 냄새를, 4단계 모드는 촉감까지 구현했다. 5단계는 소리와 냄새, 촉감을 구현하는 걸 넘어서서 입체 영상으로 만들어진 세계를 이용자가 현재 서 있는 공간에 덧씌운다.

'장소를 유지할까요? 이동할까요?'

두 개의 선택지가 떴다. 유지. 포포가 두 개의 선택지 중 한쪽을 고르자 화면이 밝아지면서 입체 영상이 앞쪽으로 파도처럼 밀려오며 확장되어갔다. 방 전체에 입체 영상이 덧씌워지는 데는 1분도 채 걸리지 않았다. 전에 쓰던 스크린 윈도와는 비교가 안 되는 속도다.

이제 포포는 집 앞 거리에 서 있다. 입체 영상은 너무나 생생하고 선명해서 마치 '진짜로' 밖에 서 있는 기분이 든다. 전에 쓰던 스크린 윈도로 처음 5단계 모드를 써봤을 때도 그 입체적인 가상 세계의 '진짜 같음'에 놀랐는데, 최신형 스크린 윈도를 써보니 그것은 그렇게 진짜 같은 것도 아니었다.

아까 뛰어가던 아이들은 아직 근처에 있다. 뛰다가 지쳤는지 서로 간격을 두고 서서 허리를 숙이고 헥헥거리고 있다. 그 아이들의 보호자로 보이는 사람들이 멀리 떨어지지 않은 곳에서 대화를 나누고 있다. 그들 중 하나가 포포를 본다. 그들의 눈에도 포포가 보인다. 포포의 머리 위에는 '5단계 모드 중'을 나타내는 숫자 5가 떠 있다.

포포 말고도 그런 사람들이 꽤 보인다. 5의 인간들. 포포는 걷기 시작한다. 숨을 고르던 아이 중 하나가 포포를 발견하고 갑자기 전속력으로 달려온다. "그러면 안 돼!" 부모 중 한쪽이 소리친다. 하지만 이미 늦었다. 달려온 아이가 포포의 몸을 통과한다. 충돌은 없었다. 그러나 육체적인 충돌이 없었을 뿐, 포포는 충격을 받았다. 정신적인 충격이다. 이런 일은 처음 겪는다.

"이리 와!"

보호자로 보이는 사람 중 한 명이 소리친다. 보호자의 성난 외침에 아이는 아쉬워하는 얼굴로 포포를 돌아보며 마지못해 보호자들 쪽으로 간다. 아이는 포포의 몸으로 달려와 통과해 지나간 것이 재밌었나 보다. 할 수만 있다면 몇 번은 더 해보고 싶은 눈치다.

'꼭 내가 유령이 된 것 같았어.'

포포는 그 길을 지나간 후에야 어느 정도 충격에서 헤어난다. 그러자 방금 전 일을 재밌는 일 정도로 생각할 수 있는 여유가 생긴다. '웃겼어. 애들이란.' 포포는 리라를 떠올린다. '리라도 아까 그 애만큼은 아니어도 부끄럼을 좀 덜 타면 좋을 텐데.' 리라가 뭐가 부족하다는 건 아니다. 포포도 어릴 때는 리라처럼 수줍었다. 어른이 되고 나서는 좀 나아졌지만 지금도 성격이 수줍은 편이다. 포포는 리라가 자신처럼 수줍은 성격인게 사랑스러우면서도 걱정이 된다.

'이따 언니한테 얘기해줘야지.'

포포는 길을 걸으며 계속 생각한다. 언니도 방금 전 일을 들으면 재밌어할 거다. 언니가 뭐라고 할지도 뻔히 알겠다. "사과는 했어?" 그럴 거다. 언니가 그렇게 물으면 포포는 무슨 뜻인지 알면서도 되물을 것이다. "무슨 사과?" "애나 보호자나 한쪽은 미안하다고 사과를 해야 할 거 아냐." 포포는 언니가 분통을 터뜨리며 투덜대는 모습을 상상하자 웃음이 나왔다.

상상이 계속된다. "사람들이 왜 그리 예의가 없는지 몰라." 포포는 그렇지 않다고, 그 애의 보호자들이 아이를 야단쳤다고, 아이는 분명 집에 가서 교육을 받았을 거라고 말하겠지만, 실은 언니가 대신 화를 내줘서 기분이 좋아질 것이다.

그러고 보니, 아까 그 사람들이 보호자 두 쌍이 아니라 한 쌍의 보호자들일 수도 있겠다는 생각이 뒤늦게 든다. 포포는 문득 깨닫는다. 그들은 각각 다른 아이의 보호자라기에는 스스럼없어 보였다. 그들은 한 가족 같았다. 두 아이는 친구 사이가 아니라 형제였을지도 모른다. 요즘은 셋이나 넷, 다섯에서 여섯명이 한 쌍의 보호자 공동체를 이루어 아이를 만들고 키우는 경우가 적지 않다. 그들도 그런 사람들이었을지 모른다.

미니 윈도가 진동한다. 노크다. 무이일까? 포포가 생각하는 찰나 눈앞에 네모난 창문이 뜬다. 불투명한 창문에 이름이 떠 있다.

〈언니〉

이런 기능이 있던가? 어디서 본 적이 있는 것도 같다. 전에 쓰던 스크린 윈도로 5단계 모드 산책을 할 때는 누군가 노크를 하면 미니 윈도가 진동하고 끝이었다. 포포는 창문을 터치했다. 창문이 열리고 언니의 얼굴이 보인다.

〈함께 산책하시겠어요?〉

언니의 얼굴 위에 그렇게 묻는 문장이 떴다. 옆으로 다른 문장도 뜬다.

〈고개를 끄덕이거나 옆으로 흔들어보세요.〉

포포는 어떻게 되나 보자는 심정으로 고개를 끄덕였다. 창문이 순식간에 길쭉해져서 땅에 닿았다. 창문에서 문으로 변한 거다. 문이 열린다. 열린 문으로 들어오는 언니가 저 너머의 세계에서 건너오는 것처럼 보인다.

"와, 이거 신기하네."

언니, 민정이 재밌어하는 얼굴로 말한다.

"나도 처음 써봐. 언니도 이런 거 해본 적 없어?"

"내 건 구형이잖아. 네가 예전 집에서 쓰던 것만큼 고물은 아니지만. 나도 새로 하나 살까? 이거 비싸니?"

"몰라. 말 안 했었나? 무이가 선물로 준 거야. 이사 선물이래."

포포가 살짝 겸연쩍어하며 말한다. 사실은 무이가 준 신형 스크린 윈도가 얼마 정도 하는지 알고 있다. 그렇게 비싼 선물을 받았다는 걸 말하기가 조금 쑥스러웠다. 얼마인지 말하면 언니의 호들갑을 들어야 할 테고, 그럼 얼굴이 빨개질지도 모른다.

"결혼 선물이 아니고 이사 선물이라니, 세심한 사람이네."

"맞아, 세심해."

언니가 비싼 선물 이야기를 더 하지 않고 무이를 칭찬해서 포포는 마음이 놓인다. 두 사람은 걷기 시작한다. 언니의 머리 위에도 '5'가 떠 있다. 포포는 그것을 보고 방금 전에 있었던 일을 떠올린다. 몸을 통과해서 지나간 아이. 그 이야기를 할까, 말까? 망설여진다. 아까는 재밌는 일로 느껴졌는데, 지금은 뭔가 한풀 식어버렸다. 재밌게 이야기할 자신이 없다. 언니는 포포가 그 아이를 비난하려고 얘기를 꺼낸 거라고 오해할 수도 있다. 그러면 난처할 것이다. 오해를 풀기 위해 너무 많은 부연을 해야할 수도 있다. 생각만 해도 귀찮아서 포포는 그 이야기를 하지 않기로 했다.

"둘이 만나봤어?"

언니가 불쑥 묻는다. 무슨 얘기지? 포포는 바로 이해를 못 했다. 그러다 곧 질문의 의미를 깨닫는다. 아, 그거. 언니에게는 새집에 도착한 날에 미니 윈도로만 잠깐 잘 왔다는 이야기를 하고 대화를 종료했다. 다음 날 언니가 노크했을 때는 짐을 푸는 중인데 정리를 좀 하고 나서 다시 연락하겠다고 했다. 그리고 순식간에 며칠이 흘렀다. 짐 정리가 어느 정도 된 뒤에 한숨 돌리고 편안해진 상태에서 대화를 나누고 싶었다. 그 후로 며칠이 지났지만 짐은 아직 캐리어에 들어 있다(당장 필요한 것만 캐리어에서 하나씩 꺼내어 쓰고 있다). 마음이 편안해지지도 않았다. 이제 막 한숨을 돌릴까 말까 하는데(포포는 산책을 하면서 처음으로 '한숨 돌리는' 느낌이 들었다), 언니에게 바로 노크가 온 거다.

"스크린 윈도로 만났어."

포포는 언니가 뭐라고 할지 예상이 되어 벌써 약간의 피로감을 느끼며 말했다. 역시나 언니는 포포의 대답이 끝나자마자 화살을 쏘는 것처럼 말한다.

"말도 안 돼! 거기 가서도 안 만났다고? 그러려면 뭐 하러 거기까지 갔어?"

"스크린 윈도로만 만날 거라고 했잖아. 거리만 가까워진 거지 그것 말고는 크게 달라질 것도 없어. 그러니까 2인용 집을 구했지. 맨날 직접 만날 거면 굳이 왜 2인용 집을 구했겠어."

"아무리 그래도 그렇지. 기껏 거기까지 가서 얼굴 한번 안 봤다니. 난 이해가 안 간다, 얘."

"이해할 필요 없어. 내 인생이야."

"그래, 누가 내 인생이래? 네 인생이니까 잘 살라고."

그 말에 포포는 신경이 삐죽 선다. '잘 살라니. 그게 무슨 뜻이지? 자기는 뭐 얼마나 잘 살고 있다고. 언니야말로 혼자 아등바등하면서 외로운 삶을 살고 있잖아. 애도 있고 나이도 있는데 아직까지 누구에게라도 사랑을 받고 싶어서 위험한 연애를 하고.'

포포는 가시처럼 뾰족하게 돋아난 생각들을 말로 뱉지 않으려고 꾹 참는다. 말로 상처 주는 건 이미 예전에 많이 했다. 십대 때도, 이십대 때도. 삼십대에도 가끔. 순간 참지 못해서 날렸던 날카로운 말들은 결국 언니만이 아니라 포포 자신의 가슴에도 깊이 박혔다. 한번 깊게 박힌 말은 시간이 지나면서 날카로운 모서리가 어느 정도 닳을 수는 있어도 아예 시원하게 뽑히기는 어렵다. 포포는 이제 그걸 안다. 그래서 생각난 말들을 참고 한마디만 밖으로 내보낸다.

"무슨 일 있어? 오늘따라 잔소리가 심하시네."

"일은 뭐. 일은 맨날 있지. 지겨워죽겠어."

언니가 심드렁하게 말한다.

"무슨 일인데?"

포포는 언니를 다룰 줄 안다. 이런 식으로 속마음을 말하게 하지 않으면 언니는 괜히 이것저것 트집을 잡으며 끊임없이 툴툴댈 것이다.

"됐어."

"정말? 진짜 말하기 싫어?"

"진짜 별일 없어. 그건 됐고, 여기 구경이나 하자. 이 동네는 어때?"

언니가 말을 돌린다. 포포는 더 캐묻지 않는다.

민정

단지 구경은 별게 없다. 똑같이 생긴 하얀 집들이 정확히 똑같은 간격을 두고 끝없이 늘어서 있는 모습이 대형 옥수수밭을 연상시킨다. 걷다 보니 단지 안은 나름대로 구역이 나뉘어 있다. 1인용 집들이 모여 있는 구역도 있고, 3~4인용 집들이 있는 구역 그리고 5인 이상 구역까지 있다. 3~4인용 집 구역에 있는 집들은 가운데에 아마도 공용 공간일 정사각형 건물이 있고, 그 건물을 중심으로 해서 네모난 건물들이 동서남북 방향으로 붙어 있다. 건물이 세 개 붙은 것은 세 명이 사는 집이고, 네 개 붙은 것은 네 명이 사는 집이라는 식으로 쉽게 알아볼 수 있다. 5인 이상 구역에 있는 집들은 가운데 건물이 벌집 같은 육각형 모양이다. 육각형 건물에 다섯 개나 여섯 개의 집이 붙은 형태다. 그 구역에는 2층이나 3층짜리 건물도 있다.

민정은 집들을 둘러보며 걷다가 한 가지 사실을 알아차린다. 어떤 구역이든 어떤 건물이든 창문이 있는 집이 하나도 없다.

"여기 집들은 왜 창문이 없어?"

민정은 자신이 방금 알아차린 사실에 소름이 돋아서 묻는다. 포포는 대수롭지 않게 대답한다.

"벌레 들어오면 안 되니까."

"창문이야 방충 시스템 설치하면 되잖아. 어차피 종일 열어두는 것도 아니고, 잠깐씩 열어놓으면 될 텐데. 네가 사는 집에도 창문이 없어?"

"응, 없지."

민정의 호들갑에 포포가 살짝 방어벽을 세운다. 민정은 포포가 벽을 세운 걸 느끼면서도 어쩔 수 없이 계속 말이 나온다.

"난 도저히 이해가 안 간다. 아무리 그래도 집에 창문 하나 없다니 너무 삭막한 거 아니야? 그런 집에서 답답해서 어떻게 사니. 난 숨이 막혀서 하루도 못 살 것 같아."

"혼자면 상관없을 수도 있는데, 여기는 공동 단지잖아. 한 명이 실수로 창문 열어놨다가 벌레 들어오면 그 집에 사는 사람들이 단체로 병에 걸릴 수도 있고. 여기는 애들 키우는 집도 많으니까 조심해서 나쁠 거 없지."

민정은 차분하게 대답하는 포포를 빤히 쳐다본다. 옛날에는 조금만 거슬리는 소리를 해도 금방 뾰족해져서 화를 내거나 짜증을 냈는데, 어느새 이렇게 어른이 됐을까? 그러고 보니 포포도 올해 마흔이다. 이제 어린애는 아닌 것이다. 인내심이 어린 포포의 얼굴을 보니 민정도 확 올라갔던 감정이 가라앉아서 차분하게 묻는다.

"아기 있는 집이 많아?"

"실은 나도 잘 몰라. 오늘 처음 밖에 나와봐서. 아까 보니까 애들이 좀 있더라고. 그래서 한 얘기야."

'스크린 윈도 산책이겠지. 진짜로 밖에 나온 건 아니니까.' 민정은 떠오른 말을 삼키고 다른 질문을 한다.

"여기가 애들 키우기가 좋은가?"

"나도 며칠 안 있어봤지만 괜찮은 것 같아. 뭐든지 금방 배달되고, 깨끗하고. 그리고 다른 동네보다 활기가 있지 않아? 사람 사는 데 같고. 애들 키우기엔 괜찮겠지."

동네에 활기가 있고, 사람 사는 데 같다니. 포포가 그런 말을 할 줄은 몰랐다.

"너는 조용한 거 좋아하잖아. 너한텐 사람이 좀 지나치게 많은 거 아냐?"

"난 어차피 집 안에만 있는데, 뭐. 동네에 사람이 좀 있는 건 오히려 좋지. 전에 살던 동네는 꼭 유령도시 같아서 가끔은 무서웠어. 세상에 나 혼자 남은 느낌이 든다고 해야 하나?"

"난 네가 그런 걸 좋아하는 줄 알았지."

민정의 말에 포포가 웃는다. 해맑은 웃음이다. 민정은 포포가 그렇게 웃는 걸 보면 안심이 되고 동생에게 평소보다 강한 친밀감을 느낀다. 포포가 스무 살에 독립해서 따로 살기 시작한 후부터 민정은 동생이 점점 더 자신에게서, 원가족에게서 멀어지는 걸 느꼈다. 포포가 혼자 작은 배를 타고 물결을 따라 멀리멀리 떠내려가는 것을 육지에서 바라보고만 있는 기분이었다. 하지만 포포가 어렸을 때처럼 어떤 벽도 세우지 않고 환하게 웃을 때면 그 애가 아직 자신의 동생이라는 것을 확인받는 느낌이 든다. 그런 느낌이 가슴을 채울 때 민정은 포포에게 뭐든 해주고 싶은 욕구를 느낀다. 리라에게 느끼는 것과 비슷하지만 또 다른 방향의 감정이다.

"언니는 나에 대해 뭔가 오해하고 있는 것 같아."

공격의 의도가 없는, 다정한 어투다. 다정함이 묻어나는 포포의 어투 덕분에 민정도 오해라는 단어를 너그럽게 받아들인다. 민정은 자신이 아는 포포가 포포의 전체가 아니라 일부라는 것을 안다. 민정은 오직 동생으로서의 포포, 가족으로서의 포포에 대해서만 알 뿐이다. 사회의 구성원으로서, 연인으로서, 예술가로서의 모습에 대해서는 잘 모른다. '결혼한 사람 앞에서는 어떤 모습일까?' 민정은 문득 떠오른 궁금증을 안으로 감춘다. 민정도 연인과 함께 있을 때의 모습을 굳이 포포에게 알리고 싶지 않다. 민정이 포포를 잘 모르듯이, 포포도 민정을 잘 모른다.

"나도 여기로 이사 올까?"

민정이 말한다. 포포는 그 말에 놀란 눈치다.

"여기 살면 숨 막혀서 하루도 못 살 것 같다며."

"환기가 아예 안 되는 건 아닐 거 아냐."

"환기 시스템이야 잘되어 있지. 내가 느끼기에는 창문보다 나은 것 같아. 창문이 있어봤자 활짝 열 수 있는 것도 아니잖아. 창문 열어놓고 있을 수 있는 날도 별로 없고."

포포가 그렇게 말하고 나서 미소를 지으며 슬쩍 묻는다.

"여기가 마음에 들어?"

두 사람은 이제 단지를 대강 둘러봤다. 각 구역의 입구는 주거자 외에는 함부로 들어갈 수 없어서 각 구역들로 이어지는 길만 한 바퀴 돌았다. 지금 서 있는 곳은 5인 이상 구역 근처다. 구역 안에 사람이 있다. 한 여자가 가만히 서 있고, 아이 하나가 그 여자 주변을 빙빙 돌고 있다. 둘 다 머리 위에 '5'가 떠 있다. 그들도 스크린 윈도 5단계 모드로 밖에 나온 기분을 느끼고 있는 것이다. 여자는 지쳐서 멍한 것 같다.

'저 여자도 혼자 아이를 키우는 걸까?'

민정은 여자에게 동질감을 느낀다. 하지만 그런 감정이 든 것은 잠깐이다. 민정은 곧 이성적으로 생각한다. 여자는 자기

아이는 없는 직업적인 보호자일 수도 있고, 함께 아이를 키우는 동료 보호자가 여럿 있을 수도 있다. 민정이 아이에게 잠깐이나마 동질감을 느낀 것은 자신 역시 그런 표정을 짓고 우두커니 서 있거나 앉아 있을 때가 종종 있기 때문이다. 지치고, 피로하고, 길을 잃은 것만 같은 기분.

오직 자신의 선택으로 여기까지 왔지만(직업적인 면에서도 그렇고, 혼자 아이를 낳아 키우고 있는 것도 그렇다) 왠지 모르게 한 번씩은 그 모든 일이 강제로 주어진 것처럼 벅차게 느껴질 때가 있다. 연애도 그렇다. 민정은 그런 생각을 하다가 잊고 있던 근심을 떠올리고 한숨을 쉰다. '그랬지 참. 그 사람을 잠깐 잊고 있었네. 그 일도 어떻게든 해야 하는데.' 병에 걸린 애인을 찾아가 보아야 한다는 생각이 민정의 가슴을 무겁게 한다. 그를 만났다가 병이 옮기라도 하면. 혼자였다면 고민하지 않고 만나러 갔겠지만, 민정에게는 리라가 있다. 너무도 어린 리라가.

하지만 그렇다고 그를 외면하고 한쪽으로 치워버리기도 어렵다. 그와 나눈 시간들이 있고, 그에 대한 애정도 있다. 사랑하는지까지는 잘 모르겠지만.

포포는 결혼할 마음을 먹고 살던 곳을 떠나 멀리 이사했다. 민정이 보기에 그것은 사랑이 아니면 할 수 없는 일이다. 민정은 항상 사랑에 열정이 있는 쪽은 자신이라고 생각했지만, 이

번 일로 어쩌면 포포가 더 열정적인 사람일지도 모른다는 생각을 하게 됐다. 민정에게는 리라가 1순위이고, 그다음은 포포와 아빠, 그다음으로 중요한 것은 일(직장)이다. 애인은 순위 바깥에 있다. 중요하지 않다는 뜻이 아니라 카테고리가 다른 느낌이다. 민정에게 애인은 현실 바깥의 존재다. 힘든 현실과는 분리된 달콤한 꿈이자 휴식이다. 그와 함께 있을 때면 민정은 현실의 일들을 의식 바깥으로 밀어내고 휴식과 즐거움에 집중했다. 그는 좀더 우직한 태도로 관계에 임했지만, 그 역시 민정에게 애인 이상의 역할을 기대하지 않았다. 그래서 두 사람은 조금의 죄책감이나 의무감 없이 애인 관계를 유지할 수 있었다.

민정이 지금 같은 순간에 그를 돌봐주지 않더라도 그는 이해할 것이다. 하지만 민정이 그를 돕지 않으면 그는 혼자 아프다가 지켜봐주는 사람도 없이 쓸쓸히 숨을 거둘 것이다. 죽지 않을지도 모르지만, 지독하게 외롭기는 할 것이다.

민정은 그가 병에 걸렸다는 것을 알린 이후로 그에게 연락하지 않았다. 그 역시 다시 연락하지 않았다. 그는 엉겨 붙는 타입은 아니다. 민정은 그래서 오히려 마음이 쓰인다. 그 남자만큼 잘 맞는 애인은 다시 없을지도 모른다. 그는 꽤 괜찮은 애인이다. 정신적인 면에서나 육체적인 면에서나 그렇다.

'내가 너무 이기적이고 야멸찬 인간인가?'

민정은 순간적으로 죄책감까지 느낀다. 그와의 관계에서 죄책감을 느끼는 것은 이번이 처음이다.

"여기서 살면 너한테 가끔 리라를 맡길 수도 있겠지?"

민정이 묻는다. 포포는 민정이 말이 없던 동안 멍하니 다른 곳을 보고 있다가 민정의 목소리를 듣고 고개를 끄덕인다.

"난 좋지."

그러고 나서 정신이 든 듯 포포가 활기 있게 말을 덧붙였다.

"나 리라 직접 만나본 적은 한 번도 없는 거 알아? 리라 갓 태어났을 때 잠깐 한 번 보고, 그 이후로는 한 번도 못 봤어. 언니가 이 단지로 이사 오면 난 리라도 보고 좋지. 아무래도 같은 단지에 살면 감염도 덜 걱정될 것 같아. 난 어차피 집에만 있으니까 언니가 급한 일 있을 때는 내가 봐줄 수도 있고."

포포는 정신이 딴 데 가 있다가 원래의 대화에 집중하려고 일부러 더 활기를 끌어 올려 말하는 것 같았다. 사실 민정은 답답해서 그냥 해본 말이었지만, 포포가 긍정적인 반응을 보이니 실현 가능한 일처럼 느껴진다. 포포가 사는 집 근처로 이사 와서 살아도 좋을 것 같다. 가장 사랑하는 두 사람(포포와 리라)을 양쪽에 두고 살 수 있다는 게 마음에 든다. 하지만 아빠와 그 사람이 마음에 걸린다. 민정은 포포나 리라를 사랑하는 것과는 다른 느낌으로 아빠에게 애정을 가지고 있다. 애인에게도 그렇다. 얼마나 사랑하는지를 떠나서 민정에게는 애인이 필요하다. 최근 몇 년 동안 민정에게 가장 위안이 된 사람은 '그'였다.

민정은 그에게 부채감을 느낀다. 필요할 때마다 그에게 위안
과 즐거움을 얻었으니. 그는 도움이 필요하고, 민정은 그를 도
울 수 있다. 그를 찾아가서 무엇이 필요한지 물어보고, 그를 위
로하고, 그가 세상에 혼자 남은 기분이 들지 않도록 해줄 수 있
을 것이다. 그러면 그는 덜 쇠약해질 수도 있다. 혹여 그가 죽
는다고 하더라도 민정이 간다면 그는 적어도 혼자 죽음을 맞는
일은 피할 수 있다. 죽을 때 혼자라는 건 너무 가여운 일이 아
닐까?

　민정은 마음을 무겁게 짓누르는 그에 대한 문제를 포포에게
말할까 말까 망설인다. 그러다 결국 해버린다. 포포가 아니면
이런 일을 얘기할 사람이 없다. 친구는 많지만, 이런 일을 털어
놓는 것은 꺼려진다. 포포에게 털어놓으면 적어도 소문은 퍼
지지 않는다. 포포는 만나는 사람도 별로 없을뿐더러 입이 무
겁다.

　"언니, 미쳤어?"

　역시 포포는 펄쩍 뛴다.

　"말도 안 되는 소리인 거 알지? 리라를 생각해."

　예상했던 반응인데도 약간 화가 난다. 민정은 기분이 상해서
톡 쏘듯 대꾸한다.

　"내가 너보다 리라를 생각 안 할 것 같아?"

　"생각하는 사람이 그런 걸 고민하고 있어? 나 같으면 단칼에

잘랐을 거야. 그 남자도 웃기네. 언니가 어린애 키우는 거 뻔히 알면서. 자기를 만나러 오래?"

"만나러 오라고 그런 게 아니라 알린 거지. 나도 알아야 하는 문제니까."

"내가 몇 번이나 그랬지. 그런 관계 위험하다고. 애 키우는 사람이 왜 그렇게 조심성이 없어? 리라가 병 걸릴까 봐 걱정 안 돼?"

포포가 민정을 몰아붙인다. 그 거센 반응에 민정은 당황한다.

"너 왜 이렇게 흥분해? 각자의 일은 알아서 하자는 주의 아니었어? 넌 네 일은 내가 조금만 참견해도 팔짝 뛰면서 나한텐 왜 이래?"

"이건 리라랑 밀접한 관련이 있는 일이잖아. 언니가 언니 선택으로 누구를 만나 병에 걸리든 어쩌든 그건 언니 일이니까 내가 상관할 바는 아니지. 근데 리라는 자기가 선택한 게 아니잖아. 언니, 그거 정말 무책임한 일이야, 리라한테."

"검사해봤는데 음성 나왔어. 나랑 리라 둘 다."

민정은 자신을 방어하기 위해 변명하지만, 별 효과가 없다. 포포는 민정의 말을 듣고 기가 막힌 듯 입을 다물고 코로 숨을 내쉬다가 결국 참지 못하고 쏘아붙인다.

"언니는 이기적이야. 자기가 하고 싶은 게 있으면 가족이든 뭐든 신경 안 쓰지. 언니 그러는 거 볼 때마다 엄마 생각나는 거 알아? 그런 점은 정말 엄마랑 닮았어."

이건 정말 지나친 비난이다. 민정은 포포를 노려본다. 방금까지는 방어하느라 얼떨떨했지만 이제는 민정도 공격 태세를 갖춘다. 맞고 있기만 할 수는 없다. 포포가 먼저 선을 넘었다.

"내가 뭘 그렇게 이기적으로 살았는데? 내가 너보다 이기적으로 살았다고 말할 수 있어? 이기적인 건 너지. 너야말로 네가 하고 싶은 대로만 하고 살았잖아. 항상 너만 생각하잖아."

"내가 뭘 나만 생각하는데?"

두 사람은 길 한복판에서 대치하고 있다. 길 건너편에서 두어 사람이 지나가며 민정과 포포를 흘깃 본다. 길거리 싸움이라니. 요즘 세상에서는 흔치 않은 구경이다.

"너도 우릴 버리고 집 나갔잖아!"

민정이 소리친다. 포포는 그 소리를 듣고 황당한 것 같기도 하고 놀란 것 같기도 한 낯빛으로 눈을 크게 떴다가 쳇 하고 비웃는 소리를 낸다.

"그건 진짜 말도 안 되는 소리다, 언니."

"네가 집을 나갔을 때 나는 그런 기분이었어. 아무도 몰래 나갈 준비 다 해놓고, 갑자기 통보하듯 얘기하고, 바로 다음 날 나랑 아빠가 일어나기도 전에 슬쩍 빠져나갔잖아. 무슨 야반도주하듯이. 그거야말로 엄마랑 똑같았어. 내가 그때 얼마나 힘들었는 줄 알아? 나 그때 정말 상처받았어."

민정이 울분을 쏟아낸다. 포포에게 한 번도 한 적 없던 얘기다. 당시에 민정은 정말 서운했지만 동생을 용서했다. 포포가 스무 살이 되자마자 집을 떠나 혼자 살 거라고 통보했을 때 민정은 충격받았지만 마음을 가라앉히고 조금만 더 생각해보라고 넌지시 말했다. 좀더 준비가 된 뒤에 나가도 되지 않겠냐고. 그렇게 급하게 나갈 건 없지 않느냐고. 포포는 처음에는 정해진 일이라고 했다가 잠시 뒤에 한숨을 쉬면서 말했다. "알겠어, 언니. 고민은 해볼게."

그래놓고서는 다음 날 동이 트기도 전에 집을 나가버렸다. 도둑처럼 몰래. 그때 민정은 엄마가 집을 떠났을 때와 같은 기분을 느꼈다. 그런 참혹하고 쓸쓸한 기분을 다시 느끼게 하다니 동생이 너무 미웠다. 그런데도 용서했다. 포포를 사랑했으니까. 그런데 돌아온 것이 결국 이런 비난이라니. 내가 이기적이라고? 내가? 이기적인 건 바로 너야. 민정은 고함을 지르고 싶은 것을 간신히 참으며 동생을 바라본다.

갑자기 그 남자가 절실하게 보고 싶어졌다. 동생에게는 하지 못했던 이야기를 그 남자에게는 모두 털어놓을 수 있었다. 고백하듯. 침대에서, 길거리에서, 차 안에서.

그 남자는 민정의 이야기에 진심으로 귀 기울였다. 침묵해야 하는 순간에는 침묵했고, 슬픈 이야기를 웃음으로 넘길 수 있게 해준 순간들도 있었다. 포옹이 필요할 때는 포옹을 해주었고, 적절한 위로의 말을 해주기도 했다. 민정의 트라우마에 대해 객관적인 의견을 이야기한 적("당신 어머니는 당신을 버린 게 아냐. 자신이 가고 싶은 인생의 방향을 선택한 거지. 둘은 완전히 다른 이야기야. 분리해서 봐야 해.")이 있었는데 그것도 꽤 도움이 되었다.

어쨌든 그 남자는 민정을 이해했다. 민정은 이 순간에는 그 남자가 동생보다 자신을 더 잘 이해하는 것 같다고 느낀다. 이대로 대화를 끝내고 싶다. 최근에는 이 정도로 심하게 감정적인 말싸움을 한 적이 없다. 지금 대화를 끝내면 어떻게 될지 민정은 알고 있다. 며칠이나 몇 주, 어쩌면 한 달이나 두 달쯤 서로 연락하지 않을 것이다. 그러다 한쪽이 슬그머니 연락을 해오면 아무 일도 없었다는 듯 수다를 떨고 함께 산책할 것이다. 그렇게 냉전은 휴전으로 바뀔 것이다. 그 피곤한 과정을 거칠 필요가 있을까? 괜히 신경이나 쓰일 텐데. 하지만 지금은 화해의 말이 입 밖으로 나오지 않을 것 같다. 목이며 혀며 다 말라붙었다.

침묵이 이어지는데 알 수 없는 표정으로 서 있던 포포가 갑자기 입술을 깨문다. 민정이 포포를 본다. 포포가 눈물을 흘린다. 포포가 손으로 눈물을 훔친다. 그저 그뿐이지만 민정은 그 눈물의 의미를 한 번에 읽어낸다. 포포는 미안한 것이다. 진심으로 미안해하고 있다. 포포가 계속 눈물을 흘린다. 민정은 포

134

포가 눈물을 그칠 때까지 가만히 기다린다. 말은 필요 없다. 두 사람은 긴 세월 동안 많은 말을 해왔다. 어쩌면 세상 모든 화해의 반은 이렇게 이루어지는 게 아닐까? 말이 아니라 침묵으로. 눈물이나 웃음, 그도 아니면 서로를 바라보는 눈빛이나 포옹으로.

민정이 다가가서 포포를 안는다. 그러나 팔은 허공을 더듬었다. 두 사람은 서로의 체온을 느낄 수 없다. 서로의 체온을 느껴본 지 너무 오래되었다.

"나 정말 여기로 이사 올까 봐."

민정이 팔을 내리며 멋쩍은 표정으로 말한다. 물론 반은 농담이다. 이 멋쩍은 순간을 잘 넘기기 위한. 포포가 픽 웃는다.

"그래, 이사 와. 언니가 옆에 살면 난 좋지."

포포는 산책을 시작했을 때처럼 다시 부드럽고 다정해졌다. 이 순간 민정은 포포에게 팔짱을 끼고 싶은 욕구를 느낀다. 동생과 팔짱을 끼고 진짜 산책을 하면 좋겠다. 민정은 슬픔으로 가슴이 울렁거려서 포포를 바라본다. 그 남자를 만나야겠다. 아무래도. 민정에게는 체온이 필요하다. 사랑이 필요하다. 리라와 주고받는 사랑과는 다른 뜨거운 체온이, 열정이 담긴 사랑이 필요하다. 지금 그 남자를 만난다고 그를 만지거나 부둥켜안을 수는 없겠지만, 그를 바라보기만 해도 뭔가가 채워질 것 같다. 그는 민정을 뜨겁게 바라볼 것이다. 그거면 충분하다.

민정에게는 지금 그것이 간절했다. 뜨겁고 뜨거운, 차가운 거리 따위는 없고 서로를 끌어당기기만 하는 사랑이.

포포

언니와의 산책이 끝났다. 포포는 진이 빠져서 5단계 모드를 끄고 스크린 윈도를 아예 휴식 모드로 바꾼다. 언니가 그때 일을 그렇게 생각하고 있을 줄은 몰랐다. 버리다니. 전혀 그런 게 아니었는데. 스무 살이었던 그때는 그저 홀로서기를 해보고 싶었다. 진짜 혼자가 되어보고 싶었다. 왜 그런 충동을 느꼈는지는 모르겠다. 그것은 지속적인 충동이었다. 아주 어렸을 때부터 한 번씩 그런 충동이 찾아왔다. 열일곱 살 때부터는 조금씩 마음의 준비를 했다. 스무 살이 되면 독립하는 것이 목표였다. 그때부터 오직 그것만 생각하며 돈을 모았다. 취미로 만들던 나무 인형들을 판매한 돈이 독립 자금이 되었다.

건축 일을 하는 아빠는 가끔 현장에서 애매하게 남은 목재를 창고에 넣어두고는 했다. 그중에는 이미 오래 묵어서 다시 쓰지 않을 것도 있고, 어디에도 쓰기 어려운 자투리 토막들도 있었다. 포포는 처음에는 아빠의 허락을 받고 창고에서 굴러다니는 자투리 토막을 방으로 가져와 인형을 만들었다.

물론 그때 만든 것들이 대단한 작품은 아니었다. 겨우 열두 살이었으니까. 조각칼로 발을 새기고 물감으로 눈, 코, 입을 그리고, 색칠한 단순한 인형이었다. 처음 만든 것은 고양이 인형이었다. 포포는 어설프게나마 자신이 만든 고양이가 마음에 들었다. 단지 창고를 굴러다니는 나무토막이었던 것이 자신의 손을 거쳐 귀여운 고양이가 되었다는 것이 신기하고 좋았다. 그 뒤로 포포는 고양이들을 만들고 또 만들었다. 고양이가 질릴 때는 토끼나 강아지, 요정, 다람쥐도 만들었다. 부엉이나 비둘기 같은 새를 만들기도 했다.

한 달 뒤에 포포는 오래 닫아두었던 방문을 열고 전시회를 했다. 초대객이 아빠와 언니뿐인 단출한 규모였지만, 전시는 성공적이었다. 아빠와 언니는 인형을 보고 감탄했다. 아빠는 포포가 만든 나무 인형들을 보며 눈물까지 글썽거렸고, 민정은 높은 목소리로 호들갑을 떨었다("이게 진짜 네가 만든 거야? 귀엽다!"). 포포는 책 선반을 비우고 거기에 나무 인형들을 놓았다. 나름대로 진열을 한 것이었다. 사실 아빠와 언니는 방에 틀어박혀 지내던 포포가 무언가를 했다는 사실과 처음으로 기꺼이 방문을 활짝 열고 가족들을 초대했다는 데에 감명을 받았던 것이지만, 포포는 두 사람이 자신의 나무 인형에 감동받았다고 생각했다. 포포는 첫번째 전시의 성공에 힘을 얻어 계속해서 나무 인형을 만들었다. 가족들은 그것을 어린 시절의 취미 정도로 생각했고, 그 시기가 지나면 포포가 자신이 나무 인형을 만드는 데에 열성적이었다는 사실조차 잊을 거라고 예상했지만, 포포는 나무 인형 만들기를 그만두지 않았다.

열여섯 살에 스무번째 전시회를 열었던 날, 아빠는 포포에게 선물을 주었다. 마호가니 손잡이가 달린 전문가용 조각끌이 여섯 개 들어 있는 작은 상자였다. 포포는 그날 그 전까지 만들었던 나무 인형 중에서 가장 마음에 드는 것 몇 개만 남기고 나머지는 상자에 넣어 방문 앞에 내놓았다. 쪽지도 붙였다. '버리거나, 창고에 보관해주세요.'

포포는 처음부터 다시 시작하는 마음으로 나무 인형 만들기에 몰두했다. 포포의 손이 여무는 만큼 포포가 만드는 인형도 점점 정교해졌다. 포포의 키가 더는 자라지 않게 되었던 열여덟 살 여름 이후에는 스스로 보기에 나쁘지 않은 수준의 인형을 만들게 되었다. 그해 가을부터 포포는 온라인으로 자신이 만든 나무 인형들을 판매했다. 나중에 시간이 많이 흘러 성인이 된 뒤에 정식으로 문을 열었던 스크린 윈도 상점보다는 훨씬 소박한 판매 방식이었고, 어른이 된 후에 보니 인형도 형태가 조악했지만(포포는 대학 3학년 때 우연히 자신이 예전에 만들었던 인형을 보고 얼굴이 뜨거워졌다. 자신의 인형을 샀던 사람들에게 연락해서 물건을 모두 회수할까 고민할 정도였다), 인형은 생각보다 잘 팔렸다. 아마 가격이 저렴한 편이어서 그랬을 거다. 개인 주문을 받아서 원하는 것을 만들어 주기도 했는데, 그것도 점차 주문이 늘어서 나중에는 월마다 예약을 받았다. 열아홉 살 때는 항상 예약이 꽉 차 있었다. 고객들은 주로 포포보다 나이가 어리거나 비슷한 십대였다. 에너지가 넘쳐 어쩔 줄 모르는 십대에게는 열광할 대상이 필요한데, 어떤 아이들에게는 포포와 포포의 인형도 그 대상이 될 수 있었다.

그들은 포포의 인형을 사려고 경쟁을 벌이기도 했다. 포포의 인형은 어른의 눈이나 프로가 보기에는 조악한 수준이었지만, 뭔가가 있기는 했다. 반짝이는 독특한 감성 같은 것이. 대중적으로 알려지지는 않았지만, 포포는 한때 어느 좁은 세계에서 인기가 있었다.

포포는 나무 인형들을 팔아서 돈을 벌고 있다는 것을 가족들에게는 굳이 말하지 않았다. 포포는 비밀리에 독립을 준비했다. 포포가 생각하기에 독립은 스스로 결정하고 판단 내려야 하는 문제였다. 하지만 그게 다는 아니었다. 가족들에게서 벗어나고 싶은 마음이 없었다면 거짓말일 것이다.

엄마가 떠난 뒤 집안에는 짙은 그림자가 드리워졌다. 민정은 십대 중반부터 친구들이나 새로 사귄 남자 친구들과의 관계에 몰두했다. 그러다가도 한 번씩은 잊었던 집안일을 해치우듯이 포포를 방 안에서 나오게 하려고 부질없는 노력들을 했다. 솔직히 포포는 언니가 피곤했다. 민정은 포포를 다정하게 구슬리다가 그게 잘 안 되면 화가 폭발해서 문을 두드리며 화를 내고는 했다.

포포는 언니가 화를 내는 상황도 끔찍했지만, 그보다 더 싫었던 건 설교였다. 민정은 이런저런 방법이 다 실패하면 최후의 수단으로 설교를 했다. 바깥세상이 얼마나 아름다운지, 친구들과의 우정은 얼마나 값진 것인지, 네 나이면 사람과 친해지는 법을 배워야 한다는 둥 사랑하는 법도 슬슬 익혀야 한다는 둥. 민정이 닫힌 방문 앞에서 큰 목소리로 그런 이야기를 끝없이 늘어놓을 때마다 미칠 것 같았다. 도저히 견딜 수 없어서 문을 열고 나가는 날도 있었다. 그렇게 항복해서 언니와 함께 바깥 거리를 산책하거나 저녁 식사를 함께 할 때면 달콤한 감정을 느낄 때도 있었지만(언니는 포포가 방에서 나오면 정말 다정해졌다), 다시 방으로 돌아와 혼자가 되면 비참함을 느꼈다. 그러면 포포는 다음 날부터 다시 긴 칩거에 들어갔고, 민정은 그런 일이 반복될 때마다 더욱 크게 실망했다. 포포는 언니가 일방적인 노력을 하며 기대에 부풀었다가 점점 더 크게 실망하는 상황이 너무 힘들었다. 언니가 제발 자신을 포기해주기를 얼마나 바랐는지 모른다.

반면 아빠는 포포를 억지로 바깥으로 나오게 하려고 하지 않았다. 아빠는 성실하고 다정했다. 그렇지만 한편으로는 우울에 짓눌려 있었다. 아빠는 엄마를 질리지도 않고 그리워했다. 마치 신실한 신자가 신을 기다리듯 엄마를 기다렸다. 그러다 한 번씩 무너져 울먹거리고는 했다. 민정이나 포포와 일상적인 이야기를 하다가, 밥을 먹다가, 집안일을 하다가.

그래서 가족을 버린 거냐고? 포포는 자신의 머릿속에 떠오른 질문에 아니라고 대답한다. 하지만 도망친 거냐고 묻는다면…… 그럴지도 모른다. 포포는 아빠와 언니가 노력하는 게 싫었다. 아빠와 언니가 엄마의 역할을 대신하려고 노력하는 것도(포포가 두 사람의 노력을 보면서 느낀 것은 엄마의 자리는 대체 불가능하다는 것이었다), 아무렇지 않은 척하려고 애쓰는 것도, 자신을 신경 쓰는 것도 지긋지긋했다.

그렇다. 사실은 회피했던 면도 있다. 준비를 다 끝내기 전에 아빠나 언니에게 독립하는 문제를 상의했다면 두 사람은(적어도 민정은) 이때다 싶어 포포를 세상 밖으로 나가게 하려고 안간힘을 썼을 것이다. 실제로 민정은 포포가 독립 이야기를 꺼냈을 때 "그래, 너도 이제 세상 밖으로 나가야지. 친구도 좀 사귀고. 애인도 만들면 좋고" 하고 당연한 듯 말했다. 포포가 방 안에서만 생활하기는 하지만 나름의 방식으로 세상과 연결되어 있다는 걸 민정은 제대로 이해하지 못했다. 아직 스크린 윈도는 나오기 전이었지만, 세상은 이미 가상현실에서만 살아도 불편함이 없도록 온갖 시스템이 갖춰져 있었다. 그런데도 민정은 '직접 접촉'만이 '진짜'라고 생각했다.

'엄마도 그런 거였을까?'

포포는 불이 꺼진 스크린 윈도 화면 앞에 앉아서 생각에 잠겼다. 엄마도 가족에게서 도망치고 싶었던 걸까? 완전히 혼자가 되고 싶었나? 자기 자신으로서 살기 위해 떠나야만 했던 걸까?

스무 살에 독립할 당시 포포는 집을 나가지 않으면 죽을 것 같은 기분에 사로잡혀 있었다. 집을 떠나야만 숨통이 트일 것 같았다. 포포는 살기 위해 집을 떠났다. 언니와 아빠를 싫어했던 것은 아니다. 다만 부담스러웠다. 포포는 그때도 지금도 언니와 아빠를 사랑한다. 그들을 인생에서 제거하고 싶은 적은 없었다. 적당한 거리가 필요했을 뿐이다.

민정은 포포가 방에 틀어박혀 사는 인간이 된 것이 엄마 때문이라고 생각했다. 엄마가 떠난 후 포포의 마음속에 고독이 생겨나기는 했다. 고독은 잎사귀가 넓은 식물처럼 마음에 깊은 뿌리를 내리고 자라나 그늘을 만들었다. 그게 다 엄마 때문이라고 민정이 너무 확신을 가지고 자주 말해서 자신도 어느새 어느 정도는 그렇게 생각하고 있었다는 것을 포포는 방금 깨달았다. 하지만 이제 와서 돌이켜보니 그건 사실이 아닌 것 같았다. 포포가 가진 고독은 누구나 다 가지고 있는 감정 요소일 수도 있다. 동물이라면 슬픔이나 기쁨을 느끼는 것처럼 모두가 가끔은 고독을 느끼는 것이다. 누구나 외로움을 느낄 때가 있고, 그래서 타인과 관계를 맺는다. 포포가 무이와 함께하기 위해 이사한 것처럼 말이다. 포포는 여기까지 생각한 뒤에 또 다른 생각을 떠올렸다. '물론 외로움을 느끼지 않는 사람도 있을 수 있고, 그것은 비정상적인 것이 아니다. 외로움을 느끼지만 타인과 관계를 맺는 방식으로 그 문제를 해결하지 않는 사람들도 많다.'

포포는 그런 생각을 한참 하다가 머릿속이 복잡해져서 무거운 마음으로 스크린 윈도의 휴식 모드를 껐다. 너무 오래 연락이 안 되면 무이가 걱정할 것이다. 아니나 다를까 무이가 보낸 노크가 와 있었다. 몇 분 전에 보낸 노크다. 포포는 숨을 한 번 고르고 무이의 스크린 윈도를 노크했다. 무이는 바로 창문을 열었다. 무이의 얼굴이 보인다.

"표정이 안 좋네. 무슨 일 있었어?"

"아니, 별일은 아니고. 언니랑 싸웠어."

"어쩌다?"

"맨날 똑같지 뭐."

포포는 웃으며 대충 얼버무렸다. 거짓말을 한 건 아니다. 따지고 보면 언니와의 싸움은 맨날 그게 그거다. 말을 하다가 어느 한쪽이 말실수를 해서 듣는 사람 기분을 상하게 하는데, 그러다 보면 둘 다 해묵은 감정이 툭 튀어 오른다. 오랜 세월 동안 가슴속에 묻혀 있던 서운함과 분노, 잡다한 감정들이 말과 표정에 섞여 나온다. 그러나 마음이라는 항아리를 뒤져보면 분명 다른 감정들도 있다. 오랫동안 쌓여온 고마움 같은 것들이다.

포포의 가슴속에는 사람들의 이름이 붙은 항아리들이 있다. 오늘은 언니의 이름이 붙은 항아리가 심하게 출렁거렸다. 가만히 놓아두기만 하면 항아리는 알아서 잠잠해진다. 포포는 일단 오늘은 항아리를 더 건드리지 않고 놓아두기로 했다. 항아리 속에 출렁거리는 감정들을 너무 오래 들여다보고 있으면 그 안에 빠져버린다.

"확인해야 할 것들이 좀 있는데, 지금 해도 돼?"

무이가 묻는다. 포포는 그제야 무이의 얼굴을 제대로 본다. 무이는 포포가 정신이 딴 데 가 있는 것을 지적하지 않고 인내심 있게 기다리고 있었던 듯하다. '정신 차리자.' 포포는 무이에게 집중하려고 눈의 초점을 그에게 다시 맞춘다.

"응, 그럼. 뭘 확인하면 돼?"

"대단한 건 아니고 그냥 마지막으로 같이 확인해보면 좋을 것 같아서."

포포는 무이가 결혼식 준비 이야기를 하고 있다는 것을 깨닫고 조금 당황해서 서둘러 대답한다.

"좋지."

실은 머릿속이 하얗다. 결혼식 이야기가 실감이 나지 않는
다. 꼭 남의 결혼 이야기를 하는 것 같다. '왜 이래? 뭐가 문제
야, 여기까지 와서는. 이럴 거면 다 때려치워!' 포포는 자기 자
신을 비난하면서 무이가 스크린 윈도 화면에 목록을 띄우는 걸
본다. 무이에게 미안하다.

"다 준비됐어. 자긴 그냥 우리 결혼식에 와서 서류에 사인만
하면 돼. 어려울 것 없지?"

그날 입을 옷부터 하객 명단, 행사 순서, 당일에 서명할 서류
까지. 정말 모든 것이 완벽하게 준비되어 있다.

"언제 이런 걸 다 준비했어? 일도 바빴을 텐데."

포포는 면구스러워하며 말한다. 반은 미안하고, 반은 감동적
이다.

"거의 다 같이 준비한 거야. 난 정리만 했어. 자기가 이사하
느라 힘들었지. 이사에 비하면 목록 정리하는 거 정도야 일도
아냐. 이 정도 일은 하루에 서른 번도 할 수 있어. 심지어 재밌
더라고. 나 결혼 준비에 재능이 있나 봐. 이쪽으로 직업을 바꿔
볼까?"

무이가 활기차게 너스레를 떨어서 포포는 웃었다.

"자기 진짜 로봇 아니야?"

이건 포포가 무이에게 자주 하는 농담이다. 무이는 힘들어하

면서도 항상 산더미처럼 쌓여 있는 일들을 별 탈 없이 처리한다. 감정 기복도 별로 없고, 다정하고, 기운이 넘친다. 그러니 의심을 안 할 수가 있나. 학생들 사이에서도 무이가 로봇일지도 모른다는 이야기가 돈다.

"궁금하면 한번 만나보든지."

무이가 가벼운 어조로 말을 툭 던진다. 표정을 보니 농담인 것만은 아닌 것 같다. 포포는 다시 마음이 무거워진다. 역시 무이는 직접 만나기를 원하는 것이다.

"부담 주려는 건 아닌데. 난 결혼식 전에 한 번은 만나보고 싶어."

이번에는 진지하다. 어떻게 대답해야 할까? 포포는 말실수를 할까 두려워서 일단은 조용히 있다. 하지만 어떤 대답이든 하기는 해야 한다.

"조금만 생각해봐도 돼?"

포포가 고심 끝에 조심스럽게 대답한다. 무이는 조금 실망한 눈치다. 이 정도로 부탁하면 흔쾌히 들어줄 법도 한데. 그런 생각을 하는 것도 같다. 무이가 그러는 것도 이해는 된다. 포포는 무이를 실망시켰다는 생각에 마음이 어두워진다. 무이는 포포가 어떻게 살아왔는지 안다. 여기 오기 전에 직접 만나는 것에 대해서 많은 이야기를 나눴고, 결국에는 직접 만나지 않는 쪽으로 결론을 냈다. 엄밀히 말하자면, 무이가 둘이 했던 약속을 이제 와서 바꾸려 하는 것이다. 하지만 포포는 감히 그런 말을 꺼내지 못한다. 이건 사업상의 계약이 아니라 결혼이기 때문이다.

"천천히 생각하고 얘기해줘. 강요하는 건 아니야 자기가 싫다면 나도 더는 안 물어볼게."

"이유를 물어봐도 돼? 왜 그러고 싶어졌는지."

"막상 이제 곧 결혼식을 한다니까 마음이 좀 이상해졌어. 한 번도 안 만난 사람이랑 결혼한다는 게."

무이는 할 말이 더 있는 것 같지만 말을 멈춘다. 포포는 기다리지 못하고 말한다.

"난 우리가 한 번도 안 만났다고 생각하지는 않아. 사실은 매일 봤지. 그리고 난 자기도 나랑 비슷한 사람이라고 생각했어."

무이는 포포의 말을 듣고 웃는다.

"직접 접촉을 싫어하는 사람? 그렇긴 하지. 나도 내가 이상해. 자기 말대로 우리는 스크린 윈도로 매일 만났고, 나도 그게 괜찮았는데. 그런데 자기가 막상 내 옆으로 이사 오니까 우리가 아예 만나지 않는다는 게 이상하게 느껴져. 자기는 그런 생각이 아예 안 들어?"

포포는 잠시 생각해본다. 이상한가? 내가 유별난 걸까? 다른 사람들은 어떻게 살고 있지? 세상에는 포포 같은 사람들이 많다. 스크린 윈도로만 사람을 만나며 사는 사람들. 그중에는 결혼하는 사람들도 있다. 그들은 결혼하고 나서도 스크린 윈도로만 서로를 만난다. 하지만 결혼 후에 원래 살던 방식을 버리고 함께 사는 사람들도 있다. 포포는 결혼을 선택한 스킨포비아들의 이야기에 관심이 있었다. 원래 살던 방식을 버리고 함께 사는 것을 선택한 스킨포비아 부부 중에는 결국 달라진 삶에 적응하지 못하고 불행해져서 헤어진 사람들도 꽤 있다고 들었다. 하지만 잘 살고 있다는 사람들도 있다. 어느 쪽이 더 낫다고 단정지을 수는 없는 문제다.

"지속적으로 만나자는 건 아냐. 한 번 정도는 만나서 느낌이 어떤지 알아볼 수도 있지 않을까 하는 거지."

"실험 같은 건가?"

"비슷하지."

그래, 한 번 정도는 가볍게 실험해볼 수도 있다. 하지만 떠밀리듯 결정을 내리기는 싫었다.

"나한테 하루만 줘. 하룻밤만 고민해보고 내일 확실하게 대답할게."

"그래, 다시 말하지만 영 내키지 않으면 싫다고 해도 돼. 나도 실망 안 할게. 애초에 직접 만나지 않는 쪽으로 결론을 내렸던 문제니까."

그것으로 대화가 끝난다. 고맙게도 무이는 수업이 있다고 말한다. 포포는 어색하게 더 대화를 이어가지 않아도 되는 것에 안심하며 무이의 방에서 나왔다. 언니와 상의하고 싶다. 물론 민정은 무이의 편을 들 것이다. '그게 뭐 어려운 일이라고. 유세 부리지 말고 당장 만나.' 포포는 언니가 그렇게 말하는 것을 떠올리고 웃는다. 언니에게는 전혀 어려운 일이 아닐 거라고 생각하니 별문제가 아닌 것처럼 느껴지기도 한다.

포포는 집 가운데에 있는 문을 열고 들어가 무이와 직접 만나는 상황을 상상해본다. 그러자 금방 손이 차가워지면서 식은 땀이 난다. '무이를 사랑하는 건 분명한데, 직접 만나는 건 왜 이리 두려운 걸까?' 포포는 머릿속으로 내일 무이에게 할 말을 떠올린다. '미안해. 아직은 안 되겠어. 난 아직 직접 만날 준비는 안 된 것 같아. 난 가족들 말고는 사람을 직접 만나본 적이 거의 없어. 가족들도 직접 만난 지는 아주 오래됐고.'

그러다 언니에게 리라를 가끔 봐주겠다는 말을 한 것이 생각난다. 왜인지 모르겠지만, 리라를 직접 만나는 것은 괜찮을 것 같다. 지금까지 만나지 않은 것도 어린 리라에게 안 좋을까 봐 그런 것이지 포포는 리라를 직접 만나보고 싶었다. 그렇게 생각하다 보니 무이도 만나고 싶지 않은 것은 아니다. 직접 만나보고 싶은 쪽에 가까운 것 같았다. 하지만 두려웠다. 무이를 직접 만나면 너무 많은 것이 변해버릴 것 같다. 스크린 윈도 바깥에 있는 무이는 스크린 윈도 속의 무이와 전혀 다른 사람일 것만 같다. 스크린 윈도 바깥에 있는 무이를 만났는데, 그를 사랑하지 않는다고 느낄지도 모른다.

그러면 어떡하지? 포포는 불안에 휩싸여 스크린 윈도를 다시 휴식 모드로 바꾸었다. 지금은 아무도 만나고 싶지 않다. 혼자 있고 싶다.

'난 결혼할 준비가 안 된 걸지도 몰라.' 포포는 절망을 느끼며 침대로 들어간다. 아무것도 하고 싶지 않다. 자기혐오감이 섞인 우울이 파도처럼 포포를 덮친다. '너 그거 결혼 전 우울증이야.' 언니가 했던 말이 떠오른다. 그냥 그런 것일 수도 있다. 실제로 결혼을 결정한 스킨포비아 중 많은 사람이 결혼 전에 혼란이나 우울, 두려움, 불안을 느낀다는 이야기를 들은 적이 있다. 지금 느끼는 감정이 보편적인 것이라 생각하니 마음이 조금은 진정된다.

포포는 이불 속에서 숨을 고르게 쉬려고 애쓰다가 결국은 침대에서 나왔다. 인형을 하나 만들어야겠다. 급하게 처리할 주문은 없지만, 아무 생각 없이 손을 움직이고 싶었다. 여기 와서는 아직 작업을 한 적이 없다. 도구는 모두 캐리어에 들었다.

포포는 현관 쪽으로 가서 캐리어를 연다. 캐리어 두 개에 작업 도구들을 나누어 넣어놨다. 캐리어를 연 김에 짐을 풀어서 정리할까 싶다. 포포는 할 일이 있어서 다행이라고 생각하며 캐리어에서 물건들을 하나씩 꺼낸다. 두툼하게 포장한 조각끌들과 물감, 붓이 들어 있는 통 같은 것들이다. 포장 하나를 풀자 한동안 쓰지 않은 조각끌 세트가 나왔다. 열여섯 살 때 아빠에게 생일 선물로 받았던 그것들은 낡고 녹슬었다. 포포는 짐들을 내버려둔 채 조각끌 세트만 달랑 들고 책상에 앉는다. 그리고 곧 낡은 조각끌들의 녹을 닦는 데 집중한다. 그 조각끌들은 포포에게 시작을 의미했다. 아빠에게 조각끌 세트를 선물받은 날, 포포는 인형 만드는 일을 평생의 직업으로 삼겠다고 결심했다.

녹은 잘 닦이지 않았다. 포포는 현관으로 돌아가 짐들을 마저 푼 다음 도구들을 방에 정리했다. 정리를 끝내고 나니 벌써 늦은 오후가 되어 있었다. 포포는 자신의 손과 비슷한 길이의 나무토막을 챙겨 책상에 앉았다. 무엇을 만들지는 아직 결정하지 못했다. 그저 가볍게 손을 푸는 느낌으로 뭐라도 만들고 싶었다. 혼자 방에 조용히 앉아 나무토막을 다듬고 조각할 때에만 포포는 비로소 진짜 '내가 됐다고' 느꼈다. 사회적인 말이나 행동을 하지 않고 혼자서 조용히 나무를 다듬는 모습만이 진짜 자기 자신 같다.

스크린 윈도 화면은 꺼져 있다. 포포는 나무토막을 조각칼로 다듬으면서 천천히 생각을 정리했다. 무이에게 하고 싶은 말들이 하나씩 떠오른다. 나는 혼자 있는 것을 좋아하는 사람이지만, 당신을 사랑한다고. 내 인생은 당신 없이는 별 의미가 없다고. 당신을 만나고 내 삶은 달라졌다고. 나는 남은 인생 전부를 당신과 함께하기를 바란다고. 포포는 마음속으로 편지를 쓴다.

포포는 독립적인 생활을 원하지만, 그게 평생을 혼자 보내고 싶다는 뜻은 아니다. 포포는 무이를 사랑하고, 무이와 인생을 함께하기를 원한다. '엄마는 왜 아빠랑 결혼했을까?' 포포는 문득 엄마에게 묻고 싶어졌다. 결혼식이 다가오니 알겠다. 자신이 엄마와 닮은 사람이라는 걸. '그렇다면 나도 도망치게 될까?' 포포는 엄마와 대화를 해보고 싶었다. 아니면 아빠하고라도. 아니면 결국은 항상 그렇듯이 언니와 대화를 나누게 될 수도 있다. '내가 이기적인 걸까?' 포포는 오늘 언니가 길거리에서 퍼부었던 비난을 떠올린다. '어쩌면 그럴지도.' 그렇다면 이타적인 것은 무엇일까? 이타적인 것이 이기적인 것보다 옳은가? 자기 자신의 삶을 다른 사람에게 맞추고 희생하는 것이 더 훌륭하고 도덕적인 것일까? 포포는 그런 생각을 하며 계속 나무토막을 다듬는다. 이것이 포포가 생각하는 방식이다. 손을 움직이면서 생각하는 것. 포포는 나무 인형들을 만들며 수많은 생각을 했고, 자신의 인생을 바꾼 결정들을 내렸다. 오늘 밤에도 포포는 나무 인형을 하나 만들 것이고, 인형이 완성될 쯤에는 무이의 제안에 대한 답도 정리될 것이다. 이제 막 자정이 지났다. 조용한 밤이다. 오늘 밤은 고독이 즐겁다.

포포는 고독을 즐기며 천천히 손을 움직였다. 시간이 아주 천천히 흘렀으면 했다.

3장

민정

"리라, 오늘 할아버지 보러 갈래? 스크린 윈도로 말고 진짜로."

민정은 무릎을 굽히고 앉아 눈을 맞추고 물었다. 수화로는 어려워서 말로 하고 문자 변환 기능을 썼다. 리라는 화면에 떠오른 문장을 읽더니 눈을 반짝이며 고개를 끄덕였다. 팔까지 붕붕 흔드는 것을 보니 정말 좋은 모양이었다.

"좋아, 가자!"

민정은 덩달아 마음이 가벼워져서 두 팔을 번쩍 들었다. 일어난 지 얼마 안 돼서 세수부터 시켜야 했다. 함께 양치를 하고, 물로 얼굴도 깨끗이 닦고, 옷을 골랐다. 리라는 막상 할아버지를 만나러 간다니 긴장했는지 옷을 고르지 못했다. 민정을 이

것을 권해도 저것을 권해도 고개를 저었다.

겨우 고른 것은 용사 옷이었다. 갑옷 프린트가 들어간 부드러운 소재의 옷인데, 리라가 동화 그림책에서 용사가 입은 갑옷을 보고 자기도 그걸 입고 싶다고 하도 졸라서 민정이 맞춤 제작을 해주는 상점에 주문을 넣어 사 줬다. 리라는 그 옷을 너무 마음에 들어 해서 잘 때도 입고 자고 싶어 할 정도였다. 그러다 요새는 시들해졌는지 한동안 안 입었다.

"아직 맞을까?"

민정은 고개를 갸우뚱하면서도 리라의 바람대로 옷을 입혀 주었다.

"역시 조금 작네."

옷을 주문했던 건 네 달 전이었다. 그새 팔다리가 조금씩 자랐는지 소매와 바지 끝단이 약간 짧았다. 민정은 리라를 거실에 있는 거울 앞으로 데려가 자기 모습을 볼 수 있도록 해주었다.

"어때? 괜찮겠어?"

리라는 민정의 말을 눈치로 알아듣고 고개를 끄덕였다.

"그래, 네가 좋으면 입어."

민정은 손짓하며 말했다. 대신 갈아입을 옷은 챙겨야 할 것 같았다. 민정은 다른 옷을 두 벌 더 챙겨서 리라에게 필요한 것들을 넣어놓은 가방에 추가로 집어넣었다. 하룻밤 자고 오는 것도 아니고 오전부터 저녁까지 맡기는 것인데도 여러모로 신경이 쓰여서 짐이 많아졌다. 리라는 제 나름대로 작은 가방에 자기가 가져가고 싶은 물건들을 챙기느라 시간이 한참 걸렸다.

"그건 필요 없을 것 같은데 빼면 안 될까?"

리라가 길쭉한 장난감 칼까지 챙긴 걸 보고 민정은 놓고 가자고 손으로 말했지만, 리라는 완고했다.

"어휴, 네 맘대로 해라."

결국 준비를 다 마치고 집에서 나오니 시간이 많이 흘러 있었다. 출발이 예정보다 한 시간 정도 늦었다. 하지만 특별히 시간 약속을 해놓은 건 아니라 문제는 없었다. 아빠에게는 어제 미리 허락을 받아놓았다. "그래, 와. 나는 오랜만에 리라 보고 좋지." 하루 동안 리라를 맡아줄 수 있겠느냐는 말에 아빠는 흔쾌하게 대답했지만, 우려 섞인 말도 덧붙였다. "근데 가게는 열어야 해서 리라도 같이 계속 스크린 윈도 5단계 모드로 있어야 하는데 괜찮을까?"

"괜찮아요. 5단계 모드로 산책을 많이 해봐서 리라도 익숙해요." 리라 몰래 대화하느라 방문을 반쯤만 열어놓아서 오래 얘기할 수가 없었다. 스크린 윈도에 할아버지 얼굴이 뜬 걸 보면 리라가 자기도 얘기를 나누겠다고 달려올 게 뻔했다. 민정은 용건만 간략히 전하고 싶었다. "그래, 알겠어. 가게는 좀 일찍 닫아도 되고. 하여튼 조심히 와." 어제는 그렇게 대화가 끝났다.

민정과 리라는 무인 버스를 타고 윤슬의 동네로 갔다. 윤슬은 멀지 않은 곳에 살았다. 일찌감치 독립한 포포와 달리 민정은 몇 년 전까지 아빠와 함께 살았다. 아빠와 살던 집에서 나온건 3년 전, 리라가 돌이 막 지났을 때였다. 원래는 리라를 낳고도 아빠와 계속 함께 살 생각이었다. 하지만 벌레 폭풍이 20년 만에 거대한 규모로 세상을 덮치고 다시 병이 돌면서 많은 계획이 바뀌었다.

민정은 낮에 하는 가게는 어차피 스크린 윈도 카페라 상관없어도 밤에 여는 가게는 정리하면 어떻겠느냐고 제안했지만, 아빠는 단호하게 두 가게 모두 계속하겠다고 말했다. 평소에 워낙 다정하고 부드러운 성격인 데다 리라를 예뻐하던 아빠인지라 민정은 아빠가 당연히 제안을 받아들일 거라고 생각하고 있었다. 하지만 예상과 다르게 아빠가 딱 잘라 가게를 계속하겠다고 말하니 민정도 더는 얘기해볼 수가 없었다. 그렇게 해서 민정은 따로 살 집을 구해 리라와 둘이서 사는 생활을 시작했다. 버스로 겨우 10분밖에 걸리지 않는 바로 옆 동네였다.

'지금이라도 다시 집으로 돌아갈까?'

민정은 창밖 구경에 빠진 리라를 보며 심란해져서 생각했다. 포포가 했던 말들이 떠올랐다. 민정은 포포에게 자신과 달리 좀 이기적인 면이 있다고 생각해왔기 때문에 이번에 들은 비난에 꽤 큰 충격을 받았다. 포포가 자신을 그렇게 생각하고 있는 줄은 정말 몰랐다. 하지만 곰곰이 생각해보니 포포와는 다르지만 자신 역시 이기적인 부분이 있는 것 같았다. 포포만큼이나 민정 역시 자기 마음대로 인생을 살아온 것이다. 포포가 아직 독립하기 전에는 그 애를 딸처럼 돌봤고, 아빠와 살 때는 아빠를, 리라가 태어난 뒤로는 리라만 챙기며 살았다고 생각했지만 정말 그랬나 생각해보면 고개가 저어졌다.

'함께 살며 돌볼 사람이 필요했던 건 나였는지도 몰라.'

그런 생각이 들었다. 포포도 그게 답답해서 집을 나갔던 건 아니었을까? 아빠도 차마 말을 꺼내지 못했을 뿐 내심 첫째 딸도 둘째 딸처럼 얼른 독립하길 바라왔는지도 모른다. 민정은 자신과 리라가 없으면 아빠가 적적할 거라 걱정했지만, 따로 살아보니 아빠는 오히려 혼자 사는 생활을 홀가분하게 여기는 것 같았다. 옆에 있는 가족에게 기대어 살아온 것은 자신뿐이었을지도 모른다는 생각이 들자 민정은 왠지 쓸쓸해졌다.

오늘만 해도 일방적으로 갑자기 연락해서 리라를 맡아달라는 부탁을 하면서도 한편으로는 아빠가 기뻐할 거라고 제멋대로 생각했다. 아빠도 오랜만에 리라를 봐서 좋을 거라는 식으로 말이다. 하지만 사실은 부담스럽고 귀찮은 부탁일 뿐이었을 수도 있다.

'오늘 내가 결국 리라를 아빠에게 맡기고 병에 걸린 애인을 만나러 간다는 걸 포포가 알면……

민정의 머릿속에 자신을 경멸스러운 눈빛으로 바라보는 포포의 모습이 떠올랐다. "언니는 항상 자길 되게 좋은 사람이라고 생각하는 것 같아. 근데 아니거든. 언니는 내가 아는 사람 중에 가장 이기적인 사람이야." 상상한 것뿐인데도 민정은 가슴이 서늘해졌다.

"엄마, 저기 봐."

리라가 민정의 팔을 두드리고 창밖을 가리켰다. 리라는 요즘 언어 센터에서 입으로 하는 말을 조금씩 배우고 있다. 리라는 말수가 적은 아이지만, 자기표현을 하려는 욕구 자체가 낮지는 않아서 자기가 하고 싶은 이야기가 생기면 어떻게든 전하는 편이다.

민정은 리라가 가리킨 곳을 봤다. 하늘 높이 검은 구름들이 떠 있다. 사실은 전부 벌레 떼다. 벌레들은 구름처럼 떼를 지어 상공에 떠 있다가 때가 되면 내려와 육지를 휩쓸고 다니며 뭐든 되는 대로 먹어치운다. 곡물, 나뭇잎과 기둥, 과일, 동물과 사람의 피까지. 가리는 것도 없고, 무서워하는 것도 없다. 그나마 다행인 것은 자기네들끼리도 종종 전쟁을 벌인다는 것이다. 하늘에 떠 있는 벌레 중에는 검은가시모기도 있고, 다른 종류의 벌레들도 있다. 그중에서 사람의 피를 빨면서 전염성이 강한 질병을 일으키고 수가 가장 많은 축에 속하는 것이 검은가시모기라 그 종이 인간의 대표적인 적이 된 것일 뿐, 다른 벌레들도 위협적인 것은 마찬가지다. 벌레들은 새로운 생존 방식을 배운 것처럼 어느 순간부터 구름처럼 떼를 지어 높은 상공을 떠다니기 시작했다. 그들은 인간들이 농사지은 것을 족족 먹어 치우고 다닌다. 음식 쓰레기에도 달려든다.

"요새는 좀 잠잠하다 싶더니만."

민정은 하늘의 벌레 떼를 보며 중얼거리고는 리라의 머리와 어깨를 팔로 감쌌다. 벌레들이 곧 지상으로 내려와 버스에 달려들기라도 할 것처럼.

*

검은 구름 같은 벌레 떼가 군집을 이루고 있기는 하지만, 하늘 자체는 맑다. 날이 맑으니 회색 건물도 그리 우중충해 보이지 않았다. 윤슬의 집과 가게가 있고, 민정도 태어나서 몇십 년을 살았던 이 동네에는 오래된 건물들이 많다. 윤슬의 가게가 있는 건물도 지어진 지 80년이 넘었다. 어느 모로 보나 세월의 흔적이 느껴진다. 벽은 군데군데 칠이 벗겨져 나가 너덜너덜한 느낌이 들고, 계단은 요즘에는 쓰지 않는 시멘트제다. 요즘 건물들과 달리 창문이 많은 것이 멋스러워 보이기도 하는데, 상가에 스크린 윈도용 가게들이 늘면서 창문들을 모두 막아버려서 이제는 실용적인 기능은 사라지고 장식처럼 되어버렸다.

지금 리라와 함께 사는 집은 민정처럼 아이를 혼자 키우고 형편이 여유로운 편인 중년 여자들이 많이 사는 동네에 있는 신축 주택이라 깨끗하고 편리하지만, 민정은 사실 그 집보다는 원래 살던 동네의 오래된 건물들에 정이 갔다. 오랜만에 보니 역시 요즘 건물들에서는 느낄 수 없는 분위기가 있다 싶어 민정은 잠시 아빠의 가게가 있는 상가를 바라보았다. 그러나 감상에 오래 빠져 있을 수는 없었다. 시간이 그리 여유롭지 않았다. 민정은 문득 마음이 조급해져서 리라를 번쩍 들어서 안고 계단을 올라갔다. 문 앞에서 미니 윈도로 아빠에게 노크를 보내자 바로 문이 열렸다.

"어서 와."

윤슬이 카운터에서 나와 두 사람을 맞았다. 민정이 할아버지에게 인사하라는 뜻으로 리라를 바닥에 내려놓았다. 하지만 리라는 할아버지를 슬쩍 한 번 보기만 하고 말릴 틈도 없이 쪼르르 가게 안쪽으로 들어갔다. 손님은 카운터에 한 명, 테이블에 한 명이 있었다. 그들은 리라에게 관심을 보이지 않았다. 민정은 리라가 손목에 찬 미니 윈도로 진동 신호를 보냈지만 리라는 이미 가게 구경에 푹 빠져서 진동 따위에 신경 쓸 겨를은 없는 듯했다.

"여기가 신기한가 봐요. 아주 아기였을 때 말고는 처음이잖아요."

민정은 괜히 가게를 한번 둘러보고는 약간 민망해하며 말했다. 가게에 직접 온 것도 오랜만이었지만, 요즘에는 스크린 윈도로도 거의 들르지 못했다. 민정은 이곳에 오는 게 편하지 않다. 이곳은 아빠의 공간이다. 이곳에 오면 민정은 자신이 외부인인 것처럼 느껴졌다. 아빠도 왠지 낯설어 보여서 가족이 아니라 남처럼 보일 때도 있다. 아빠는 이곳에 오면 약간 다른 얼굴이 된다. 집에 있을 때의 얼굴과는 뭔가 다르다. 좀더 젊어 보이기도 하고, 단정해 보이기도 한다. 아빠의 얼굴이 아니라 카페 주인의 얼굴을 하고 있어서 그런 것일 거다. 어떤 공간에 있느냐에 따라 맡은 역할도 바뀌는 것이다. 민정은 아빠가 혼자 있을 때의 얼굴도 알고 있다. 예전에 함께 살 때는 긴장을 풀고 있는 아빠의 얼굴을 종종 봤다. 자기 집의 방이나 거실에 혼자 있을 때 사람은 진짜 자기 얼굴이 된다. 어떤 역할을 하지 않아도 될 때의 맨얼굴. 누구나 그렇듯 아빠의 맨얼굴도 조금은 쓸쓸해 보였다. 민정은 그런 아빠의 얼굴을 본 지도 오래됐다고 생각하며 눈앞의 아빠를 바라봤다. 지금 윤슬은 아빠의 표정과 가게 주인의 표정을 동시에 짓고 있었다. 다정해 보이면서도 단정한 얼굴이다. 못 본 사이에 몸에 근육에 빠졌는지 전보다 아빠의 체구가 약간 왜소해 보이는 것이 민정은 마음에 걸렸다.

"맨날 집에만 있으니 답답하겠지. 냅둬. 내가 이따 챙길게."

윤슬의 시선은 리라에게 가 있었다. 흐뭇해 보였다. 그 얼굴을 보니 아빠가 리라를 귀찮아하기만 하는 것 같지는 않아서 마음이 조금은 풀어졌다.

"가게도 보셔야 하는데 갑자기 죄송해요."

민정이 예의를 차리려고 한 말에 윤슬은 웃었다.

"우리가 남도 아니고. 난 리라 봐서 좋아. 오늘 일은 얼마나 걸릴 것 같아?"

민정은 머릿속으로 시간을 계산해보았다. '가고 오는데 한두 시간쯤 걸릴 테고…… 거기서는 얼마나 있을까?' 막상 리라를 혼자 두고 가려니 마음이 편치 않았다.

"다섯 시간쯤 걸릴 것 같은데, 그보다 일찍 올 수도 있어요. 최대한 빨리 올게요."

윤슬은 민정에게 무슨 일 때문에 아이를 맡기는 거냐고 묻지 않았다. 윤슬은 항상 그랬다. 포포가 처음 독립해서 집을 나가겠다고 선언했을 때도 어디로 가는지만 물었을 뿐 그 외에는 아무것도 캐묻지 않았다. 민정은 그런 아빠가 신기하면서도 이럴 때는 그 너그러운 무관심이 고마웠다.

"천천히 다녀와."

민정은 윤슬의 말에 고개를 끄덕이고 다시 한번 리라에게 진동을 보냈다. 조금 전보다 강한 진동이었다. 이번에는 리라가 뒤돌아봤다. 민정은 리라에게 다가가 입 모양을 보여주며 천천히 말했다. 수어도 썼다.

"엄마 다녀올게. 할아버지랑 있어. 다섯 시간 있다가 올 거야."

리라의 미니 윈도가 민정의 말을 문자로 띄웠다. 리라는 그걸 보고도 고개를 끄덕이기만 했다. 민정은 리라가 이해를 한 것인지 불안해서 다시 물었다.

"할아버지랑 있을 수 있어?"

리라는 "응" 하고 귀찮은 듯 대답하고는 민정에게 손을 흔들었다. "엄마 얼른 가?" 민정이 웃으며 묻자 리라가 또 고개를 끄덕였다.

"알겠어. 그럼 엄마 다녀올게. 엄마 보고 싶으면 할아버지한테 얘기해. 알았지?"

민정은 리라에게 마지막으로 당부했다. 그리고 윤슬에게도 리라가 엄마를 찾으면 바로 노크해달라고 말한 뒤 밖으로 나왔다. 리라가 울면서 따라 나오는 건 아닐까 하고 걱정이 되어 건물 밖으로 나와서도 몇 번이나 뒤돌아봤지만 등 뒤도, 미니 윈도도 잠잠하기만 했다.

앞으로 다섯 시간. 민정은 초조하게 스카이로드 정류장으로 향했다. 언제 어디서 벌레가 날아들지 몰라 긴장됐지만 민정은 싸울 준비가 되어 있었다. '나한테 날아오기만 해봐. 다 해치워 버릴 거야.' 민정이 오늘 입은 싱글코트는 벌레로부터 몸을 보호하는 재질로 만들어졌다. 옷장에 그보다 더 단단한, 제대로

된 보호복도 걸려 있지만 그 옷은 너무 투박했다. 오랜만의 재
회인데 투박한 보호복을 입고 가기는 싫었다. 조금은 멋을 부
리고 싶었다. 그러니까 사실은 벌레와 전투를 벌일 준비가 아
주 잘 갖춰졌다고 할 수는 없었다. 그러나 마음만은 호전적이
었다. 리라와 그 남자, 포포, 아빠 등등 가까운 사람들과 현실적
인 문제들을 생각하다 보니 머릿속이 복잡해져서 괜히 무언가
와 한바탕 시원하게 싸우고 싶은 마음까지 들었다. 그러고 나
면 몸도 마음도 한결 가벼워질 것 같았다.

민정은 종종걸음으로 빠르게 걸어서 스카이로드 정류장으
로 가는 캡슐로 다가갔다. 티켓은 어제 미리 사뒀다. 미니 윈도
를 문에 가져다 대자 캡슐이 열렸다. 민정은 캡슐에 탔다. 그리
고 문이 닫히자마자 가방에서 헬멧을 꺼내 펼친 뒤 머리에 썼
다. 스카이로드 버스를 타려면 헬멧을 반드시 착용해야 한다.

캡슐 안에 있는 스크린 윈도로 바깥 풍경이 보였다. 캡슐은
벌써 레일을 타고 꽤 위쪽으로 올라왔다. 민정이 태어나면서부
터 지금까지 줄곧 살아온 동네가 스크린 윈도 화면으로 내려다
보였다. 도시는 전체적으로 회색이고, 돔으로 덮인 인공 공원
이 있는 가운데 부분만 초록색이다. 새도 나무도 돔 공원 안에
만 있다. 어떤 사람들은 돔 공원을 새장이라고 부르기도 한다.
도시에서 살아 있는 새를 볼 수 있는 곳은 돔 공원뿐이다.

'다 때려치우고 공원 산책이나 하면 좋겠네.'

스크린 윈도 말고 진짜로 공원에 간 게 언제인지 기억도 나지 않았다. 1년? 2년? 여행은 바라지도 않고 산책이라도 실컷 하고 싶다. '정말 공원에나 갈까?' 민정은 갑자기 든 충동 때문에 망설이며 캡슐 윈도와 미니 윈도를 번갈아 봤다. 그사이 캡슐은 벌써 도착해서 레일 위를 미끄러지다 멈췄다.

민정은 마음의 결정을 못 내린 채로 우왕좌왕하며 캡슐에서 내려 스카이로드 정류장으로 들어갔다. 마침 버스도 딱 맞춰 들어오고 있었다. 버스는 30분에 한 대씩 온다. 지금 놓치면 그만큼 시간을 버리게 된다. 문이 열렸다. 더 망설이고 있다가는 버스를 놓칠 것이다. 민정은 엉겁결에 버스에 발을 넣고 안으로 들어갔다. 곧 문이 닫히고 버스가 부드럽게 출발했다. **벌레구름**들은 버스보다 한참 위에 떠 있어서 위협적인 느낌은 없다. 벌레들이 움직이기 시작하면 불안하겠지만, 아직은 아니다.

민정은 벌레들에게서 눈을 돌리고 그에게 글자를 보냈다.

〈가는 중. 30분 뒤쯤 도착해.〉

곧 답이 왔다.

〈조심히 와. 얼른 보고 싶다.〉

그 남자의 집

　민정은 그의 집에 여러 번 와봤다. 아주 여러 번. 그와 가까워졌던 초반에는 거의 매일 만나다시피 했다. 결혼 전에 민정은 아빠와 함께 살았기 때문에 그의 집이 두 사람의 주된 만남의 장소가 됐다. 그의 집은 아주 크고 넓었다. 민정은 그의 집에서 머무는 시간이 좋았다. 그를 좋아하는 것인지 그의 집을 좋아하는 것인지 헷갈릴 정도였다.

　민정이 태어났을 때부터 살았던 집은 아름다웠지만 너무 오래되어서 낡고 어두운 느낌이 났다. 아빠가 그 집을 설계하고, 건축의 과정을 거쳐 집이 완성되고, 민정과 포포가 태어나 자라는 동안 물건들은 번식력이 있는 생물처럼 점점 걷잡을 수 없이 늘어나 집 안 곳곳에 자리 잡았다. 엄마와 포포가 차례로 집을 떠나 가족이 둘로 줄었는데도 집은 왠지 점점 더 비좁아졌다.

그에 비해 그가 혼자 사는 집은 대궐 같았다. 단지 비유가 아니라 그의 집은 정말 대궐이었다. 면적을 헤아리는 게 무의미하게 느껴질 정도로 컸다. 민정이 사는 집(거기서 평생을 살았지만 민정에게 그 집은 부모님의 집, 아빠의 집이었다) 전체보다도 더 넓은 것 같은 방이 여러 개 있었고, 아담한 방들도 많았다. 민정은 아직도 그 집의 방 개수가 몇 개인지 몰랐다. 물론 작정을 하고 세어보려 했다면 못 할 것도 없었을 것이다. 하지만 그렇게까지 하고 싶지는 않았다. 그에게 물어본 적이 있긴 했다. 그는 한없이 무심한 태도로 "몰라" 하고 대답했다. 그 이후로는 민정도 더는 방 개수에 대해 생각하지 않기로 마음먹었다. 그렇지만 그의 집에 갈 때마다 저절로 그 생각이 떠올랐다. '이 집은 방이 대체 몇 개일까?'

민정은 그가 잠들었거나 요리를 하고 있을 때 혼자 집 안을 돌아다니는 걸 좋아했는데, 그럴 때도 일부러 방 개수를 세지 않으려고 머릿속에서 억지로 숫자를 지우고는 했다. 이상한 오기가 나서였다.

그의 집은 크고 유려한 곡선을 가진 하얀색 커브형 건물로, 동이 나뉘어 있지는 않았지만 안으로 들어가보면 왠지 두 개의 건물이 이어져 있는 듯한 느낌이 들었다. 지상은 5층까지 있

고, 지하도 두 층 있었다. 엘리베이터는 있지만 작동은 하지 않
았다.

그는 집을 비효율적으로 썼다. 1층은 부엌과 식당으로 쓰는
공간 외에는 텅 비워두고 쓰지 않았다. 2층은 전체가 응접실이
자 손님용 공간이었다. 2층에 있으면 아무 데서나 누군지도 모
를 사람들이 불쑥불쑥 나타났다. 나중에 민정이 인상착의를 얘
기하며 그 사람이 누군지 물으면 그는 친구나 직장 동료, 일 때
문에 알게 된 사람이라고 했다. 민정도 나중에는 그 셋을 구분
할 수 있게 됐다. 얼굴이 눈에 익어서가 아니라 분위기를 보면
꽤 정확히 구분할 수 있었다.

그의 친구들은 옷을 헐렁하게 대충 걸치고 방에서 나올 때
가 많았고, 대체로 게을러 보일 정도로 느긋하거나 멍한 얼굴
을 하고 있었다. 일과 관계된 사람들은 옷이 말끔하고 표정도
왠지 엄격했다. 그들은 사업상 필요한 사람들이거나 서로 도움
을 주고받는 관계였다. 그중에는 업계 사람도 있었지만, 고위
직 공무원처럼 뭔가 한자리 차지하고 있는 사람들, 그냥 부유
한 사람들도 있었다.

그가 '동료들'이라고 표현하는, 그의 회사에서 일하는 사람
들은 더욱 알아보기 쉬웠다. 그들은 친절한 얼굴로 민정에게
먼저 인사를 건넸다. 그의 친구 중에서도 민정에게 친근하게
인사를 건네는 이들이 있었지만 그들은 태도가 훨씬 느긋했다.

그의 직장 동료가 아닌 사업상 공생 관계인 사람들은 민정과 마주치면 예의상 슬쩍 목례를 하고 지나가는 경우도 있지만, 민정이 눈에 보이지 않는다는 듯 모른 체하고 지나갈 때가 더 많았다.

민정도 그와 같은 업계에 있어서 2층에 있으면 아는 얼굴과 마주칠 때도 있었다. 그런 최악의 상황을 피하기 위해 민정은 주로 3층에 머물렀다. 3층은 집주인의 주 생활공간이기도 했다. 3층에도 방이 여러 개 있었지만, 실제로 쓰는 방은 하나뿐이었다. 그 방에는 가구도 별로 없었다. 침대와 소파, 옷장만 덩그러니 놓여 있는 그의 방은 언제나 횡했다.

손님들이 3층이나 4층, 5층까지 올라올 때는 거의 없었다. 민정도 자연스레 1층과 2층에는 가지 않게 되었고, 위층에서만 시간을 보내게 됐다. 1층 뒤쪽에 있는 작은 문을 쓰면 낯선 사람과 마주칠 확률이 적었다.

"집이 왜 이렇게 커?" 그의 집에 드나드는 게 익숙해졌을 때 민정은 그에게 물었다. 그는 그의 집이 원래 미술관이었다고 했다. "학생 때부터 좋아하던 곳이었는데 어느 날 보니까 경매로 나왔더라고. 혹해서 경매에 참여하기는 했는데 진짜 내가 가지게 될 줄은 몰랐어. 그런데 경매가 끝나고 보니 내 거가 된 거야." 그는 다시 생각해도 황당하다는 듯 말했다.

"갖고 싶어서 참여했을 거잖아. 막상 되니 별로였어?" 민정은 침실에 있는 작은 소파에 앉아 그를 돌아보며 물었다. 그는 샤워를 마치고 나와 집에서 입는 가벼운 옷을 걸치는 중이었다.

"아니, 별로였다기보다는. 좀 얼떨떨했지. 처리해야 할 절차들도 생각보다 많았고. 모든 문제를 다 정리하고 이 집이 진짜 내 것이 되어서 혼자 문을 열고 집 안으로 들어가는데, 그제서야 실감이 나더라. 기뻤어. 그러니까 별로인 건 아니었던 거지. 다만."

"다만?" 하고 민정은 되물었었다.

"어떻게 써야 할지를 모르겠는 거야. 이 큰 집을 대체 어떡하지? 나는 혼자 사는데."

민정은 그 남자와 함께 웃었다. "그래서 자꾸 손님을 불러들이는 거야?" "그런 것도 있긴 한 것 같아. 이 큰 집에 혼자 있으면 무섭거든." "겁쟁이네." "맞아, 나 겁쟁이야."

그 후로 민정은 그 집에 대해 조금씩 더 잘 알게 됐다. 정부가 더 이상 방문객이 오지 않게 된 공공 건축물들을 하나씩 경매하고 있는데 그의 집이 된 미술관도 그중 하나였다는 것, 미술관에 전시되어 있던 작품들은 경매에서 제외되어 여전히 정부 소유라는 것, 그렇게 원래 있던 공간에서 뺀 작품들을 관리하는 것이 또 문제라 정부가 골치 아파하고 있다는 것, 결국 작품들이 여러 나라로 뿔뿔이 팔려 나가 흩어지고 있다는 것 등등.

따지고 보면 현재의 그 집보다는 미술관이었던 그 공간에 얽힌 문제들에 대해 더 많이 알게 되었다고도 할 수 있다. 어쨌든 그는 1990년대에 지어진 그 근사하고 오래된 건축물이 탐이 났고, 결국 그것을 가졌다. 별 힘도 들이지 않고. 마치 어린아이가 부모나 친척에게 두둑한 용돈을 받아 갖고 싶던 장난감을 사듯이 돈을 내고 갖고 싶은 것을 손에 넣은 것이다. 실은 그에게 그다지 쓸모도 없는 커다란 건물을.

그에게는 큰 집이 전혀 필요하지 않았다. 그는 방 하나짜리 집에서도 아무런 불편 없이 살 수 있는 사람이었다. 그는 옷을 상황에 딱 맞춰 품위 있게 입을 줄 알았지만, 옷이나 신발, 장신구에 아무런 애착도 없었다. 음식이나 다른 취미들도 마찬가지였다. 정확히 말하면 그는 취미도 없었다. 그는 배가 고프면 식사를 했고, 아침에 일어나 밤늦게까지 일했다. 남는 시간이 있으면 그에게 만나자고 요청한 사람들을 만났다.

민정이 보기에 그는 타고나길 원하는 것이 많지 않은 인간으로 태어난 것 같았다. 그의 욕망은 복잡하지 않았다. 그가 부유한 집에서 태어났기 때문일까? 하지만 부유하게 태어났어도 탐욕스러운 사람들이 있다. 그는 애초에 원하는 것이 많지 않은 인간으로 태어났고, 필요한 것이라면 뭐든 바로 주어지는 풍족한 환경에서 평생을 산 덕에 더욱더 단순한 욕망을 가진 인간이 되었다. 민정은 그를 분석한 끝에 그런 결론을 내렸다

(민정은 사람을 분석하는 버릇이 있다. 그게 좋은 습관이든 아니든 간에 민정은 그런 습관을 바꿀 수 없었다. 누군가를 만나면 자동으로 머릿속에서 분석이 시작된다).

그의 집에 마지막으로 왔던 건 한 달 전이다. 리라가 태어난 뒤에도 민정은 그와 종종 만났다. 아빠의 집에서 나와 혼자 리라를 돌봐야 하는 상황이 되고 나서는 예전보다 만나는 횟수가 줄어서 몇 달에 한 번씩밖에 만나지 못했다. 세 달 만에 봤을 때도, 여섯 달 만에 봤을 때도, 일곱 달 만에 봤을 때도 있다. 1년에 두세 번씩 만난 셈이다.

민정은 그의 집 앞에 서서 리라가 태어난 뒤로 그와 몇 번이나 만났는지 횟수를 세어보았다. 다섯 번. 고작 그 정도였다. 지난번에 본 것도 거의 1년 만에 만난 것이었다. 마지막 만남은 짧고 달콤했다. 고작 두세 시간밖에 함께 있지 못했다. 민정은 잔뜩 굶주렸던 사람처럼 그의 피부에 얼굴을 묻고 그의 냄새를 깊게 들이마셨다. 그도 그랬다. 그의 냄새는 섹스보다 더 아찔했다. 두 사람은 짧게 섹스하고 남은 시간 동안 침대 위에서 꼭 껴안고 있다가 헤어졌다. 리라를 그 이상 남의 손에 맡겨둘 수는 없었다. 동네에 있는 보육 센터에 리라를 부탁하고 그의 집으로 간 것이었다. 민정은 그 이야기를 아무에게도 하지 않았다. 누구에게도. 특히 동생 포포에게는 비밀이었다.

그 만남은 결국 위험을 초래했다. 그런데 여기에 또 와 있다니. 민정은 스스로가 지긋지긋한 기분을 느끼며 미니 윈도로 그를 불렀다.

"나야."

민정은 짧게 말했다. 길게 말하기에는 기분이 가라앉아 있었다. 그는 별말 없이 바로 문을 열었다. 민정은 대문을 열고 그의 정원 안으로 들어갔다. 대문에서 건물까지는 그리 멀지 않았다. 걸어서 5분 정도가 걸렸다. 그의 집 앞쪽에 있는 정원은 단순하고 나무도 몇 그루 없었다. 대단한 것은 건물 뒤에 있는 정원이다. 그 정원은 앞쪽 정원보다 넓고 한때는 잘 꾸며져 있었다. '한때는'이라고 한 것은 벌레 폭풍이 시작된 후로 벌레들이 나무를 하도 못살게 굴어서 정원이 황폐화되었기 때문이다. 민정은 그의 침실이나 복도에 난 창문으로 뒤편의 정원을 보는 것을 좋아했었다. 예전처럼 아름답지는 않지만 황폐한 정원을 보는 것도 나름대로 매혹적인 느낌이 들었다. 민정은 그곳을 보고 있으면 마치 멸망한 문명 도시의 오래된 유적을 보는 듯한 기분이 들었다.

'어딨어?'

민정은 그에게 글자를 보냈다. 크고 텅 빈 집에 자신의 목소리가 쓸쓸한 메아리처럼 울리는 게 싫었다.

'침실로 와.'

그 글자를 보니 겁이 났다. 이래도 되는 걸까? 리라가 떠올랐다. 어린 리라. 너무도 어린 아이. 리라를 생각하면 지금 당장 이 집을 떠나는 게 맞다. 하지만 여기까지 왔는데 그를 보지 못하고 가는 것도 아쉽다. 민정은 발길이 떨어지지 않아 계단 위쪽을 노려봤다. 이번에 그를 만나지 않고 간다면 영영 못 볼 수도 있다.

'이게 마지막이라면 마지막 인사는 해야지.'

민정은 단단히 마음을 먹고 계단을 올라갔다. 널찍하면서 단이 낮은 아름다운 계단이었다. 그 계단은 민정이 이 집을 처음 드나들기 시작했을 때는 눈이 부실 정도로 하얗게 빛났다. 그러나 지금은 때가 타고 먼지가 뽀얗게 내려앉아서 집주인이 최소 몇 주는 관리에 손을 놓았다는 것을 누구라도 알 수 있을 것처럼 보였다.

2층으로 올라갔을 때 민정은 당장이라도 누군가가 불쑥 튀어나올 것만 같아서 긴장한 상태로 잠시 멈춰 섰다. 민정이 아는 한 이 집의 2층에 손님이 없었던 적은 드물었다. 언제나 한두 명이라도 있었다. 밖으로 나오지 않더라도 방 안에 머무는 누군가가 있었다. 그의 친구들 중에는 마치 호텔의 장기 투숙객처럼 이 집의 2층에서 몇 달이고 눌러앉아 지내는 사람이 몇 있었다. 예술가, 여행자, 방구석 철학자, 외톨이, 떠돌이, 부랑자. 민정이 그들을 마주치면 떠올리는 단어들이었다. 대개는 있다가 사라졌지만, 이 집의 벽장이 된 것처럼 붙박여 있는 사람도 있었고, 이 집이 정말 제 집인 것처럼 여기저기를 떠돌다가 돌아오는 사람도 있었다.

그중에는 세련되고 붙임성이 좋은 잘 차려입은 사람이 있기도 했고, 예민해 보일 정도로 깨끗한 사람이 있는가 하면, 태어나서 씻는 법이나 빨래를 배운 적이 있기는 한지 의심될 정도로 지저분한 행색의 사람도 있었다. 차림은 남루해 보일 정도로 소박하지만 차분하고 지적인 눈빛을 가진 사람도 한 명 있었다. 민정은 누군가가 아직 2층에 남아 있다면 그가 그 사람이었으면 했다. 자신의 애인인 그 남자를 만나기 전에 매력적인 그의 친구와 몇 마디 말을 주고받고 나면 떨리는 가슴이 진정될 것 같았다.

민정은 왠지 모를 기대감을 품고 2층 복도를 천천히 걸었다. 2층 복도는 한없이 조용했다. 민정이 복도 끝까지 가는 동안 아무 소리도 나지 않았다.

'모두 어디로 갔을까?'

민정은 여기에 머무르던 사람 중 몇은 갈 곳이 없는 사람일 거라고 생각하고 있었다.

'모두 쫓겨난 걸까?'

민정은 그가 자기 친구들을 내쫓는 모습을 상상해봤다. 거칠게 굴지는 않았을 것이다. 차가웠을 수는 있어도. 그의 친구들 역시 거친 사람들은 아니었다. 적어도 가까운 사람에게는 다정한 이들이었다. 갑작스러운 통보에 씁쓸해할 수는 있었겠지만, 아마도 순순히 받아들였을 것이다. 고맙다는 인사를 하고 떠났을 수도 있다.

민정은 그들과 친하게 지내지 않았고, 말을 섞어본 적도 거의 없었지만, 지금은 왠지 그들이 그리웠다. 그들이 없으니 집 안이 뭔가 허전했다. 그들도 이 집의 일부였던 것 같았다. 이 집의 뒷마당에 있는 나무나 이 집의 계단이나 창문처럼.

민정은 그들에게 거리를 뒀지만 그들을 싫어했던 적은 없었다.

'그 사람들은 다 어디로 갔을까?'

민정은 그것을 생각하면서 복도를 되돌아 나왔다. 그들은 어쩌면 돌아갈 곳이 있었는지도 모른다. 여기만큼 충분히 혼자가 될 수는 없는 곳일지라도. 여기에 오래 머물렀던 사람 중 몇은 그저 혼자가 되고 싶어서 여기에 있는 것처럼 보였다. 그들은 외로워 보였지만, 외로움에서 벗어나려고 하지는 않았다. 민정은 가끔 그들에게서 포포를 봤다. 그들에게 종종 다정한 마음이 들었던 것은 그래서였는지도 모른다.

한편으로는 민정 자신의 모습을 그들에게서 보기도 했다. 민정도 한때는 여행자, 떠돌이였다. 민정은 여행자나 떠돌이가 누릴 수 있는 자유와 고독이 얼마나 달콤한 사치인지 잘 알고 있었다. 그들을 보면 자유로웠던 시절이 생각나 부럽기도 했다.

민정은 다음 층으로 가는 계단을 오르면서도 청각을 곤두세
웠다. 인기척은 전혀 들리지 않았다. 어쩌면 누군가가 숨을 죽
이고 방에 숨어 있는지도 모른다. 하지만 그럴 이유도 없고, 빈
집 같은 분위기가 강하게 풍겨서 민정은 손님이 아무도 없다는
쪽으로 결론을 내렸다.

3층도 텅 빈 것은 마찬가지였다. 민정은 하얗고 텅 빈 복도를
보며 안도감을 느꼈다. 왠지 집으로 돌아온 기분이었다. 이 집
에서 민정은 자기 자신이 될 수 있었다. 이곳에 있으면 자신이
누군가의 딸이나 언니나 엄마라는 것을 잊을 수 있었다. 자신
을 그저 한 명의 인간으로 바라볼 수 있었다. 이곳에서는 사회
적인 정체성들이 떨어져 나갔다. 사회적인 정체성들이 떨어져
나가고 나면 몸과 마음이 남았다. 여기에 오면 민정은 인간이
동물의 한 종류라는 것을 느꼈다. 단순한 기쁨과 단순한 슬픔,
욕망과 쾌락과 나른함. 침대에 누워 순수한 감각과 감정 들에
잠겨 있을 때 민정은 행복했다. 언제까지나 그곳에서 벗어나지
않고 영원히 동물로 살다가 잠들고 싶다는 욕망을 느낄 때도
있었다.

그러나 언제나 침대에서 나와 현실로 돌아가야 했다. 이번이
그와의 마지막 만남이라면, 이 집과도 이별이다. 그와 헤어지
는 것보다 이 집에 다시 올 수 없는 것이 더 슬프게 느껴지는 것
같기도 했다. 민정은 그가 불쌍하다는 생각을 하며 그의 침실

로 들어갔다. 그는 돈이 떨어지지 않고 계속 새로 생겨나는 주머니를 양손에 쥐고 태어난 것이나 마찬가지였다. 그의 외모는 매력적이고, 목소리도 근사하다. 유창한 달변은 아니지만, 그의 말은 어쩐지 사람의 마음을 움직인다. 그의 주변은 사람들로 넘쳐났다. 그는 항상 사람들로 이루어진 바다 한가운데에서 살고 있는 것처럼 보였다. 그는 인색하지 않았다. 오히려 자신이 가진 것을 누가 가져가려고 하면 그냥 줘버리는 쪽에 가까웠다. 그는 평생을 다양한 사람들에 둘러싸여 살았다. 그에게 사람이 모자란 적은 없었다. 그런데도 그는 외로웠다. 그는 단순한 결핍을 가지고 있었다. 그가 욕망하는 것은 딱 한 가지였다. 그는 따뜻한 사랑을 원했다. 자신을 꽉 채워주는 사랑을 갈구했다. 민정은 그를 보자마자 그가 그런 사람이라는 것을 알았다. 그는 민정과 같은 사람이었다. 사람들로 둘러싸여 있지만 외로운 사람. 매일 따뜻한 커피 한 잔을 마시는 것처럼 따뜻한 사랑을 정기적으로 자신의 안에 부어 넣어야 하는 사람. 민정과 그는 서로가 그런 사람이라는 것을 알아보았고, 서로에게 필요한 것을 주었다. 그와의 관계가 일종의 계약관계와 비슷하다는 걸 알면서도 만남을 끊을 수가 없었다. 끊을 이유가 없었다. 민정은 자신이 그를 사랑하는지도 헷갈렸고, 그가 자신을 사랑하는지도 헷갈렸다. 민정은 그에게 애정이 있었다. 그를 불쌍히 여겼다. 그를 연민했다. 그가 세상에서 자신과 가장 비숫한 사람이라고 느꼈다. 하지만 포포나 리라를 사랑하는 것처럼 사랑하지는 않았다. 그를 생각하면 가슴이 따뜻해지지도 않았고, 그를 위해 목숨을 내어줄 수도 없었다. 그렇다면 두 사람은 결국 실패한 것일까? 두 사람이 주고받았던 것은 가벼운 애정 정도일 뿐이었을까? 가벼운 애정과 진정한 사랑은 완전히 다른 것일까?

민정은 그를 생각하면 종종 혼란스러웠다. 그러면서도 그를 계속 만났고, 지금도 그를 만나러 왔다. 그는 병에 걸렸다. 죽을 수도 있는 병이다. 전염되는 병이다. 자신의 심장을 내줘도 아깝지 않은 어린 딸과 함께 살고 있는데도 민정은 그를 만나러 왔다. 그를 안고 싶지만, 그를 안고 싶어서 만나러 온 것은 아니다. 그냥 그가 보고 싶었다. 민정은 침실로 들어와서야 그것을 깨달았다. 침실에는 아무도 없었다. 침대는 누구도 쓴 적이 없는 새것처럼 비어 있었다.

*

민정은 4층으로 올라간다. 4층 복도에는 그림들이 걸려 있다. 지나간 시대의 지하철역을 그린 그림이 민정의 시선을 붙들고 있다. 항상 스쳐 지나가던 그림인데 오늘은 이상하게 마음을 끈다. 그림 속의 사람들은 표정이 보이지 않는데도 불안해 보인다. 아니, 표정이 보이지 않아서 불안해 보이는 걸까?

'그래, 옛날에는 지하철이 이렇게 생겼었지.'

민정은 생각한다. 요즘 열차에 비하면 확실히 옛날 디자인이다. 지금은 지하철이라는 말도 사라졌다. KUT가 개통된 지도 벌써 10년이 넘었다. 사람들은 그걸 '유티'라고 줄여서 부른다. 유티는 서울부터 부산까지 이어지는 열차다.

몇 차례의 벌레 폭풍을 겪으면서 유티는 가장 안정적인 교통수단이 됐다. 벌레들이 하늘과 지상을 점령한 날에는 지하로 다니는 열차를 타고 다니는 게 안전하다. 조심성 많은 사람들은 밖에 나갈 일이 있을 때 유티만 이용한다. 유티에는 창문 대신 스크린 윈도가 설치되어 있다. 스크린 윈도는 지상 풍경을 보여주기도 하고, 뉴스나 광고를 띄우기도 한다. 유티 열차는 디자인도 귀엽고, 내부도 쾌적한 편이다. 그런데도 민정은 유티보다는 스카이로드를 주행하는 버스나 지상 버스를 선호한다. 어느 정도는 폐소공포증이 있는 것 같다. 창문이 없는 공간에 있으면 가슴이 답답해지고 호흡을 의식하게 된다. 숨을 편하게 쉬기가 어렵다.

민정이 이곳(그의 집)을 좋아하게 된 것은 사실은 오직 창문 때문인지도 모른다. 그의 집에는 창문들이 시원시원하게 나 있다. 옛날에 지은 건축물이라서다. 벌레 폭풍이 불기 한참 전, 지금으로부터 백 년도 더 전에 지어진 건물이라 벌레를 그다지

184

고려하지 않았다. 그 시대에 벌레는 쫓아낼 수 있는 존재였다. 한두 마리쯤 어슬렁거려도 아무도 신경을 곤두세우지 않았을 것이다. 요즘은 큰 창문이 있어도 판자로 막아놓는 건물이 많은데, 이 집은 그렇지 않다.

민정은 이 집에 있다 보면 바깥세상이 너무 과민한 것은 아닌가 하는 생각을 하게 된다. 이 집의 주인(그 남자)은 어떤 창문도 판자로 막아놓지 않았다. 그는 벌레주의보가 없는 날이면 창문을 활짝 열어두기도 했다. 심지어는 정원으로 나가 야외 테이블에 앉아 느긋하게 차를 마시기도 했다.

그 남자가 병에 걸린 것은 그런 무신경함 때문일까? 어느 정도는 그럴 것이다. 그는 원래 매사 조심성이 없었다. 어떨 때 보면 넋을 놓고 사는 것처럼 보였다. 빨래는 방에 벗어두면 누군가가 와서 해주었고, 청소도 마찬가지였다. 그에게는 고용인들이 있었다. 민정은 이 집에서 그들을 한 번도 마주친 적이 없었다. 고용인들은 그가 없을 때만 이 집에 들어와 일하는 것 같았다. 눈에 보이지 않는 사람들.

어쩌면 이곳은 호텔이 아니었을까?

민정은 문득 그런 생각을 떠올렸다. 사실은 이곳이 호텔인데 자신만 모르고 있던 게 아닌가 하는. 그렇게 생각하니 모든 게 맞아떨어지는 것 같다. 항상 낯선 사람들이 왔다 갔다 하고, 장기 투숙객들이 머무는 방들이 있고, 쓸데없이 넓은데 항상 깨끗하게 정돈되어 있던 것도 그렇다. 생각해보면 이상하지 않은가.

사실 그는 호텔의 주인이었을까?

이름 없는 호텔. 아는 사람들만 출입하는 회원제 호텔인지도 모른다. 그 남자라면 먼저 묻지 않는 이상 굳이 말하지 않았을 수 있다. 그는 충분히 그러고도 남는다. 그래, 진짜 집이라기에는 너무 생활감이 없었다. 그는 이곳에서 요리도 하고, 손님들도 만나고, 잠을 자고, 섹스도 했지만 왠지 이곳에서 진짜 살고 있다는 느낌은 들지 않았다.

민정은 미니 윈도로 그에게 말을 건다. 그가 듣고 있다.

"나 비밀을 알았어."

"뭔데?"

그가 묻는다.

"여기 사실은 호텔이지? 당신은 호텔 주인이고."

민정의 말에 그가 웃는다. "며칠 동안 웃을 일이 하나도 없었는데. 당신 덕분에 웃네." 그가 말하고 웃음이 남은 듯 폭소를 터뜨린다.

"호텔 아니야?"

"아니야."

"지금 어디에 있어? 이제 그냥 말해."

그가 침묵한다.

"말 안 해줄 거야?"

"그만 집에 가는 게 어때?"

"그럼 왜 내가 온다고 했을 때 그러라고 했어? 어차피 이럴 거였으면 오지 말라고 했으면 됐잖아."

민정은 화가 나서 말한다. 말하다 보니 괘씸해졌다.

"당신이 여기 있는 걸 보고 싶었어."

미니 윈도에서 그의 목소리가 들린다. 그의 얼굴은 보이지 않는다. 그새 카메라를 껐는지 검은 화면만 보인다. 두 사람은 이미 침실에서 비슷한 대화를 했다. 그는 자신이 어디에 있는지 말해주지 않으려 했다. 이 집 안에 있는 건 분명했다. 침실에서 그와 미니 윈도로 얼굴을 보며 대화했을 때 그의 등 뒤에 있는 벽은 이 집의 것이었다. 표면이 거친 연어색 벽. 민정은 이 집에서 그런 색깔을 가진 벽을 본 적은 없었지만, 그 질감에는 익숙했다. 이 집 부엌과 침실 벽도 같은 질감이었다.

그는 분명 여기에 있다. 이 집이 아니라면 그가 어디로 갔겠는가. 그는 무시할 수 없는 누군가가 어떤 자리에 초대하면 반드시 참여했고, 그 밖에 그가 필요한 자리도 많았다. 하지만 그는 외출하는 것을 좋아하지 않았다. 그냥 심심해서 놀러 나간다든지 하는 일은 절대 없었다. 파티도 열지 않았다.

그는 사교적인 성격은 아니었다. 사람을 많이 만나야 하는 인생을 살았을 뿐이다. 민정은 그가 사람들을 불편해한다고 생각해본 적이 없었다. 사람들을 종일 만나는 삶에 너무 익숙해서 다른 사람들과 함께 있는 데에 무뎌진 쪽에 가깝다고 생각했다. 그러나 지금 이 집의 복도에 혼자 서서 생각해보니 그가 사실은 사람을 불편해하는 성격이었을지 모른다는 생각이 들었다.

민정은 사교적이고 외향적인 편이다. 낯선 사람과 단둘이 있어도 전혀 긴장하지 않는다. 그래서 그가 비사교적인 사람이라는 걸 알아채지 못했는지도 모른다. 그는 항상 외로워 보였다. 하지만 사실은 그저 사람들과 부대끼는 걸 불편해하고 있었던 것뿐일까? 그는 맞지 않는 옷을 입고 평생을 산 걸까? 그가 있어야만 했던 그 많은 자리. 그는 매번 그런 곳에 억지로 가서 사람들과 함께 있는 시간을 간신히 버티고 있었던 걸까?

텅 빈 복도에 서서 민정은 비로소 그를 이해한다. 완벽한 이해는 결코 아니겠지만. 조금은 그를 이해할 수 있을 것 같다. 민정은 그가 취미도 없는 사람이라고 생각했지만, 다시 생각하니 그렇지도 않은 것 같았다. 그가 취미가 없는 사람이라면 복도에 걸린 그림들은 다 뭐겠는가.

4층 복도 벽에 걸린 그림들은 그가 이 건물을 샀을 때 딸려온 옵션이 아니었다. 이 건물이 미술관이었을 때 있었던 작품들은 모두 다른 곳으로 흩어지거나 정부가 창고에 보관하고 있다. 이 건물에 다시 그림을 걸어놓은 것은 그 남자다. 민정은 그

동안 이곳에 있는 그림들이 그가 직접 사서 모은 것이 아니라 부모에게 물려받은 것일 거라고 생각하고 있었다. 그러나 다시 보니 어떤 그림들은 최근에 그려진 작품 같다. 실제로 몇 년 전 민정이 이 집에 처음 왔을 때는 안 보였던 그림들도 꽤 있다. 그는 계속 그림들을 새로 샀던 것이다.

그림 말고 조각품도 있다. 벽에 걸린 것들도 있고, 선반에 올려진 것들도 있다. 모두 작은 조각들이다. 민정은 그것들에서 일관된 취향을 발견한다. 그에게는 취향이 있었다. 민정은 자신이 그를 얼마나 잘 몰랐는지 혹은 오해하거나 착각하고 있었는지 깨닫는다. 민정은 그가 항상 뭔가를 숨기고 있다고 생각했다. 뭔가 비밀이 있는 사람이라고. 무언가 어둡고 꺼림칙한 비밀을 숨기고 있을지도 모른다고 말이다.

하지만 정말 그랬을까? 그는 사실 아무것도 숨기지 않았던 것이 아닐까? 민정 혼자 그의 뒤에 뭔가가 있을 거라고, 그가 보여주지 않은 비밀들이 있을 거라고 믿어왔을 뿐. 그가 지금 이 집의 어딘가에 숨어 있는 것에도 다른 의도는 없을지 모른다.

그는 자신이 병에 걸렸기 때문에 민정을 직접 볼 수 없다고 말했다. 침실에서, 미니 윈도로. 민정은 그를 보고 가겠다고 고집을 부렸다. "멀리서 보면 되잖아. 당신은 방 안에 있어. 나는 방 바깥에 서 있을게."

민정도 그를 가까이서 보고 만질 수 있을 거라 기대하고 오지는 않았다. 애초부터 그의 집에 가더라도 그와 거리를 두고 잠깐만 보고 올 생각이었다. 그러나 실은 헤어지기 전에 아주 잠깐 얼굴을 가까이서 보거나 손을 잡았다가 놓거나, 아주 잠깐 끌어안는 것을 아예 상상도 하지 않은 것은 아니었다.

그를 끌어안으면 그와 떨어지고 싶지 않아질 것이다. 그대로 죽어도 좋다고, 그의 병이 옮으면 꼭 붙어 있다가 죽으면 된다고 생각하게 될 것이다. 민정은 이 집에 오면서 그것이 두려웠다. 그를 막상 만나면 다시는 헤어지고 싶지 않아질까 봐. 리라가 아득하게 멀어져서 그 순간 그만 그를 선택하게 될까 봐.

하지만 지금 민정이 가장 두려운 것은 그를 만나지 못하고 돌아가는 것이다. 여기에 온 이상 그의 얼굴을 잠깐이라도 봐야 했다. 아주 잠깐이라도 그의 손을 잡고 싶었다. 그를 만지고 그의 체온을 느끼고 싶다. 그게 사랑인지 뭔지는 모르겠지만. 사랑 따위. 사랑이라는 단어는 개소리다. 단어는 아무것도 설명해주지 못한다. 감정을 가둬버린다. 너무나 쉽게 압축해버린다.

지금 민정의 안에 끓어오르는 감정, 열망과 그리움, 분노와 짜증, 애틋함과 애정, 보고 싶다는 마음과 그를 한 번 만지고 힘껏 끌어안을 수 있다면 죽어도 좋겠다는 생각은 사랑이라는 단어로는 요약할 수 없다. 민정은 그를 사랑하지 않는다고 할 수 없지만, 사랑한다고도 할 수 없다. 이 순간 민정은 단지 동물일 뿐이다. 엄마도, 딸도, 연인도, 자매도 아닌, 그저 동물일 뿐.

　민정은 복도에 있는 방들을 하나도 빼놓지 않고 들어가본다. 대부분은 문이 없고, 문이 있다고 해도 잠겨 있는 방은 없다. 어떤 방은 텅 비어 있고, 어떤 방에는 오래 쓰지 않은 것 같은 가구들이 놓여 있다. 그림이 걸린 방들도 있다. 창문들은 커튼도 쳐 있지 않다. 어떤 방은 밝고, 어떤 방은 그늘이 져서 어둡다.

　민정은 방을 구경하지 않는다. 재빨리 그가 있는지만 확인한다. 그가 없는 방은 아무 의미도 없다. 그가 없다면 이 집은 텅 빈 것이나 마찬가지다. 민정은 이제 아무 생각도 하지 않는다. 생각이 사라졌다. 그를 원할 뿐이다. 그를 찾고 싶다. 이것은 생각이 아니라 감정이다. 열망이다. 열망으로 몸이 꽉 찼다. 열망이 민정을 움직인다. 민정이 열망을 가진 게 아니라 열망이 민정을 가진 것 같다.

　그는 4층에 없다. 민정은 5층으로 올라간다. 5층에서 4층에서 했던 일을 똑같이 반복한다. 5층 복도 끝에 사다리가 있다. 그는 저 위에 있을까? 병에 걸린 몸으로 사다리를 타고 올라갔을까?

　민정은 그 사다리를 본 적도 없다. 평소에는 올려져 있던 모양이다. 사다리가 내려와 있다는 것은 그가 이것을 썼다는 뜻일 거다. 민정은 망설이지 않고 사다리에 발을 올린다. 옛날 영화 속에 나오는 무서운 스토커가 된 기분이다. '그가 과연 이걸 원할까?' 문득 머릿속에 그 생각이 떠오른다. 생각이 떠오르자 민정은 인간으로 돌아온다. 민정은 자신 안에 있는 무인가, 도 넉석이고도 소심한 자아가 묻는 말에 코웃음 친다. '만나서 물 어보면 되지. 내가 가까이 가는 게 싫다고 하면 더 안 다가가고 그대로 뒤돌아 이 집에서 나갈 거야.'

사다리는 올라가고 보니 생각보다 높다. 민정은 사다리 중간 쯤에서 위를 올려다본다. 어두운 구멍. 저 안에 그가 있을까? 민정은 그를 소리쳐 부르고 싶은 충동을 느끼지만, 그렇게 하 지는 않는다. 참고 올라간다. 그가 그곳에 있다는 확신은 들지 않는다.

그러고 보니 2층에 있는 방들은 확인하지 않았다는 생각이 민정의 머리를 스친다. 그는 여기가 아니라 거기에 있을까? 민 정은 생각을 멈추고 사다리 다음 칸을 밟는다. 여기에 없다면 다시 내려와 2층에 가보면 된다.

어릴 때 숨바꼭질을 하던 기억이 떠오른다. 아주 옛날, 포포 가 어릴 때 그 애와 놀아주려고 가끔 숨바꼭질을 하고는 했었 다. 아주 어렸을 때의 모습을 생각하니 문득 동생이 보고 싶어 진다. 옛날에는 아주 어리고 귀여운 꼬마였는데, 며칠 뒤면 결 혼을 한다니. 어린 포포를 생각하자 리라도 보고 싶어졌다. 리

라는 어린아이다. 과거에 어린아이였던 게 아니라 바로 지금 어
린 시절을 보내고 있다. 어린 시절의 한가운데에 있다.

그 애의 어린 시절을 망쳐서는 안 된다는 생각. 리라는 너무
사랑스러운 아이라는 생각. 리라를 책임져야 한다는 생각. 그
애는 세상에 태어나는 것을 선택한 적이 없다는 생각(만약 그
렇다 해도 세상이 어떤 곳인지 모르고 한 선택일 것이다). 민정 자
신이 그 애를 세상에 태어나게 했고 살아가도록 만들었다는 생
각. 그러니 그 애가 어른이 될 때까지는 옆에서 지키고 돌봐야
한다는 생각. 민정의 머릿속이 생각으로 복잡해진다. 생각이
생각끼리 꼬리를 물고 엉킨다.

'그런데 엄마는 왜 안 그랬을까? 어떻게 우리를 다 버리고 집
을 나갔을까?'

민정은 순간 떠오른 생각에 화가 난다. 눈물까지 차오른다.
그러나 민정도 지금 병에 걸린 남자를 만나려고 어린 딸을 아
버지에게 맡기고 여기에 오지 않았나. 민정은 그런 생각을 하
다 혼란스러워져서 올라가기를 멈추고 사다리 위쪽의 어두운
공간을 바라본다. 그가 정말 저기 있을까?

열망이 시든다. 그를 그렇게까지 원하는지 이제는 모르겠다.
리라에 대한 책임을 내던져버릴 만큼 그가 보고 싶은지. 그를
한 번 껴안는다고 달라질 것도 없는데. 가서 그를 안아준다고
그의 병이 낫는 것도 아니다.

민정은 사다리를 내려가기로 한다. 열정은 변덕스러운 것이다. 열정은 불같아서 타오를 수도 있고 잦아들 수도 있고 그러다 아예 꺼져버릴 수도 있다. 그에 대한 마음이 사라진 것은 아니다. 여전히 그가 간절히 보고 싶지만 이제 이성이 돌아와버렸다. 인간이 되어버렸다. 내려가기로 마음을 먹으니 사다리가 아주 높아 보인다. 아래가 까마득하다. 사다리를 내려가는 게 아주 고되게 느껴진다.

민정은 사다리를 한 칸씩 천천히 내려간다. 손에서 땀이 난다. 그가 미워지려고 한다. 그가 침실에서, 침대 속에서 얌전히 기다리고 있었다면 일이 훨씬 수월하게 돌아갔을 것이다. 민정은 문 근처에 서서 더 들어가지 않고 그에게 필요한 것이 있느냐고 물었을 테고, 그와 몇 마디쯤 더 나눈 뒤 잘 있으라고, 필요한 게 있으면 언제든지 연락하라고 말하며 이 집을 떠날 수 있었을 것이다. 깔끔하게. 이렇게 추하게 땀 흘리지 않고. 동물이 되지 않고.

어쩌면 그의 손을 잠깐 잡아볼 수 있었을지도 모른다. 그가 헬멧을 쓰고 있었다면. 그러지 않았더라도 민정이 헬멧을 쓰면 되니 별문제 없었을 거다. 아마 잠깐 손을 잡는 일 정도는 괜찮았을 것이다. 그를 그렇게 잠깐 만지고 그의 눈빛을 보고 그와 제대로 인사를 나누고 이 집을 나올 수도 있었다.

그런데 그가 바로 그것을 두려워한 거라면?

민정은 사다리를 내려가다가 생각한다. 그는 그것이 두려워서 숨은 건지도 모른다. 그는 민정의 생각보다 겁이 많은 사람인지도 모른다. 그는 민정의 생각보다 평범한 사람일 수도 있다. 죽음과 이별을 두려워하는, 평범하게 연약한 인간. 그렇게 생각하니 그를 용서할 수 있을 것 같다. 아니, 용서는 너무 오만한 표현이다.

그게 아니라 그를 집으로 데려가고 싶어진 것이다. 그가 부모를 잃은 어린아이라도 되는 것처럼. 그를 집으로 데려가서 따뜻하게 돌보고 싶었다. 그러면 병이 나을지도 모른다. 그렇게 셋이서 살아갈 수도 있지 않을까?

그러나 그게 꿈에 불과하다는 걸 민정도 안다. 사다리 끝까지 내려가 발이 땅에 닿으면 꿈도 사라질 것이다. 세상에는 사라지는 게 어쩌면 이렇게 많은지. 모든 것이 사라진다, 언젠가는. 백 년 뒤에는 모두 이 세상에 없을 것이다. 아빠, 엄마, 포포도. 민정 자신도.

민정은 그런 생각을 하며 내려간다. '백 년 뒤에 리라는 살아 있을까? 혼자서? 아니면 사랑하는 사람이 곁에 있을까?' 사다리에서 거의 다 내려왔다. 민정은 다리를 길게 뻗어 발을 바닥에 댄다. 그는 분명 이 집 안에 있을 것이다. 사실은 자신이 어디 있는지 들키기를 바라고 있을까? 숨바꼭질하는 아이처럼? 민정이 얼른 자신을 찾아주기를 바라고 있을까?

민정은 땅으로 내려왔다. 어디 의자에라도 앉아 쉬고 싶지만, 진짜 그러지는 않을 것이다. 그를 고래고래 소리쳐 부르며 집 안을 한 번 더 뒤져보고도 싶지만, 그러지 않을 것이다. 민정은 사다리 아래에서 그에게 글자를 보낸다. 〈사랑해.〉 그에게서 바로 답장이 온다. 〈나도 사랑해.〉

오늘은 이거면 됐다. 아직은 끝이 아니다. 민정은 그에게 다시 글자를 보낸다. 〈집에 가서 연락할게. 저녁에.〉 그는 이번에도 바로 답장을 보낸다. 〈그래, 조심히 돌아가.〉 민정은 이제 안다. 그가 바란 것이 바로 이런 거였다는 걸. 그는 마지막 인사를 하고 싶지 않았던 거다. 그는 진짜로 헤어지는 순간을 두려워하고 있다. 이별을 두려워한다. 민정만큼이나. 어쩌면 민정보다 훨씬 더.

민정은 몸이 따뜻해져서 그의 집에서 나온다. 민정은 항상 그가 자신을 사랑하는지 의심했다. 이제는 알겠다. 그의 사랑이 민정의 몸을 채우고 따뜻하게 만들었다. 이 집에서 민정은 언제나 이렇게 몸이 따뜻해져서 나왔다. 그의 사랑으로 몸을 채우고서. 마음을 채우고서.

거래라면 거래다. 오늘 그도 조금은 따뜻해졌을 테니. 민정은 여기 온 것으로 사랑을 증명했다. 그도 그 이상을 원하지는 않았을 것이다. 애초에 그는 세상에 그렇게 많은 기대를 하는 사람이 아니다. 그동안 민정에게 별달리 요구하는 것이 없었던 것처럼 세상에도 특별히 요구하는 것이 없다. 그는 그저 조금 따뜻한 사랑, 그것 하나만을 원했다. 민정에게는 그것이 있었고, 그도 그것이 있었다. 두 사람은 그동안 서로 가진 것을 교환했다. 그가 죽고 나면 거래도 끝난다. 민정은 둘 사이의 거래가 좀더 이어지기를 원한다. 지금 바라는 것은 그뿐이다. 누군가가 그것을 들어줄 수만 있다면 모든 것을, 가진 돈 전부를, 심장을 내줄 수도 있을 것 같다.

4장

포포

포포는 아침에 일어나 스크린 윈도로 집 앞을 내다봤다. 평소 습관이기도 했지만 이사 온 동네에 적응하기 위한 행동이기도 했다. 원래 하던 대로 하루를 보내다 보면 새로운 곳에 좀더 빨리 익숙해질 것 같았다.

저게 뭐야?

포포는 커다란 스크린 윈도 화면을 채운 집 앞 풍경을 보고 섬찟해져서 잠시 숨을 멈췄다. 하늘이 새까맸다. 거대한 먹구름처럼 보이는 것들은 분명 벌레 떼였다.

언제 저렇게 모였지?

하늘이 막혀 있으니 세상도 어두컴컴했다. 엄청난 비가 쏟아지기 직전처럼. 해는 벌레 떼에 가려 보이지도 않았다.

꼭 멸망하기 직전 같네. 포포는 심란해져서 날씨 뉴스를 화면 한쪽에 띄웠다. 미모의 인물이나 괴물, 요정이 기상 캐스터 역할을 하게 하는 사람도 많지만, 포포는 그냥 문장만 뜨도록 해놓았다.

〈32℃, 흐림, 강수 확률 30%〉

그 아래에 빨간색으로 한 가지가 더 덧붙여져 있었다.

〈오전 7시 벌레폭풍주의보 발령〉

지금은 아침 8시 반이었다. 벌써 벌레 떼가 까맣게 하늘을 뒤덮었는데 겨우 한 시간 전에 주의보가 발령되었다니. 포포는 기가 차서 날씨 뉴스 화면을 거듭 들여다봤다.

다른 곳으로 바꿔야 할까?

가장 인기 있는 몇 군데가 따로 있긴 하지만, 예보 채널은 수십 개가 넘는다. 전통 있는 기관 중에서는 '아큐'와 '웨더아이'가 인기 있고, 신생 중에서는 '날씨의 흐름'이 대세였다. 포포는 혼자 살고부터는 쭉 '물결'의 날씨 뉴스를 봤다. 물결은 포포가 독립했을 당시에 막 나왔던 채널인데 정기적으로 내는 비용이 거의 무료에 가까울 정도로 저렴한 데다 디자인이 귀여웠다. 그곳보다 훨씬 더 상세하고 정확한 날씨 정보를 제공하는 채널들도 있었지만, 포포는 그 정도로 자세한 날씨 정보는 필요하지 않았다. 게다가 그런 채널들은 너무 비쌌다.

바깥 날씨는 포포의 생활에 그리 큰 영향을 주지 않는다. 비나 오나 해가 쨍쨍하나 집에만 있으니. 스크린 윈도로 바깥 날씨를 보는 건 좋아하지만, 그건 미술관에 걸린 작품을 감상하는 일 같은 거다. 바깥 날씨는 산책에도 별 영향을 주지 않는다. 산책을 하고 싶은 날 동네 날씨가 나쁘면 다른 지역을 산책하면 된다. 어차피 산책도 스크린 윈도로만 한다. 5단계 모드를 켜고서.

하지만 벌레 폭풍 예보는 또 다른 문제다. 포포 세대 중에는 벌레 폭풍을 하도 겪어서 벌레들에 무뎌진 이들도 많지만, 포포는 민감한 편이다. 벌레 떼가 집을 까맣게 뒤덮는 악몽도 꽤 자주 꾼다. 포포는 벌레가, 벌레 떼가 무서웠다. 무이를 만나기 위해 집에서 나왔던 날은 뇌에서 엔도르핀이나 그 비슷한 물질이 엄청나게 분비되었던 것일 거다. 포포는 그날을 돌아보면 스스로가 신기하다. 어떻게 그런 용기를 냈는지. 그때는 무조건 공항까지 무사히 가야 한다는 생각에만 꽂혀 있어서 벌레가 눈에 잘 보이지도 않았다. 보이긴 보였지만 필터 처리가 된 것처럼 살짝 흐리게 보였달까?

포포는 물결 채널에 질문을 써서 보냈다.

〈왜 주의보가 이렇게 늦게 떴죠?〉

답은 신속하게 왔다.

〈최근에 이사를 하셨군요. 새로 이사하신 그 지역에는 저희 채널의 기상관측소가 없어요. 그리고 변명 같긴 하지만 이번에는 벌레 떼의 이동이 비이상적으로 빨라서 그 지역 관측소의 예측이 빗나갔대요. 저희는 그곳의 예보를 늦게 전달받은 거고요. 사실은 그쪽에서 일부러 늦게 준 거죠. 고의로요. 그런 식으로 많이 하거든요.〉

답을 하는 게 인공지능인지 사람인지 포포는 항상 헷갈린다. 요즘은 많은 곳이 담당자가 인공지능일수도 있고 아닐 수도 있다는 식으로 안내한다. 그들도 헷갈리는 것이다. 인공지능과 사람이 너무 밀착되어 있어서 또렷하게 딱 잘라 구분할 수 없는 경우가 많다. 아마 지금 수많은 사람이 포포와 같은 질문을 물결에 던지고 있을 테고, 모두들 비슷한 답을 듣고 있을지도 모른다. 사람이 입력한 말을 인공지능이 변형해서 대답하고 있는 것인지, 인공지능이 제안한 말을 사람이 살짝 바꿔서 하고 있는 것인지 포포는 알 도리가 없다.

〈그런 식으로 하는 건 고객을 자기 채널로 유입시키기 위한 건가요?〉

〈그렇겠죠. 하지만 저도 잘은 몰라요. 저는 기상관측하는 사람도 아니고, 경영과도 아무 관계가 없고, 그냥 고객대응 팀 직원이니까요.〉

포포는 지금 대답하는 게 누구인지 이름을 묻고 싶은 충동을 느낀다. 혹시 이름을 여쭤봐도 될까요? 당신은 인공지능인가요, 사람인가요? 하지만 그건 너무 무례한 질문이다.

〈그렇군요. 알겠습니다.〉

포포는 그렇게 문의를 끝내려다 한 가지 질문이 더 떠올라서 손가락을 움직인다.

〈저, 하나만 더 여쭤볼게요.〉

〈네, 얼마든지 물어보세요. 저는 하루 종일이라도 답해드릴 수 있어요.〉

역시 인공지능일까? 포포는 화면에 뜬 말을 보며 생각한다. 인공지능일 가능성이 높다고 생각하니 마음이 한결 편해졌다. 포포는 사람보다 기계와 대화하는 게 훨씬 편했다. 기계는 비이상적인 마음을 품지도 겉으로는 웃으며 뒤로는 욕을 하지도 않는다. 섬세하게 감정을 신경 쓸 필요도 없다. 기계는 합리적이고, 사소한 말이나 말투 같은 미묘한 뉘앙스에 마음을 다치지도 않는다. 포포는 자신도 섬세한 편이지만, 너무 섬세한 사람을 만나면 어떻게 해야 할지 몰라 굳어버렸다. 포포가 보기에 사람들은 대개 마음이 섬세했다. 감정과 마음, 욕망과 선의와 악의로 뭉쳐진 인간이라는 복잡한 존재를 대하는 것이 포포는 불편했다. 포포는 지금 자신과 얘기를 나누는 것이 진짜로 인공지능이기를 빌며 질문을 던진다.

〈지금 벌레 떼가 하늘을 뒤덮은 건 벌레 폭풍의 조짐일까요? 폭풍이 온다면 얼마나 큰 규모로, 언제쯤 올까요?〉

〈일단은 벌레 폭풍의 조짐일 가능성이 크겠죠. 벌레 폭풍은 요즘

들어 점점 더 예측이 어려워서 규모와 시기에 대해서 정확한 답변은 못 드릴 것 같아요.〉

〈다른 채널, 그러니까 이 지역의 채널이라면 더 정확한 예보를 알 수 있을까요?〉

〈그 질문에는 대답할 수가 없어요. 제 권한 밖이라서요.〉

〈네, 알겠습니다. 지금까지 고마웠어요. 하루 잘 보내세요.〉

〈감사합니다. 하루 잘 보내세요.〉

그렇게 대화가 끝났다. 포포는 대화창이 사라진 후에 물결 채널 이용을 해지했다. 왠지 쓸쓸한 기분이 들었다. 하지만 쓸모없어진 채널을 그때그때 삭제하거나 해지하지 않으면 생각보다 많은 돈을 낭비하게 된다. 처음에는 거의 거저나 다름없었던 물결은 어느 정도의 고객을 확보한 뒤로 야금야금 비용을 올려서 지금은 저렴하다고 할 수도 없어졌다. 포포가 물결 채널을 이용했던 건 디자인이 귀엽고 날씨 뉴스가 간략하고 깔끔한 점이 마음에 들어서이기도 했지만, 이 채널의 고객 대응 시스템이 좋아서기도 했다. 모순적인 얘기이긴 하지만, 답을 하는 쪽이 너무 차갑고 건조하지 않고 인간적으로 말을 해서 좋았다. 그러면서도 진짜 인간은 아닐 거라는 느낌이 들어서 대화하기가 편안했다. 그게 물결 채널의 진짜 인기 비결이었다. 기계와 인간의 균형을 딱 맞춰서 고객들이 대화하기 편한 대응팀을 만들어낸 것 말이다. 그들은 이름을 알려달라면 이름을 알려줬지만, 묻지 않는 경우에는 〈물결〉이라고만 떴다. 이름을 알려줬다 하더라도 그 이름 뒤에서 여러 사람이 돌아가면서 대답하는 건지, 아니면 여러 개의 인공지능이 수많은 고객들을 상대하고 있는 건지 어차피 알 수 없다.

포포는 지금껏 물결의 대화 서비스를 이용하면서도 한 번도 자신의 질문에 대답하는 쪽의 이름을 물어본 적이 없었다. 그런데도 채널을 해지하고 나니 어쩐지 매일 만나던 사람을 이제 영영 못 보게 된 기분이 든다. 물론 다시 채널에 가입하면 되겠지만, 그럴 일은 없을 것이다. 오래 살던 동네의 가게 직원과 마지막 인사를 한 것과 비슷했다. 다시 그 동네로 돌아가면 만날 수도 있겠지만, 그를 만나려고 굳이 옛 동네로 돌아갈 일은 없지 않겠는가.

포포는 가벼운 아쉬움을 느끼며 무이에게 글자를 보냈다.

〈안녕. 일어났어?〉

답은 바로 오지 않았다. 포포는 부엌으로 가서 냉장고를 열고 깨끗한 물 한 병을 꺼냈다. 깨끗한 물은 아껴 마셔야 해서 작은 컵에 조금만 따라 입술만 적셨다. 겨우 한 모금으로 갈증이 채워지지는 않았지만 그래도 기운이 났다.

'물을 끓여둬야겠어.'

깨끗한 물의 반의반 값인 낮은 등급의 물은 아껴 마시지 않아도 된다. 포포는 냉장고에서 낮은 등급의 물이 담긴 큰 팩을 꺼내 주전자에 부으며 옛날에는 집에 있는 수도만 틀어도 투명한 물이 나왔다는 얘기를 아빠에게 들었던 기억을 떠올린다. 옛날에는. 옛날에는. 그래봐야 다 지난 시절의 이야기다. 포포는 낮은 등급의 물을 마시는 데 익숙하다. 물에 정수 기능을 하는 알약을 넣고 팔팔 끓인 뒤 좀 식히고 은은한 향이 나는 티백을 우려서 마시면 낮은 등급의 물이라도 맛이 그리 나쁘지 않다. 당연히 깨끗한 물이 제일 맛있지만, 매일 벌컥벌컥 마시기에는 너무 비싸다.

〈안녕. 난 아까 일어났지.〉

무이에게 답장이 왔다.

"일하는 중이야?"

포포는 미니 윈도에 대고 말했다. 무이에게는 글자로 바뀌어 전달됐을 것이다.

〈응, 근데 이렇게는 얘기할 수 있어.〉

"오늘 하늘에 벌레 진짜 많더라."

〈그러게. 주의보 떴던데.〉

"자긴 날씨 채널 뭐 써? 난 오늘 쓰던 거 해지했어. 이 지역은 날씨 정보를 정확하게 알려줄 수가 없대."

〈난 아큐 써.〉

"아, 거긴 좀 비싸지?"

〈다른 채널보다는? 근데 그렇게 부담될 정도도 아니야. 하루짜리 맛보기도 있어. 한번 써봐. 날씨 채널 안 쓰면 너무 불편하지 않아? 요즘 같은 때는 불안하기도 하고. 부담되면 내가 대신 내줄게.〉

"아냐, 하면 내가 해야지. 한번 알아볼게."

〈알았어. 나 이제 수업 들어가야 해. 이따 또 연락해!〉

"응, 이따 봐."

'날씨 이야기만 하려던 건 아니었는데.' 포포는 생각보다 대화가 빨리 끝난 것이 아쉬웠다. 원래는 직접 만나는 문제에 대해 얘기하려고 했다. 하지만 실은 마음이 놓이기도 했다.

'차라리 잘됐어. 어차피 아직 결론도 못 내렸잖아.'

오늘 아침이 되어서도 마음이 갈팡질팡했다. 어제 자기 전에는 역시 결혼식 당일에 만나는 게 좋겠다고 말하는 쪽으로 마음을 굳혔다. 그런데 자고 일어나니 마음이 약해져서 너무 단정 지어서 말하는 것보다는 무이와 다시 한번 얘기를 해보는 게 낫겠다 싶었다.

'근데 같이 얘기한다고 달라질 게 있을까?'

포포는 주전자를 조리용 오븐에 넣고 온도를 맞췄다. 전에 살던 집에서는 옛날식으로 불을 썼는데, 이사 온 집에는 불을 쓸 수 있는 공간이 없어 물도 오븐에 넣고 끓여야 한다. 오븐도 무이가 선물해준 스크린 윈도만큼 최신식이라 번쩍번쩍하지만, 포포는 예전에 쓰던 작은 화덕이 그리웠다.

오븐은 소리도 내지 않고 조용히 물을 끓였다. 포포는 오븐 근처에 있는 식탁 의자에 앉아 다시 '그 문제'에 대한 생각을 이어갔다. 고민하는 시간이 너무 길어져서 이제는 지겨웠다. 포포도 이제 어느 쪽으로든 결단을 내리고 싶었다. 만나든 안 만나든 결국은 둘 중 하나다.

만난다고 죽는 것도 아닌데, 그냥 만나면 좀 어때서?

포포의 내면에서도 답답해하는 목소리가 터져 나온다. **그깟 게 뭐라고.**

'그래, 만난다고 하자.'

포포는 마음을 먹었다가 또 바로 그다음 순간에 역시 못하겠다는 생각이 들어 자신이 없어진다. 사랑하는 사람을 만나는 게 뭐 그리 어려운 일이라고 이렇게 겁이 날까.

객관적으로 보자면, 포포가 하는 고민은 사랑에 빠진 스킨포비아라면 흔하게 직면하게 되는 딜레마다. 모든 딜레마가 그렇듯 이 문제에도 정답은 없다. 포포는 전날 밤에 여러 커뮤니티를 돌면서 사람들의 의견을 둘러보았다. 포포가 고민을 올린 것은 아니다. 너무 흔한 고민이라 어느 커뮤니티를 가도 그에 대한 논쟁을 볼 수 있었다.

논쟁에 참여한 사람 중 하나는 스킨포비아에게 '직접 만남'을 강요하는 것은 양쪽 모두에게 재앙이 될 수 있다고 했다. 그 사람은 포포처럼 1차 벌레 폭풍 때부터 집에서 생활하기 시작

해서 자연스럽게 스킨포비아가 됐는데, 몇 년 전에 사랑하는
사람이 생겼다. 상대는 스킨포비아가 아니어서 그를 직접 만나
고 싶어 했다. 그는 처음에는 거부감이 들어서 거절했지만, 상
대가 직접 만나지 않으면 헤어지겠다고 해서 어쩔 수 없이 만
나러 나가게 됐다. 상대는 그가 자신을 위해 밖으로 나왔다는
것에 감동해 더욱더 그와의 사랑에 확신이 생겼다고 말했지만,
그는 상대를 직접 만나고 나서 마음이 식어버렸다. 누군가를
그렇게 좋아했던 것이 처음이었는데도 말이다. 스크린 윈도 속
의 모습과 실제 모습이 달라서는 아니었다. 외모 자체는 똑같
았다. 그저 그 상대가 가상현실 속에 있느냐 진짜 현실에 있는
실물이냐의 차이만 있었을 뿐이다. 그런데도 왠지 그는 자신이
사랑했던 사람의 실물을 사랑할 수가 없었다. "솔직히 말하면
역겨웠어." 그는 그렇게 말했다.

그와 같은 경험을 했다는 사람들이 많았다. "나랑 똑같다."
어떤 사람이 맞장구쳤다. 그 커뮤니티는 광장형이어서 하나의
논쟁 주제마다 사람들이 모여 있는 모습이 보였다. 스크린 윈
도 5단계를 켜면 사람들 사이에 껴서 함께 이야기를 나눌 수
도 있었다. 포포는 그렇게 참여하는 것보다는 관전을 좋아해서
1단계 모드로 논쟁을 구경했다. 모여 있는 사람 중에 말풍선이
있는 사람을 누르면 그 사람의 얼굴이 보이면서 말하는 소리가
들렸다. 이미 자리를 떠난 사람도 기록이 되어서 그림자 같은

잔상을 누르면 그 사람이 하고 간 말을 들을 수 있었다.

"그래서 스킨포비아는 스킨포비아를 만나야 돼. 스킨포비아랑 스킨포비아가 아닌 사람이 만나면 서로 힘들기만 하다니까."

광장에 모인 사람 중 하나가 말했다. 여러 사람이 그의 말에 고개를 끄덕이고 호응했다.

"맞아, 맞아. 그렇지."

"아니, 근데 한 번 좀 만나면 어때서?"

또 어떤 사람이 불쑥 말했다. 웃는 얼굴이었지만, 스킨포비아들이 답답하다는 투였다. 포포는 그 사람을 보고 언니를 떠올렸다. 언니도 그 사람처럼 말했을 것 같았다. 만나는 게 뭐 그리 어렵다고? 뭘 그렇게 고민해?

"한 번 만나는 게 힘들다니까?"

누군가가 반박했다. 그 말을 기점으로 사람들은 팀을 가르듯 양쪽으로 나뉘어 갑론을박했다. 포포는 화면 속에 있는 사람들의 이야기를 듣기만 했다. 결론이 나지 않는 문제였다. 결론이 있다면 스킨포비아는 스킨포비아끼리 만나고, 직접 접촉을 좋아하는 사람들은 그런 사람들끼리 만나야 한다는 것이었다. 다른 사람끼리 만나면 힘들어진다. 결국은 헤어진다.

포포는 잠시나마 논쟁하는 사람들 속으로 들어가 자신의 이야기를 하고 싶은 충동을 느꼈다. "둘 다 스킨포비아이긴 한데,

한쪽이 만나고 싶어 하는 경우는?" 포포는 자신이 그렇게 말하면 사람들이 뭐라고 말할지 혼자 상상해봤다. "그러면 한쪽은 스킨포비아가 아닌 거지." 그렇게 말하는 사람이 있을 것 같았다. 포포는 자신이 상상한 말에 스스로 반박했다. "아냐, 그 사람도 스킨포비아이긴 해. 근데 사실 우리는 결혼하기로 했거든. 며칠 뒤에 결혼식을 하는데 그전에 한 번 직접 만나고 싶대. 이런 경우라면 어떻게 하겠어?"

오븐이 조리가 끝났다는 알람 소리를 냈다.

포포는 오븐에서 주전자를 꺼냈다.

"나라면 한 번 만나겠다. 한 번 만나보고 영 아니면 직접 만남은 다시 안 하면 되잖아. 결혼할 정도면 엄청 사랑하는 거 아냐? 사랑한다면 상대 생각도 해야지. 그 정도 사랑도 없는데 왜 결혼해?"

상상 속의 사람이 말한다. 그 상상 속 사람의 얼굴에 민정의 얼굴이 겹쳐졌다. 포포는 상상 속 사람의 말에 반박할 말을 떠올릴 수가 없다.

'만난다면 언제 만나야 할까?'

결혼식은 이제 정말 며칠 남지 않았다. 포포는 일단은 하루를 시작하기로 했다. 오늘 무이가 몇 시까지 일할지는 모르겠지만, 밤에는 잠시라도 이야기할 시간이 날 것이다. 포포는 그때 무이에게 얘기하기로 마음을 먹었다. 만나자고. 언제 만날

지는 함께 이야기해보면 될 거다. 포포는 괜히 시간을 한 번 확인했다. 겨우 오전 9시가 조금 넘었다. 앞으로 열두 시간 뒤쯤. 밤까지 남은 시간이 너무 길게 느껴져 조바심이 났다.

민정

〈'내 동생 포포'의 노크. 창을 여시겠습니까?〉

〈예.〉

〈'내 동생 포포'님의 스크린 윈도 5단계 모드 전환 요청. 수락할까요?〉

〈예.〉

포포는 거실 같은 공간의 아담하고 둥근 소파에 앉아 있다. 민정은 그쪽으로 다가가며 묻는다.

"여기가 어디야?"

"내 집."

포포가 대답하며 웃는다. 얼굴은 조금 수척해진 듯하지만 표정은 여유롭다.

"집 괜찮네."

민정은 기꺼이 인정한다. 거실은 생각보다 널찍하다. 신축 건물답게 아주 깨끗하기도 하다. 번쩍이는 것처럼 보일 정도다. 벽은 깨끗한 하얀색이고, 바닥에는 베이지 빛깔의 카펫이 깔려 있는데 아마도 풀을 가공해서 만든 소재로 짠 물건 같다. 카펫에 닿은 발에 푹신하고도 까끌까끌한 감촉이 느껴진다. 민정은 집에서 신는 얇은 슬리퍼를 신고 있다. 5단계 모드가 지원되는 스크린 윈도용 신발이다.

"나 옷 갈아입고 와야겠다. 그리스 여신 복장으로."

민정이 너스레를 떤다.

"과장하지 마."

포포가 피식 웃는다. 민정이 원하던 반응이다. 포포가 웃는 걸 보면 왠지 기쁘고 마음이 편해진다.

"과장이 아니라 나 지금 그게 된 것 같아. 그 여자 이름이 뭐였더라? 큐피드랑 결혼한 여자 있잖아."

"프시케?"

"그래, 그 여자가 누구랑 결혼하는 줄도 모르고 시집을 왔는데 시집와보니 집이 궁전이었잖아. 근데 그 여자 언니들이 놀러 와서 신랑이 누군지 모르니 얼굴을 몰래라도 봐야 한다고 이간질하고. 그래서 그 여자가 밤에 촛불 켜고 신랑 얼굴 봤다가 신랑이 자기 엄마 집으로 가버리고. 맞지? 그 여자, 시모의 시험에 들어서 생고생했잖아. 그러고 나서 결국은 그 여자랑 신랑이랑 다시 잘됐던가? 생각해보면 그 여자 언니들이 시샘을 한 게 아니라 동생한테 해줘야 하는 말을 한 거 아니야? 신랑 얼굴도 모르고 살다니, 말이 안 되잖아. 정말 괴물일 수도 있는데. 어찌 보면 큐피드가 괴물보다 더 끔찍하지. 완전 마마보이였잖아. 아마 마더 콤플렉스도 있었을걸? 엄마가 그 대단한 여신 헤라였으니 마더 콤플렉스에 걸리고도 남지."

"큐피드 엄마는 헤라가 아니라 비너스야. 그 여자, 프시케는 남편 다시 만나려고 지옥 갔다가 죽었고. 남편이 뒤늦게 나타나서 살려주기는 했지만."

"옛날이야기에서도 엄마란 참 지독한 존재야. 그렇지 않아?"

민정은 서서 떠들다가 대화에 쉼표를 찍듯 소파에 앉는다. 포포가 앉아 있는 것과 똑같은 소파인데, 두 작은 소파는 큰 보폭으로 세 걸음 정도의 간격을 두고 떨어져 있다.

"하여튼 그래서 언니가 누구 같다는 거야? 그 이야기에 나온 사람 중에? 프시케의 언니들?"

"그래, 그럼 누구겠어. 너도 네가 결혼을 약속한 사람하고 직접 본 적은 없잖아. 꼭 프시케 같다, 애."

"난 결혼할 사람 얼굴은 알거든?"

"글쎄, 그게 진짜 얼굴일까?"

민정은 괜히 눈을 가늘게 뜨고 의심스러워하는 눈빛을 보낸다. 포포의 결혼 상대가 사기꾼일 거라고 의심하는 건 아니다. 하지만 민정은 그 사람을 본 적이 없으니 완전히 믿을 수도 없다.

"나라면."

민정이 운을 떼자마자 포포가 질색하며 손가락을 흔든다.

"아니, 언니. 그거 하지 마."

"뭘 하지 마?"

"나라면. 그거 별로야. 언니는 내가 아니잖아. 난 언니가 아니고. 그러니까 그 말은 아무 의미도 없는 말이야. 난 아무 의미도 없는 말이 정말 싫어."

"알았어. 앞으로 그 말 안 할게. 됐지?"

포포의 정색한 얼굴을 보고 민정은 한발 물러난다. 동생은 어려운 존재다. 기분이 괜찮아 보이다가도 별것 아닌 말 한마디에 갑자기 강철로 만든 방패를 들거나 끝이 뾰족한 칼을 겨눈다. 신경이 날카로운 중세 기사 같다.

"네 일에 참견하려고 한 말 아니야."

전쟁은 피곤하다. 지금은 사소한 신경전도 치르고 싶지 않다. 그러기에는 마음이 지친 상태였다. 포포는 믿지 못하겠다는 눈빛으로 민정을 바라본다.

"진짜야."

민정이 쐐기를 박는다. 언쟁을 시작하지 말자는 뜻이다. 포포는 알아듣는다.

"알겠어."

"근데 불안하지 않아?"

지금 하려는 말은 참견이 아니라 걱정이다. 언니가 하나뿐인 동생을 걱정하지 않을 수는 없지 않은가. 민정은 속으로 생각하고 있다.

"뭐가?"

포포는 역시 시치미를 뗀다. 아무것도 모른다는 얼굴로. 무슨 뜻으로 한 말인지 다 알면서. 민정은 됐다고 하고 넘어가고 싶지만 그럴 수가 없다. 결국은 계속 말하게 된다.

"본 적도 없는 사람하고 결혼하는 게."

민정의 말이 끝나자 포포는 고개를 돌리고 한숨을 쉰다. 깊은 한숨이다.

"이럴 줄 알았어."

"뭐가 이럴 줄 알아?"

이번에는 민정이 되묻는다. 포포는 아까보다 훨씬 경직된 표정으로 입을 연다.

"언니는 나 이해 못 해."

포포의 말과 목소리, 한숨이 담긴 듯한 눈빛에 민정도 마음이 살짝 뒤틀린다.

"네가 무슨 얘기를 해야 이해하든가 말든가 하지. 넌 항상 이런 식이야. 네 마음이나 상황을 나한테 조금도 설명 안 하면서 내가 무조건 이해해주길 바라잖아."

"내가 설명하면 뭐가 달라지는데? 언니는 어차피 언니식대로 판단하고 언니가 원하는 방향으로 날 바꾸려고 할 텐데."

"내가 언제 그랬는데? 내가 전에 그런 적 있어?"

"항상. 언니는 항상 그래."

민정은 갑자기 이 상황이 우습다. 포포의 성난 얼굴도 오늘은 보기가 싫지 않다. 뾰로통한 얼굴이 귀여워 보이기까지 한다. 포포와 있으면 왜 항상 대화가 이런 식으로 흐를까? 민정은 웃어버린다. 포포는 민정을 미친 사람 보듯 본다. 그러다 입가가 움찔거린다. 웃으며 민정에게 묻는다.

"왜 웃어?"

"아니, 웃기잖아. 하여튼 너랑 나는 안 맞아. 같은 부모 밑에서 태어나고 자랐는데 왜 이렇게 서로 다른가 몰라. 나는 오늘 싸울 기운 없어. 싸우고 싶으면 다른 상대 찾아봐. 네 사랑하고 사랑싸움이나 하든지."

포포는 그 말에 고개를 떨구고 한숨을 쉰다.

"왜? 진짜 무슨 일인데?"

포포가 보낸 신호에 민정은 기운을 얻는다. 포포는 고민 상담이 필요해 언니를 부른 것이다. 민정은 언니로서 할 수 있는 일을 하는 것이 즐겁다. 포포의 하소연이라면 며칠이라도 들어줄 수 있다.

"모르겠어. 요즘 내가 좀 예민한 것 같아."

"너 원래 예민해. 몰랐어?"

"이럴 거야? 나 말 안 한다?"

"아냐, 해. 제발 다 말해줘. 언니한테 다 털어놔봐."

민정의 노력에 포포가 드디어 긴장을 풀고 무장해제된다. 하여튼 어려운 애다. 민정은 속으로 포포를 살짝 흉본다. 포포는 천천히 속마음을 내놓는다. 그 애의 방식대로.

"사실은 좀 불안해. 무이랑 한 번은 직접 만나야 할 것 같긴 한데, 내가 그걸 원하는지 잘 모르겠어."

민정의 머릿속에 곧바로 '왜 몰라?' 하는 말이 떠오른다. 그 말을 하는 순간 포포는 영원히 입을 다물어버릴 것이다. 민정은 하고 싶은 말을 지워버리고 다른 질문을 떠올린다. 좀더 조심스럽고 세심한 것으로.

"그럴 수 있지. 만나보고 싶은 마음이랑 만나기 싫은 마음이랑 어느 쪽이 더 큰데?"

"그게 어려워. 둘 중에 하나를 선택해야 하는데 어느 쪽을 고르는 게 맞는지 생각할수록 모르겠어."

포포는 몹시 혼란스러워 보인다. 민정은 동생을 다그치지 않으려고 의식적으로 호흡을 느리게 가다듬는다. 포포를 잠시 지켜본다. 포포는 마치 예민한 말 같다. 잘못 건드리면 둘 다 다치기만 한다.

"네가 지금 고민하는 게 그 사람 때문이야, 너 때문이야?"

"그게 무슨 뜻이야?"

"너는 싫은데 그 사람이 만나자고 해서 고민하는 거야? 아니면 너도 조금은 만나보고 싶은 마음이 있는 것 같아?"

민정이 차분하게 건넨 질문에 포포는 생각에 잠긴 얼굴이 된다.

"좋아하는 사람이고 결혼할 사람이니까 무이를 만나는 게 싫은 게 아니야. 근데 언니도 알다시피 내가 누군가를 직접 만난 지가 아주 오래됐잖아. 나한테 제일 가까운 사람이 언니인데, 언니를 직접 만난 것도…… 얼마나 됐지? 스크린 윈도 말고, 우리가 마지막으로 직접 본 게."

"네가 스무 살 때 집 나가고 나서는 한 번도 없지. 직접 본 적은."

민정의 말에 공격은 조금도 담겨 있지 않다. 평소라면 공격하는 느낌이었겠지만, 오늘은 담담하게 사실을 말하는 투다. 포포도 순순히 고개를 끄덕인다.

"그치. 나한테는 그게 너무 익숙해졌어."

"이렇게 스크린 윈도로 만나는 게?"

"응, 누구든 스크린 윈도가 아니라 직접 만난다고 생각하면 손이 떨려. 만나는 생각만 해도 불안하고 겁이 나."

"뭐가 겁나는 건데?"

"직접 만나는 것 자체가 싫고 무서워. 근데 나한테는 이게 극복해야 할 문제가 아니야. 고쳐야 하는 문제가 아니고 이게 내가 사는 방식이야."

"알아."

민정이 말한다. 알아. 포포는 그 말을 듣고 놀란 것 같다.

"언니가 그렇게 말한 거 처음인 거 알아?"

"뭐가?"

"그렇게 내 말을 그대로 받아들이고 인정한 거. 처음이라고. 언니는 항상 내 방식이 문제고, 고쳐야 한다는 식으로 생각했잖아."

"그런 적 없어."

"아니, 그랬어. 항상 내가 밖으로 나와야 한다고, 현실 세계에서 살아야 한다고 생각했잖아. 나한테는 이게 현실인데, 언니는 인정 안 했지."

민정은 반박하고 싶다. 내가? 내가 그랬다고? 하지만 발끈하는 마음은 곧 사그라든다. 포포의 말이 맞다. 민정은 그랬다. 포포가 스크린 윈도 밖에 있는 세상도 알았으면 했다. 스크린 윈도 속 세상에서만 살 수 있는 시대라는 건 알지만, 현실 세상도 경험하길 바랐다. 스크린 윈도 속 세상과 현실 세상은 엄연히 다른 것이라고, 한쪽은 진짜고 다른 한쪽은 가짜라고 생각했다.

"네가 맞아."

"두번째 인정이네. 언니, 무슨 일 있었어? 왜 갑자기 변한 거야? 진짜 언니가 아니라 복제된 가상 인간 아냐? 해킹당한 건가?"

포포가 웃고 있다. 그거면 됐다. 민정은 포포가 웃는 게 좋다. 포포가 원하는 것이 이렇게 단순한 거였다니. 이제야 알겠다. 단순한 인정. 자신의 말을 곧이곧대로 듣는 것. 포포가 언니에게 그동안 바라온 것이 고작 그 정도의 일이었다는 것을 민정은 지금에서야 깨닫는다.

"무슨 일이 있긴 있었지."

민정이 의미심장하게 말한다.

"무슨 일인데?"

포포가 호기심에 찬 눈빛으로 묻는다.

"비밀이야."

"그런 게 어딨어."

"넌 맨날 그러잖아. 나도 비밀 있어. 너한테 말 안 해."

"유치하다, 정말."

"그래, 나 유치해. 네 얘기나 계속해봐. 그래서 뭘 어쩌고 싶다는 건데?"

포포

그러게. 내가 원하는 건 뭘까? 포포는 생각에 잠긴다. 이미 수없이 스스로에게 던져본 질문이지만, 다른 사람에게 대답하는 건 다른 문제다. 언니에게 이야기하려니 말문이 막힌다. 생각했던 것보다 더 원하는 것이 흐릿하다. 무이가 원하는 대로 해주고 싶다가도 어떤 거부감이 그것을 가로막는다. 언젠가 한번은 직접 만날 수도 있을 것 같다. 하지만 지금 마음의 준비가 되었는지는 모르겠다. 무이가 바라는 것은 결혼식 전에 만나는 것인데 그렇다고 결혼식을 미룰 수도 없고, 마음의 준비가 될 때까지 하염없이 기다려달라고 할 수도 없다. 그렇지만 당장 무이를 만나기에는…… 항상 이렇게 도돌이표다.

포포는 이런 것을 다 말하기가 어려워 머릿속에서 결론을 내보려 애쓰지만 시간만 흐를 뿐이다. 결국엔 잘 모르겠다는 생각만 든다.

"만약에 선택이 아니라 의무라면 어떨 것 같아?"

민정이 방향을 돌린다.

"어떤 식의 의무인데? 안 하면 죽는 거야?"

"죽는 것까지는 아니고, 결혼을 못 하는 거지. 옛날처럼. 무조건 만나서 같이 살아야 돼. 그럼 어쩔 거야?"

"고민되는 문제네. 근데 그건 전제 자체가 성립이 안 돼. 옛날이었다면 무조건 사람들을 직접 만나고 살았을 테니까 결혼도 별생각 없이 직접 만나서 했겠지. 안 맞아도 무조건 결혼하는 사람이랑 한집에서 살았을 테고. 옛날에 태어나지 않아서 다행이야. 결혼한다고 무조건 같이 살아야 한다니, 끔찍하잖아."

"그냥 눈 딱 감고 한 번만 만나면 안 돼? 나 죽는다 하고. 임사 체험 같은 거라고 생각해."

포포는 반사적으로 그건 말도 안 되는 소리라고 말하려다가 일단 멈춘다. 눈 한 번 딱 감고. 죽었다 생각하고. 할 수도 있다. 그런데 그게 과연 무이가 원하는 것일까?

"언니는 어쨌든 한 번 만나보면 좋겠다는 거지?"

"나야, 뭐. 내 의견이 뭐가 중요해. 물론 난 그렇게 생각하지만, 네가 뭘 원하는지가 중요하지. 네가 싫으면 됐어. 만나지

마. 네가 준비될 때까지 기다려달라고 해."

"얘기하다 보니까 한 번은 직접 만날 수 있을 것도 같아. 한 번쯤은 시도해봐도 좋을 것 같아."

언니는 말을 아끼는 눈치다. 냉큼 그러라고 하지 않는 걸 보니까 알겠다. 하지만 눈빛으로는 이미 말하고 있다. 그러라고. 한 번은 해볼 만할 거라고. 좋은 생각이라고. 포포는 조금 더 솔직해진다.

"사실은 만나볼 생각으로 기울긴 했었어. 그런데 막상 무이한테 그렇게 말하려고 생각하니까 엄청 긴장되더라고. 겁도 나고. 언니하고 얘기하다 보니 정리가 좀 된다. 내 두려움만 극복하면 되는 문제야. 일단 한 번 만나보고 영 아니면 다신 직접 안 만날래. 무이도 그런 식의 확신이 필요해서 직접 만나자고 한 것일 수도 있어. 직접 만나는 게 아예 안 되는 사람하고 결혼하는 게 괜찮을지 무이도 생각해봐야겠지."

"그래, 그리고 너도 이참에 확인해봐. 네가 정말 결혼을 원하는 건지 마지막으로 확인해보는 거지. 그 사람이 스크린 윈도 밖에서는 어떻게 보이는지도 한 번 보고."

"현실 세계에서는 다를 수도 있다고? 아주 별로거나 이상한 사람이거나?"

"아니면 가상 인간일 수도 있지. 아니, 잠깐. 그런 식으로 몰아가지 마. 스크린 윈도도 현실이지. 진짜 현실 세계랑 스크린 윈도 세계 둘 다 진짜로 존재하는 현실인데, 어쨌든 둘은 다르잖아. 넌 한쪽 세계의 그 사람만 아니까 다른 쪽 세계의 그 사람도 한번 보라는 거야."

"꼭 평행 세계 이야기 같다."

포포가 웃는다.

"일종의 평행 세계지. 나는 이만 저쪽 세계로 갈게, 이 세계에서만 만날 수 있는 동생아."

"벌써 가려고?"

"리라 수업 끝날 시간이야."

"그렇구나. 그럼 가야지."

평소라면 곧바로 일어나 나갔을 언니가 왠지 꾸물거리고 있다.

"뭐 할 얘기 있어?"

"아니, 너 그 결혼할 사람이랑 직접 만나보고 말이야. 생각보다 그렇게 만나는 게 괜찮으면 나랑 리라도 보러 와."

"그래도 돼?"

"그래. 리라도 직접 만나보고 싶다며. 리라도 너 보면 좋아할 거야. 이모가 가상 인간이 아니라는 걸 확인시켜줘야지."

그 말을 듣는데 왜 이런 감정이 드는지 모르겠다. 포포의 심장에 어떤 감정이 번진다. 슬픔도 기쁨도 아닌 어떤 것이 번지다가 뭉클해진다. 슬픔보다는 기쁨에 가까운데, 기쁨만은 아니고 왠지 조금 슬프기도 한 감정이다. 이런 감정을 뭐라고 불러야 할지 모르겠다. 입을 떼면 눈물이 날 것 같아서 포포는 입술을 꽉 다문다. 그리고 짧게 대답한다. "응." 그렇게만 말했을 뿐인데 살짝 목이 멘다.

놀랍게도 언니도 그런 것 같다. 언니가 갑자기 방 안에서 사라진다. 한순간에. 이제 이 공간에는 포포 혼자뿐이다.

"나도 진짜 주책이야."

포포는 두 뺨에 벌써 흘러내린 눈물을 닦으며 중얼거린다.

'나이 들수록 감상적이 된다니까.'

언니가 했던 이야기가 떠오른다. 프시케와 큐피드 이야기. '내가 결혼하는 사람이 괴물인지 큐피드인지 보라는 거군.' 포포는 언니가 하고 간 말의 뜻을 뒤늦게 명확히 이해한다.

"그럼 촛불을 들어야 하나, 등불을 들어야 하나?"

포포는 혼잣말을 한다. 언니라면 이 재미도 없는 농담을 신나게 받아쳐줬을 것이다. 정말 언니가 같은 동네로 이사 오면 좋겠다. 아니, 그건 너무 가깝다. 그랬다가는 사이가 나빠질 것이다. 언니가 애틋하게 느껴지는 것은 거리 덕분일 거다. 떨어진 거리만큼 애틋해지는 것이 가족이란 존재다.

그렇다면 무이하고도 그런가? 포포는 생각한다. 먼 거리에 살 때가 더 애틋했던 것 같기는 하다. 무이를 이번에 직접 만나든 만나지 않든 인생을 함께할 동반자라는 사실은 변하지 않을

것이다. 그렇게 생각하니 용기가 난다. 일단은 무이와 얘기해
볼 것이다. 이 정도면 생각도 꽤 정리됐다. 이제는 무이와 얘기
할 준비가 확실히 됐다. 저녁이나 밤까지 미루지 않아도 된다.

포포는 바로 무이의 창문을 노크한다.

〈우리 직접 만나는 문제 얘기해보고 싶은데, 언제 시간 돼?〉

몇 분 지나지 않아 무이에게 답장이 온다.

〈지금 얘기해도 돼.〉

포포는 가슴이 떨린다. 포포에게 이것은 큰 도전이다. 원래
는 대화를 나눠보고 결정할 생각이었지만, 갑자기 결론이 내려
진다. 눈 한 번 질끈 감고 뛰어내리는 쪽으로.

〈자기만 괜찮으면 직접 만나보고 싶어. 자기 생각은 어때?〉

〈난 당연히 좋지. 언제가 좋을까?〉

〈그건 이따 얘기해보자. 자기 일 다 끝나고.〉

〈그래, 그럼 이따 연락할게. 저녁 8시면 될 것 같아.〉

〈무리하진 말고.〉

〈최대한 빨리 얘기하고 싶어. 갑자기 너무 떨린다.〉

〈나도 그래.〉

두 사람은 인사를 나누고, 무이가 창문을 닫는다. 대화 종료.
포포는 5단계 모드에서 나온다. 실제 현실 속의 집과 5단계 모
드 속의 집은 똑같아 보인다. 둘은 같은 공간이면서 다른 공간
이다. 무이도 그렇다. 현실 속의 무이와 5단계 모드 속의 무이

는 같으면서도 다른 존재다. 포포는 이제 다른 이유로 떨리기 시작한다. 무이의 눈에 자신이 어떻게 보일까 해서. 스크린 윈도 속의 포포와 현실의 포포는 똑같이 생겼지만, 느낌은 다를 것이다.

'직접 만났는데 무이가 날 싫어하게 되면 어쩌지?'

광장에서 토론을 하던 사람이 했던 말이 떠오른다. 사랑하는 사람을 직접 보니 징그럽게 느껴졌다고 했던가? 역겨웠다고 했나? 포포의 머릿속에서 상상이 시작된다. 자신을 보고 표정이 굳어지는 무이. 혐오감을 애써 감추려 하지만 결국에는 얼굴에 드러나버린다. "우리 결혼 다시 생각해보면 어떨까?" 말하는 무이의 모습.

무이도 스킨포비아라는 사실이 어느 때보다 선명하게 다가온다. 어쩌면 둘 다 서로에게 실망할 수도 있다. 결혼이 없던 일이 되고, 포포는 2인용 집을 떠나 원래 살던 동네나 그 비슷한 동네로, 아니면 정말 언니와 가까운 곳으로 가게 될 수도 있다.

두렵지만 해볼 만한 일처럼 느껴진다. 포포는 마음을 굳게 다진다. 이 정도 관문도 못 넘는다면 어떻게 평생을 함께하겠는가. 결혼식은 원래 관문이다. 누군가와 인생을 함께하기 위해서 통과해야 하는 문. 혼자 사는 인생도 나쁠 것 없지만, 포포는 무이와 사랑에 빠져버렸다. 사랑에 빠진 두 사람은 문을 통과해야 한다. 어쩌면 함께 그 문을 통과해보는 약속 자체가 결혼 아닐까?

포포는 초조함을 달래기 위해 작업대로 가서 앉는다. 무이의 일이 끝날 때까지 포포도 일에 집중할 것이다. 만들고 싶은 것, 만들어야 할 것은 언제나 밀려 있다. 포포는 혼자만의 시간 속으로 들어간다. 아무도 없는 고요한 시간 속으로. 포포는 그 시간 속에서 행복하지만, 마음 한편에는 항상 무이가 있다. 무이가 보고 싶다. 지금이라면 무이가 당장 집 가운데 있는 문을 열고 들어온다고 해도 웃으며 반겨줄 수 있을 것 같다.

마음의 준비는 끝났다. 포포는 실험을 해볼 준비가 됐다. 두 사람은 곧 만날 것이다. 스크린 윈도가 아니라 스크린 윈도 밖에서. 창문을 통해서가 아니라 문을 열고 직접. 그게 좋은 일이 될지는 아직 아무도 모른다. 포포의 마음에서 두려움이 서서히 빠져나가고 기대감이 차오른다. 무이를 직접 만나보면 모든 게 확실해질 것이다. 그게 무엇인지는 몰라도.

5장

포포

결혼식이 일주일 남았다. 오늘 포포는 무이를 만난다. 바깥에는 벌레 폭풍이 다가오고 있다. 두꺼운 먹구름 같은 벌레 떼가 하늘을 뒤덮고 있는데 언제 움직이기 시작할지 몰라 불길한 느낌이 든다. 길에는 다니는 사람이 없다. 집마다 문을 꼭꼭 잠가둔 듯하다.

바깥은 한없이 적막해 보인다. 포포는 스크린 윈도로 집 앞 거리를 멍하니 보고 있다. 지금은 말 그대로 폭풍 전야다. 벌레 떼가 태양을 가려서 거리가 어둑하다. 짙은 어둠이 깔린 밤과는 또 다른 어둠이다. 이 어둠은 밤의 어둠보다 훨씬 을씨년스럽다. 비가 쏟아지기 직전의 어둑함과도 다르다. 비를 몰고 오는 어둠에서는 신비로우면서도 코를 톡 쏘는 상쾌한 냄새가 나지만, 벌레들이 끌고 온 어둠에서는 죽음을 예고하는 냄새가 날 것만 같다.

'마실 걸 좀 준비할까?'

포포는 초조해져서 의자에서 일어난다. 차를 끓일 생각이다. 포포는 무이가 어떤 차를 좋아하는지 안다. 무이는 박하 향이 나는 전통적인 차를 좋아한다. 두 사람이 지금껏 서로 마주 앉아 차를 마신 적이 몇 번인지 세는 것은 절대 불가능하다. 두 사람이 지금까지 함께 마셨던 차를 모두 합하면 커다란 호수까지는 아니더라도 중간 크기의 연못 하나는 거뜬히 채울 수 있을 것이다.

그런데 이렇게 떨리다니. 꼭 무이와 차를 마시는 게 처음인 것만 같다. 손이 떨릴 지경이다. 포포는 차분해지려고 의식적으로 노력하면서 주전자에 물을 담는다. 그다음엔 뭘 해야 하더라? 머릿속이 새하얘서 아무 생각도 나지 않는다. 에잇. 포포는 주전자를 테이블 위에 아무렇게나 내려놓고 집 안을 서성거린다. '진정해. 진정하자. 제발. 이건 첫 데이트가 아니야. 무이를 만나는 거라고. 내가 가장 사랑하는 사람. 무이는 세상에서 내가 제일 편하게 느끼는 사람이야. 스크린 윈도 밖에서 만난다고 다를 거 없어. 그럼. 느낌이 조금 낯설 수는 있겠지만, 괜찮을 거야. 무이잖아.'

다행인 것은 두렵지만은 않다는 거다. 두려움보다 설렘이 더 크다. 물론 이 상황이 아예 공포스럽지 않은 것은 아니고, 두려움에 식은땀이 좀 나긴 하지만, 그래도 만나는 걸 취소하고 싶지는 않다.

아니, 사실 포포는 이 약속이 취소되기를 바란다. 그런 마음이 조금은 있다. 만약 무이가 당장 만나는 건 자신도 부담이 되는 것 같다며 오늘 약속을 취소해준다면. 아니면 무이에게 급한 일이 생겨서 만나는 날이 며칠 미뤄진다면. 그러면 고마울 것 같다. 지금처럼 토할 것 같은 긴장감도 한순간에 사라질 것이다.

마침 무이가 포포의 창문을 노크한다. 포포는 자기 얼굴이 보이지 않도록, 그리고 자신에게도 무이가 보이지 않도록 블라인드를 내린 채로 창문을 연다. 얼굴을 마주 보기에는 너무나 떨린다. 무이의 목소리가 들린다.

"이제 20분 남았네."

"그러네."

포포는 간신히 대답한다.

"목소리가 떨리는 것 같은데? 시간이 좀더 필요해? 나중에 하면 좋겠어?"

"아니야. 20분이면 돼. 만나는 게 싫은 건 아니야. 알지?"

"알아. 한 가지만 물어보고 난 일단 사라져 있을게. 이따 내가 들어가, 아니면 자기가 이쪽으로 올래?"

"그건 생각 못 했네. 바보같이. 내가 너무 긴장했나 봐. 뭐가
나을까? 자기는 어느 쪽이 더 나아?"

"나는 상관없어."

"나도 상관없는 것 같아. 아니다. 자기가 내 쪽으로 오는 게
낫겠어. 내가 간다고 생각하니까 심장이 목으로 넘어올 것
같아."

포포의 말을 듣고 무이가 웃는다.

"그 정도로 떨려?"

"당연하지. 누굴 스크린 윈도 밖에서 직접 만나는 게 성인 되
고 나서 처음인데."

"날 만나는 건데도 그렇게 떨려?"

"자기라서 더 떨리는 거지."

"난 기대돼."

"그건 나도 마찬가지거든?"

"그럼 우리 이따 만나는 거지?"

"응, 이제 그만 확인해도 돼."

"그럼 이따 내가 노크해? 아니면 준비되면 자기가 노크할래?"

"자기가 노크해줄 수 있어?"

"그래. 이제 15분 남았다. 난 일단 사라질게. 이따 봐. 스크린
윈도 밖에서."

"응, 이따 봐. 안녕."

정확히 15분 뒤에 노크 소리가 들린다. 정각 오후 3시다. 노크 소리는 크지도 않고 작지도 않다. 정확하고 선명한 노크다. 무이가 노크를 연습한 걸까? 요즘 시대에 진짜로 문에 노크할 일은 없으니 말이다. 포포는 초조하게 시계를 보고 있다가 노크 소리가 들리자마자 놀라서 펄쩍 뛰며 일어난다. 노크 소리를 들은 게 아니라 총소리를 들은 사람 같다.

노크 소리가 한 번 더 들린다. 문을 정확히 세 번 두드리는 소리다. 똑똑똑. 무이라면 아마 노크를 몇 번 하는 게 적당한 것인지 알아봤을 것이다. 인공지능에게 옛날 영화들에서 노크하는 장면들만 골라서 보여달라고 했을 수도 있다.

포포는 무이가 문을 그만 두드리면 좋겠다. 실제 문에서 나는 노크 소리는 스크린 윈도의 노크와는 다르다. 실제로 문에서 나는 노크 소리는 생각보다 울림이 크다. 포포는 겁에 질린 채로 발끝을 들고 경중경중 뛰어서 문으로 다가간다.

"잠깐만."

포포가 문 너머의 무이에게 부탁한다. 목소리가 울먹거려서 거의 애원하는 것처럼 들릴 정도다.

"응, 준비되면 얘기해. 시간이 좀 걸려도 괜찮아. 기다릴게."

무이의 목소리는 다정하다. 포포는 심호흡을 한다. 그러다 다리가 후들거려서 문 앞에 앉는다. 문에 등을 기댄다. 무이는 조용히 기다리고 있다. 무이는 서 있을까, 앉아 있을까? 포포는 무이에게 미니 윈도로 메시지를 보낸다.

〈나 지금 문에 등 기대고 앉아 있어.〉

〈나도 그렇게 할까?〉

〈그러면 좋겠어.〉

잠시 뒤에 메시지가 온다.

〈앉았어.〉

이제 포포는 문 너머를 상상할 수 있다. 문에 등을 기대고 앉아 있는 무이. 두 사람은 같은 자세로 앉아 만남을 기다리고 있다. 포포가 일어나서 문을 열면 무이도 일어날 것이다. 두 사람은 서로를 볼 것이다. 천천히. 거리를 두고. 서두르지 않을 것이다. 그렇게 생각하니 마음이 진정된다. 포포는 메시지를 보낸다.

〈준비된 것 같아.〉

〈지금 문 열 거야?〉

〈응.〉

문 너머에서 무이가 일어나는 기척이 들린다. 포포도 일어난다. 이번에는 포포가 문을 두드린다. 두 번. 똑똑.

"들어오세요."

무이가 장난스럽게 말한다. 이것도 옛날 영화에서 본 것일 거다. 손에 땀이 난다. 포포는 주먹을 쥐었다 폈다 하며 천천히 문 가까이로 가져간다. 마침내 문에 손바닥이 닿자 찰싹 달라붙는 느낌이 난다. 문이 포포를 탐색한다. 통과다. 이 집은 포포를 알고 있다. 포포가 이 집에 사는 사람이라는 걸 안다.

문이 움직인다. 포포는 한 발 물러선다. 그리고 한 걸음 더 물러선다. 세 걸음. 네 걸음. 다섯 걸음. 여섯 걸음까지 물러났을 때 문이 완전히 열린다. 포포는 어디에 시선을 둘지 몰라 두리번거리고 있다가 고개를 떨군다. 아직은 무이를 정면으로 볼 준비가 안 됐다. 심장이 미친 듯이 두근거린다. 손에서 땀이 너무 많이 나서 땀방울이 발밑으로 떨어질 것만 같다.

땀이 비처럼 후두둑 떨어져서 발밑에 물웅덩이가 고인다. 포포는 그런 상상을 하다가 멈춘다. 한가하게 상상이나 하고 있을 때가 아니다. 무이가 서 있는 쪽이 조용하다. 포포는 용기를 내어 그쪽을 살짝 본다. 무이의 발과 바지 끝단이 보인다. 무이는 발목까지 오는 짧은 장화를 신고 있다. 벌레에게서 발을 보호하는 실내용 장화다.

무이는 아무 말도 하지 않고 있다. 포포는 무이가 자신을 기다려주는 중이라는 걸 안다. 포포가 고개를 들고 인사를 건네기를 기다리고 있는 것이다.

"잠시만."

포포가 겨우 말한다. 쥐어짠 소리가 나온다.

"괜찮아. 천천히 해."

무이의 목소리가 포포를 다독인다. 포포는 몇 걸음 더 뒤로 물러난다. 거실 가운데까지 갔다. 이 정도면 괜찮을 것 같다. 이 정도면 안전할 거다. 포포는 숨을 길게 후우 하고 뱉고 천천히 고개를 든다. 실눈을 뜨고. 무이의 얼굴이 살짝 보인다. 괜찮은 것 같다. 포포는 주먹을 꽉 쥐고 눈을 한 번에 뜬다. 이제 무이가 제대로 보인다. 무이는 아담하다. 전혀 위협적으로 보이지 않는다. 포포가 알던 그 얼굴이지만, 화면으로 보던 것보다 훨씬 작아 보인다.

"안녕?"

포포가 무이에게 손을 흔든다.

"안녕."

무이도 포포에게 손을 흔든다.

"우리 드디어 만났네?"

무이가 말한다. 무이는 편안한 차림이다. 무이가 요즘 좋아하는 옷이다. 어느 모로 보나 낯설어 보이지 않는다. 지금 눈앞에 있는 사람은 포포가 아는 사람이다. 세상에서 가장 좋아하는 사람이다. 세상에서 포포가 가장 익숙하게 여기는 사람이다. 곧 가족이 될 사람이다.

포포는 말없이 활짝 미소 지으며 무이에게 다가간다. 무이는 물러서지 않고 그 자리에 서 있다. 포포는 문 바로 앞까지 간다. 무이와의 거리는 한 걸음 정도다. 냄새가 난다. '이게 다른 사람의 냄새구나.' 포포는 생각하며 머뭇거린다. 사람들은 스크린 윈도 밖에서 처음 누군가를 만났을 때 가장 당황스러운 것이 냄새라고 말하고는 했다. 타인에게서는 자신과 완전히 다른 체취가 난다고. 어떤 체취는 괜찮을 수도 있지만, 어떤 체취는 역겹다고. 어떤 사람은 견딜 수가 없어서 그 자리에 토해버렸다고도 했다. 상대의 냄새가 괜찮은지 아닌지는 만나기 전에는 알 수 없다고 했고, 그 사람이 아무리 깨끗이 씻었다고 해도 체취는 날 수 있다고 들었다. 물론 포포는 체취가 어떤 것인지 알았다. 가족들의 냄새도 머리로는 기억했다. 어떤 느낌이 났었는지 정도는 어렴풋이 기억하고 있다. 엄마에게서는 차가운 바람 냄새가 났고, 아빠에게서는 포근한 냄새가, 언니에게서는 오렌지 냄새 같은 것이 났다.

그러나 포포는 무이의 냄새는 알지 못했다. 무이의 냄새를 맡았을 때 자신의 코가 어떤 반응을 보일지는 완전히 예측 불가였다. 포포는 조심스럽게 숨을 내쉰다. 숨을 쉴 때마다 무이의 냄새가 코로 흘러들어 온다.

"지금 내 냄새 맡고 있는 거야?"

무이가 묻는다.

"응."

"나한테 냄새나?"

"응, 근데 좋은 냄새야."

"다행이네. 욕조에 목욕용 향수를 들이붓고 몸을 한 시간은 담그고 있었어."

"정말?"

"정말이지."

두 사람은 서로를 보며 웃는다. 무이의 냄새가 한층 더 강해진다. 재스민과 라일락 향기 같은 게 난다. 아마 무이의 피부 냄새도 섞였을 것이다. 어쩌면 땀냄새도.

"나한테는 냄새 안 나?"

포포는 조심스럽게 묻는다. 자신에게서 고약한 냄새가 풍기는데 무이가 간신히 참고 있는 것일까 봐 두렵다.

"지금 자기한테서 나는 냄새로 향수를 만들고 싶어."

무이가 말한다. 말하는 걸 보니 자신이 아는 무이가 맞구나 싶어서 포포는 마음이 조금 더 편해진다.

"들어올래?"

포포가 뒤로 물러서며 손으로 자신의 공간을 가리킨다.

"좋아."

무이가 안으로 들어온다. 포포는 소파를 가리킨다.

"저기 잠깐 앉아 있을래? 차 마시자. 미리 끓여놓으려고 했는데 너무 떨려서 아무것도 못 했어."

포포가 부엌에서 차를 끓이는 동안 무이는 소파에 앉아 포포를 지켜보고 있다. 포포는 무이를 몸으로 느끼며 주전자를 오븐에 넣고 기다린다.

"뭘 그렇게 봐?"

"신기해서. 이런 식으로 보는 건 처음이잖아. 뭔가 실감이 안나. 진짜로 보고 있는 건데도 왠지 스크린 윈도로 보고 있는 느낌이야."

'나도 그런가?' 포포는 무이를 관찰한다. 현실감이 나는 것 같기도, 안 나는 것 같기도 하다. 자신이 알던 무이라는 것은 확실하다. 의외로 거부감은 전혀 들지 않는다. 그러나 무이와 마찬가지로 아직 확실한 실감은 나지 않는 것 같다.

"화면을 끄면 사라질 것 같아."

포포가 말한다.

"내 말이 그거야."

두 사람은 좀더 해보기로 한다. 포포는 차를 끓여서 커다란 컵 두 개에 담아서 가지고 간다. 한 잔은 무이에게 건네고, 다른 한 잔은 자신이 들고 소파에 앉는다. 무이는 며칠 전에 언니가 앉았던 자리에 앉아 있다. 민정은 스크린 윈도 5단계 모드였지만 말이나. '언니가 지금 이 모습을 보면 뭐라고 할까?' 포포는 생각한다. 언니는 아마 재밌어할 거다. 웃으며 구경할 것이다. 좀더 가까이 가봐! 그러겠지.

무이가 포포를 응시한다. 깊은 눈빛이다. 사방이 고요하다. 포포는 다시 두려워진다. '저 눈빛이 뜻하는 게 뭘까? 손을 잡아보자고 하는 건 아니겠지?' 스크린 윈도로만 만나던 사람을 직접 만날 때 사람들이 많이 하는 것이 그거였다. 손 잡아보기. 손을 잡아보면 앞으로 스킨십을 할 수 있을지 없을지 알 수 있다고 했다.

"왜 그렇게 봐?"

포포는 어색한 떨림을 참지 못하고 묻는다.

"그냥. 신기해서. 자기가 지금 내 앞에 있다는 게 믿기지가 않네."

무이는 진솔해 보인다. 그 이상을 원하는 기색은 없다. 포포는 자신이 너무 방어적이라는 걸 깨닫는다. 마치 무이가 낯선 사람이라도 되는 듯이 경계하고 있다. 포포는 의심을 내려놓으려고 해본다. 무이는 이상한 사람이 아니다. 친밀한 사람이다. 하지만 스크린 윈도 밖의 무이가 스크린 윈도 속의 무이와는 다른 사람이라면? 포포는 긴장을 풀 수 없다. 갑자기 무이가 손을 잡아보자고 할까 봐, 덥석 팔을 뻗어 손을 잡을까 봐 두렵다.

"자기는 왜 나를 그렇게 봐? 내가 무서워?"

무이가 묻는다. 미소 짓는 얼굴이다.

"조금은."

포포는 솔직하게 시인한다.

"뭐가 무서운데?"

"아냐. 그냥 이런 상황이 낯설어서 그래. 지금 뭘 어떻게 해야 할지 모르겠어. 이렇게 자기를 보고 있으니 좋은데, 그다음은? 그런 생각이 들어. 우리 이제 뭘 해야 하지?"

"오늘은 이거면 돼. 난 충분해."

"오늘은? 그럼 또 다음이 있는 거야?"

"그건 자기한테 달렸지."

"그럼 내일 또 해볼까?"

"그래, 난 좋아."

두 사람은 그렇게 오늘의 만남을 마무리 짓는다. 무이가 일어나 테이블에 찻잔을 놓는다.

"차 잘 마셨어."

"맛 괜찮았어?"

"괜찮긴 한데, 내가 끓이는 것보다는 좀 못해. 다음에는 자기가 내 공간으로 와. 내가 맛있는 차가 뭔지 보여줄게."

무이의 잘난 척은 포포를 웃게 한다. "그래. 꼭 보여줘." 포포가 웃자 무이는 만족스러워하며 자리를 뜬다. 포포는 무이의 몸짓을 지켜본다. 무이는 스크린 윈도 화면으로 보던 것보다 더 아름답다. 무이가 움직이는 모습을 직접 보는 게 조금은 황홀하다. 무이에게서 시선을 뗄 수가 없다. 빨려 드는 것 같다. 스크린 윈도가 얼마나 평면적인 세계였는지 무이를 보니 알겠다. 스크린 윈도 5단계도 지금 눈앞에 있는 현실과 비교하면 평면적이다. 이렇게 같은 공간 안에서 무이가 움직이는 걸 보고 있자니 무이가 살아 있다는 게 너무나 확실하게 느껴진다. 무이가 너무 빠르게 멀어진다. 포포는 무이가 멀어지는 걸 아쉬워하며 무이의 뒷모습을 본다.

"안녕. 내일 봐."

무이가 문 앞에서 말한다. 아직 포포의 공간에 있다. 포포는 인사하지 않는다. 인사하면 무이는 바로 사라질 것이므로. 무이는 포포의 마음을 알아챘다.

"아쉬워?"

"응."

포포는 고개를 끄덕인다.

"그럼 여기 좀더 있을까?"

"아니야. 내일 봐."

"그래, 그럼."

무이가 문 너머로 넘어간다. 무이가 손을 흔든다. 문이 닫힌다. 무이가 보이지 않는다. 포포는 방으로 가서 스크린 윈도로 무이의 창문을 노크한다. 무이의 창문이 바로 열린다.

"내가 먼저 하려고 했는데."

무이가 말한다. 이제야 안심이다. 마음이 편안해진다. 아직은 스크린 윈도로 보는 것이 훨씬 낫다.

"자기 너무 긴장했더라."

"응, 나 엄청 긴장했어."

두 사람은 스크린 윈도 화면으로 서로를 바라본다. 포포는 문득 애틋해진다. '무이가 사라진다면 내 인생은 아무것도 아닐 거야.' 무이가 언제까지나 곁에 있었으면 좋겠다. 스크린 윈도 속에서든, 밖에서든. 갑자기 그 차이가 별로 대단한 문제처럼 느껴지지 않는다. 중요한 건 서로가 서로의 곁에 있는 것이다. **무이는 존재하고 있다.** 포포는 방금 자신이 그것을 확인했다는 것을 깨닫는다. 무이도 포포의 존재를 확인했다. 포포가 실제로 존재하는 인간이라는 것을, 스크린 윈도 속에만 존재하는 가상 인간이 아니라 진짜로 살아 움직이는 인간이라는 것을 이제는 서로 알게 되었다. 포포는 이제 결혼할 준비가 되었다. 몇 번 더 만나든 이제 그것은 큰 의미가 없다. 두 사람은 서로의 존재를 확인했고, 함께할 준비가 됐다. 두 사람은 스크린 윈도 속의 유령이 아니라 실제로 존재하는 두 명의 인간으로서 결혼식을 올릴 것이다.

*

그날 저녁부터 벌레들이 움직이기 시작했다. 벌레들은 건물을 새까맣게 뒤덮었다. 벌레들이 건물에 붙은 카메라에도 다닥다닥 붙어 있어서 스크린 윈도로 집 앞 거리를 볼 수도 없었다. 벌레 떼가 돌아다니는 소리는 바람 소리처럼 들렸다. 윙윙대는 거대하고 낮은 소리. 그 울림.

포포는 스크린 윈도로 주변 동네들을 둘러보았다. 벌레들이 점령하지 못한 카메라들도 있는 모양이었다. 벌레들은 거리의 쓰레기통을 쓰러뜨리고, 나무들을 뒤덮었다. 벌레 떼가 휩쓸고 지나간 거리의 나무들은 초췌해 보일 정도로 앙상해졌다.

포포는 벌레들이 무엇을 원하는지 몰랐다. 무엇을 위해 저렇게 떼를 지어 다니며 동네를 들쑤셔놓는지. 먹을 것을 위해? 하지만 음식들은 전부 창문 없는 건물들 안에 꽁꽁 숨겨져 있다.

벌레 폭풍 때문에 피해를 입은 사람들에 대한 뉴스가 계속 하나씩 추가되었다. 오래된 집에 혼자 살던 어떤 노인은 창문의 빈틈으로 들어온 벌레들에게 쏘여 병원으로 이송되던 중에 숨졌다. 오래된 집들은 창문이 있는 경우가 많았다. 워낙 나이가 많은 사람이라 창문을 철저하게 막아두지 못했을 것이다. 몇 달 전에 겨우 판자를 대고 못질을 했더라도 시간이 흐르면서 벌레 한 마리쯤 들어갈 틈이 생겼는지도 모른다.

벌레들은 한 마리 정도 들어갈 틈만 있어도 그 부분을 파고 들어 건물 전체를 점령해버린다. 게다가 이렇게 큰 폭풍이 밀려올 때면 나무판자는 소용없어진다. 벌레들이 나무판자를 갉아 먹고 침입하기 때문이다.

벌레 떼는 유리창도 깬다. 벌레 떼들은 집요하다. 그들은 마음만 먹으면 부술 수 없는 것이 없어 보인다. 벌레들은 표적이 생기면 떼로 뭉쳐서 집요하게 달려든다. 몇 번이고 계속, 목표를 이룰 때까지.

벌레들을 소탕하려고 동원된 군인과 경찰, 자진해서 나온 민간인 중에도 벌레에게 쏘인 사람들이 있었다. 거리에서 벌레에게 휩싸인 사람을 구하려고 하다가 함께 공격당한 사람도 있다. 벌레들은 한번 사냥감을 물면 놓지 않는 개처럼 사람을 발견하면 끝까지 달라붙는다. 더 얻을 것이 없을 때까지, 자신들이 찾은 사냥감이 너덜너덜해질 때까지.

포포는 벌레 떼에 뒤덮인 사람들을 더 이상 보고 싶지 않아 뉴스 공간에서 나왔다. 뉴스들은 끔찍했다. '이 동네에도 피해를 입은 사람이 있을까?' 포포는 바깥에서 들리는 사이렌을 들으며 생각한다. '벌레들을 잡으러 온 차에서 울리는 사이렌일까, 아니면 다친 사람을 병원으로 데려가는 응급차일까?'

포포는 집 앞에서 어떤 일이 일어나고 있는지 보고 싶다. 하지만 감히 문을 열어볼 수는 없다. 문을 조금이라도 열면 벌레 떼들이 이 집 안으로 물밀듯이 들이닥칠 것이다. 한번 벌레들이 들어오면 절대 내쫓지 못할 것이다. 벌레들은 이 집을 완전히 점령할 것이고, 모든 것을 새까맣게 덮칠 것이고, 모든 것을 싹쓸이할 것이다. 더 이상 가져갈 것이 남지 않을 때까지 이 집을 떠나지 않을 것이다.

어떤 건물이나 집은 환기장치로 벌레가 들어왔다고 했다. 환기장치는 원래 막혀 있어야 하지만, 노후하면 틈이 생기기도 했다. 벌레들은 작은 틈을 기가 막히게 잘 찾아낸다. 포포는 아직 이 집을 잘 몰랐다. 이런 재난에 충분히 대비가 되어 있는지 확실하지 않다. 그렇다고 듣기는 했지만, 모를 일이다.

이 동네의 집들은 신식 건물이라 벌레 폭풍에 대비한 안전 설계가 되어 있다. 포포는 그 사실을 떠올리며 안심하려고 해본다. 만약 이사하기 전에 살던 옛날 집에서 이 정도 규모의 폭풍을 혼자 겪었다면 훨씬 무서웠을 것이다. 그 집에는 창문이 너무 많다. 판자로 창문을 막아두지도 않았다. 포포는 그런 면에서는 안일한 편이었다.

그 집에 혼자 있었다면 벌레들에게 쏘여 죽었을지도 모른다. 그렇게 생각하자 예전 집에 대한 그리움이 옅어진다. 이 집, 너무 신식이라 정이 가지 않는 이곳으로 이사 온 덕분에 이렇게 큰 벌레 폭풍이 몰려왔는데도 조금은 안전한 기분을 느낄 수 있는 것이다. 꼭 튼튼한 성벽 안에 숨어 있는 기분이다. 적이 교묘한 방법으로 성벽을 넘거나 벽 사이의 작은 틈을 찾아 들어올 수도 있겠지만.

그런 불안까지 완전히 떨칠 수는 없다. 포포는 극단적인 공포는 느끼지 않지만 비 오는 날 오래 걸으면 몸이 젖는 것처럼 조금씩 불안에 젖어든다. 불안이 물처럼 포포를 서서히 젖게 한다.

방 안은 후덥지근하다. 도시 전체가 정전되어서 냉방장치가 켜지지 않는다. 다행히 환기장치는 작동한다. 이 집을 설계한 사람이 멍청했다면 오늘 죽어 나간 사람들이 많았을 것이다. 벌레에 쏘여서가 아니라 자기 집 안에서 숨이 막혀서. 실제로 종종 그런 사고가 일어난다. 안타까운 일이다.

포포는 땀을 흘리고 있다. 전기가 얼른 들어왔으면 좋겠다. 전기라니. 지금과 같은 시대에 어떻게 아직 이렇게 구시대적인 에너지를 쓰고 있는지 이해가 가지 않는다.

'샤워라도 할까?'

하지만 뭔가를 할 의욕이 나지 않는다. 결국은 침대로 간다. 책을 읽어보려고 하지만 글자가 눈에 들어오지 않는다. 불안 때문에 산만하다. 뭘 해야 할지 모르겠다. 이 시간을 견뎌야 하는데. 잠도 오지 않는다. 아마 밤새 잠을 이루지 못할 것 같다.

'무이의 창문에 노크해볼까? 아니면 언니에게?'

스크린 윈도는 전기로 작동하지 않는다. 스크린 윈도를 만든 사람들도 멍청하지는 않은 것 같다. 그들은 벌레 폭풍이 왔을 때 정전이 될 것을 대비해서 전기가 없어도 스크린 윈도가 켜지도록 만들었다.

필요하다면 무이나 언니와 스크린 윈도로 대화를 나눌 수도 있다. 하지만 왠지 내키지 않는다. 다른 게 필요한 것 같다. 그러다 포포는 자신이 원하는 게 무엇인지 깨닫는다. **무이의 냄**

새를 한 번 더 맡고 싶다. 무이의 냄새는 묘하게 마음을 편해지게 했다. 그 냄새를 맡고 있으면 차분해질 수 있을 것 같다. 어쩌면 잠을 잘 수 있을 것도 같다.

'내가 너무 제멋대로 구는 건 아닐까?'

포포는 침대에 웅크리고 앉은 채로 무이에게 노크를 해볼까 말까 고민한다. 시간이 흐른다. 고민이 길어질수록 욕구는 더 강렬해진다. 무이의 냄새를 맡고 싶다. 가까이에서 그 냄새를 들이마시고 싶다.

결국 포포는 무이에게 노크한다. 큰 화면은 부담스러워서 (포포는 무이가 선물해준 스크린 윈도에 아직 완전히 적응하지 못했다) 미니 윈도를 썼다. 미니 윈도의 작은 화면으로 무이의 얼굴이 보인다. 무이는 깨어 있다.

"일하고 있어?"

"아니, 할 건 많은데 뭐가 손에 안 잡히네."

"그러면 잠깐 볼래?"

"스크린 윈도로?"

"아니. 아까처럼 잠깐 보는 건 어때?"

"직접?"

"응."

무이는 그러자고 한다. 갑작스러운 제안에 놀라긴 한 것 같지만, 오히려 반기는 느낌이다. 포포는 바로 침대에서 일어나 집 가운데에 있는 문으로 간다. 낮에 했던 것처럼 문에 손바닥을 댄다.

문이 열리자 거기 무이가 서 있다. 무이의 냄새가 물씬 풍긴다. 무이는 아까와 다른 옷을 입고 있다. 풀로 짠 스웨터 같다. 짙은 초록색과 연두색이 섞여 있다. 바지는 베 소재이고, 보라색이다. 무이는 언제나 식물성 옷만 입는다. 스크린 윈도로 볼 때는 몰랐는데 무이의 냄새에는 풀로 짠 옷의 냄새가 섞여 있는 것 같다. 무이의 냄새가 마음을 편하게 하는 건 그래서일까? 포포는 너무 티가 나지 않도록 무이의 냄새를 탐한다. 무이의 냄새에 온몸이 녹아내리는 것 같다. 포근한 담요를 어깨에 두른 것 같은 기분이다.

"이제 됐어."

포포가 말한다. 이 정도면 실컷 냄새를 맡았다. 마음이 꽤 편안해졌다.

"1분밖에 안 지났는데?"

"자기 냄새가 필요했어. 이제 충분히 맡았고."

"나는 전혀 충분하지 않아."

포포는 어떻게 해야 할지 몰라서 무이를 본다. 무이는 거침없이 포포의 공간으로 발을 넣고 들어온다.

"나는 잠깐이라도 앉아 있다 가야겠어. 나도 자기 냄새가 좋거든. 여긴 자기 냄새가 많이 나."

"내 공간이니까."

"그래, 자기 공간이지. 자기가 불렀으니까 책임져. 손님을 초대해놓고 차도 안 주고 돌려보내는 건 예의가 아니지."

"그건 너무 옛날 전통이잖아."

"나는 전통적인 사람이거든."

무이는 낮에 앉았던 소파에 털썩 앉는다. 포포는 할 수 없이 부엌으로 가서 차를 가져온다. 저녁에 다시 차를 끓여서 양은 충분하다. 사실은 무이가 바로 가지 않아서 기분이 좋다. 무이와 좀더 함께 있을 수 있어서 안심이 된다. 낮에만 해도 무이를 직접 만나는 게 절벽에서 떨어지는 일처럼 무서웠는데. 한 번 만났다고 훨씬 긴장이 안 된다는 게 신기하다. 포포는 낮에 했던 것처럼 무이에게 차를 건넨다. 두 사람은 적당한 거리를 두고 앉아서 차를 홀짝인다.

"내 방 가볼래?"

포포가 십대 아이처럼 수줍게 무이에게 묻는다.

"좋아."

두 사람은 포포의 방으로 가서 침대에 나란히 앉는다.

"내 침대에 다른 사람이랑 이렇게 같이 있어본 거 처음이야. 진짜 어릴 때 말고는 내 침대에 나 말고 다른 사람이 앉은 적이 없어."

포포가 고백하듯 말한다.

"우린 결혼할 사이니까."

"그러네."

무이는 농담으로 한 말 같았지만 포포는 담담한 표정으로 고개를 끄덕인다.

"이제 자기랑 결혼한다는 게 실감이 나."

"이제야?"

"응, 사실 나는 얼마 전까지 현실감이 좀 없었어. 두렵기도 하고. 이래저래 생각이 좀 복잡해졌던 것 같아."

"어떻게 복잡했는데?"

"우리가 잘 살 수 있을지. 그리고 직접 만나는 문제도. 이제야 하는 말이지만 어떻게 하는 게 좋을지 몰라서 혼란스러웠어. 직접 만났을 때 우리가 괜찮을까 하고."

"어떤 부분에서?"

"우리 사이가 변할까 봐 불안했어. 스크린 윈도로 만나는 거랑 직접 만나는 건 완전히 다르잖아."

"다른가?"

"다르지."

"나는 그렇게 큰 차이가 있는지 모르겠는데. 자긴 자기이고, 나는 나고. 오늘 직접 만났지만 변한 건 없지 않아?"

"맞아."

포포는 정말 그렇다는 데에 놀라며 대답한다. 그리고 한 번 더 말해본다. "맞아."

"우리는 잘할 수 있을 거야."

무이가 포포를 바라보며 말한다.

"나도 그럴 것 같아."

그 순간, 뭔가 미묘한 공기가 흐른다. 공기가 변한 느낌이다. 포포는 갑자기 불안해진다. 무이도 타인이라는 사실이 갑자기 확 다가온다. 무이의 냄새도 편하게 느껴지지 않는다. 무이의 냄새가 짙어진 것 같다. '이런 거였지.' 포포는 오랜만에 깨닫는다. 타인이 너무 가까이 있을 때, 그 사람의 냄새가 짙게 풍기고, 그 사람의 몸이 너무 가까울 때 느껴지는 거부감을 너무 오래 잊고 살았다.

이곳으로 올 때 비행기 안에서도 사람들과의 거리가 가까웠지만, 그곳에서는 극도로 긴장하고 무이를 만난다는 생각에 몰두해 있었다. 이렇게 같은 공간에서(손을 뻗으면 서로의 몸에 닿을 거리다) 가까이 앉아 있으니 두려움이 밀려든다. 무이가 갑자기 손을 뻗어 자신을 잡을 것만 같다. 물론 머리로는 그러지 않으리라는 걸 알지만, 불안이 비논리적인 상상을 자꾸 불러일으킨다.

결국 포포는 고백한다. 이럴 땐 솔직한 게 최선이다.

"나 무서워."

"좀 떨어져 앉을까?"

"그러면 좋겠어."

두 사람은 거리를 둔다. 무이는 아예 일어나서 한참 물러난
다. 책상 의자에 앉는다. 책상에는 포포가 만들다 만 조각이 놓
여 있다. 무엇을 만들고 싶은지 확실히 모르겠어서 중간에 멈
춰두었다. 무이가 그것을 만진다. 포포는 자신이 괜찮은지 확
인한다. 이상하게도 괜찮다. 다른 사람이 자신이 만들고 있는
것을 만지면 기분이 상할 것 같았는데, 그렇지 않다. 의외로 기
분이 나쁘지 않다. 좋은 쪽에 더 가까운 것 같다. 무이라서 그런
것일까?

"감촉이 좋다."

무이가 말한다.

"아직 다듬지도 않았는데."

포포는 조금 부끄러워 한다.

"지금도 좋아. 자기가 만든 거 만져보는 건 처음이네."

"내 인형 많잖아."

포포는 무이에게 자신이 만든 조각 인형을 많이 선물했다.
무이가 마음에 든다며 포포에게 돈을 주고 산 것도 꽤 된다. 무
이가 가지고 있는 인형이 수십 개는 될 것이다.

"완성된 것만 만져봤지. 다 만들기 전에 만져본 건 처음이야."

"그렇네."

포포가 인정한다.

"우리 이제 뭐 할까?"

무이가 묻는다. 두려움을 불러일으키는 눈빛은 아니다. 끈적한 무엇은 보이지 않는다. 무이는 그냥 무이다. 솔직하고, 순수하고, 자신이 누구인지 아는 무이.

"일단은 여기 이렇게 조금만 더 있어볼까?"

"좋아."

두 사람은 그렇게 같은 공간에 머무른다. 둘이 함께 있으면 시간이 빨리 간다. 언제나. 처음 말을 튼 날부터 지금까지 포포는 무이와 수다를 떠는 게 가장 즐겁다. 무이와 함께 있는 게 재밌다. 오늘 밤도 그럴 것이다. 멈췄던 시간이 흐르기 시작한다. 오늘 밤은 쏜살같이 지나갈 것이다. 며칠 뒤, 아니면 한 달 뒤쯤이면 벌레들은 다른 지역으로 옮겨 갈 것이고, 마을은 조용한 폐허가 되어 있을 것이다. 이 황폐한 도시, 아마도 종말에 점점 가까워지고 있는 이 세계에서 포포가 할 수 있는 것은 많지 않다. 그저 사랑할 수밖에. 사랑하게 되어버린 것들을 계속. 어쩔 수 없이.

포포는 평생 동안 오늘 밤을 곱씹게 될 것이다. 무이와 처음 밤새 얘기했던 날을 두고두고 곱씹게 된 것처럼. 만약 언젠가 세상이 끝난다면, 포포는 오늘 이 순간을 떠올리며 죽을 것이다. 운이 좋다면 무이와 손을 잡고서. "그날 생각나?" 그렇게 물을 것이고, 두 사람은 세상의 마지막 날, 마지막 순간에 오늘 밤을 함께 떠올릴 것이다.

그렇다면 뭐가 그리 복잡한 문제겠는가. 오늘 같은 밤이 이어지는 것이 결혼이라면, 두 사람은 어쩌면 평생 손을 잡지 않을지도 모른다. 이렇게 같은 공간에서 시간을 보내는 날은 아주 가끔일 것이다. 그러나 포포는 지금 이 순간 행복을 느낀다. 무이가 웃고 있기 때문에. 그 웃음이 포포에게는 행복이다. 포포는 손안에 든 행복을 느낀다. 너무 생생하고 따스해서 그것을 만질 수도 있을 것 같다. 밖에서는 벌레들이 떼를 지어 날아다니며 동네를 휩쓸고 다니는 광폭한 소리가 들려온다. 한바탕 또 활개를 치고 다닐 모양이다.

"오늘이 세상의 마지막 날이라면 어떨 것 같아?"

포포가 무이에게 묻는다.

"상관없어. 지금 우리 같이 있잖아. 그거면 된 거 아냐?"

무이가 책상 의자에 앉아서 말한다. 무이는 그 의자에서 일어날 생각이 없어 보인다.

"맞아. 내 생각도 정확히 똑같아."

포포는 스크린 윈도를 끈다. 오늘 밤에는 그 물건이 필요 없다. 무이가 앞에 있으니. 오늘 밤은 무이의 창문을 두드리지 않아도 되니까. 내일 무이는 일을 쉴 것이다. 벌레 폭풍이 온 도시를 휩쓸고 있고, 내일도 그럴 테니 말이다. 결혼식은 할 수 있을까? 미루거나, 안 할 수도 있다고 포포는 생각한다. 마치 오늘 밤이 진짜 결혼 같다고. 오늘이 결혼의 첫날 같다고. 포포는 떠오른 생각들을 무이에게 다 말한다. 그리고 묻는다. "자기도 그래?"

"응, 나도 그래."

무이가 답하고, 두 사람은 서로를 보며 미소 짓는다. 사랑이 담긴 눈빛을 주고받는다. 그게 결혼 선물이라도 되는 것 같다. 포포는 차라리 이 밤이 영원했으면 좋겠다. 완벽한 밤이다. 적어도 오늘은 사랑으로 충만하다. 바깥의 벌레 폭풍 말고는 아무런 문제도 없고, 마음은 오랜만에 아무런 잡음 없이 평안하다. 민정이었다면 사랑하는 사람에게 다가가서 손을 잡고, 끌어안고, 키스를 퍼부었겠지만. 포포는 그런 언니의 모습을 상상한다. '언니라면 지금 날 보고 혀를 끌끌 차겠지. 하지만 이게 내 행복이야, 언니. 난 지금 행복해.' 포포는 마음속으로 민정에게 말해본다. 그러자 방금 자신이 떠올린 말이 진실이라는 것이 분명해진다.

'언니도 나처럼 행복했으면 좋겠어.'

포포는 언니를 위해 소원을 빈다. 언니가 행복해졌으면 좋겠다고. 부디 이 도시가 최악의 상황으로 몰려 너무 참혹하게 무너지지는 않았으면 좋겠다고. 혹여 무너지더라도 새 생명이 피어나기를. 그들은 부디 아름답고 행복한 세계를 만들기를. 이세계에서도 작은 한 사람이 자신과 다른 또 다른 작은 한 사람

262

을 사랑하고, 그 사랑으로 인해 행복했다는 사실이 완전히 지워지지는 않았으면 한다고. 모두가 사라진다고 해도 불행한 끝만 남지는 않기를. 이런 세계에도 사랑하는 이들이 있었다는 사실이 어딘가에 남기를. 그것이 세상의 구석, 어딘가 허름하고 낡은 곳에 파묻혀 아주 오랫동안 아무도 그것을 보지 못하게 된다고 하더라도.

"자리 바꾸자. 만들고 싶은 게 생각났어."

포포가 침대에서 일어선다. 무이도 의자에서 일어난다. 두 사람은 자리를 바꾼다. 포포는 책상 앞에 앉아 나무조각을 새로 다듬기 시작한다. 무이는 침대에 앉아 포포를 지켜보고 있다.

"뭘 만들 건데?"

"청혼 선물."

"청혼은 벌써 했잖아."

"정식으로 하지는 않았잖아."

청혼 선물로 무엇을 만들 거냐고 무이가 묻는다. "만들어서 보여줄게." 포포는 그렇게 말하고 작업에 열중한다. 무이는 기다리다 잠이 든다. 무이가 작게 코 고는 소리가 들린다. 등 뒤에서 들려오는 그 소리가 나쁘지 않다. 자신 말고 또 다른 존재의 체온이 방 안에 있는 게, 그것이 몸으로 느껴지는 것도.

포포는 무이가 코 고는 소리를 들으며 천천히 나무를 조각한다. 이번에 만드는 것은 다정한 동물 친구나 요정이나 환상적인 존재가 아닐 것이다. 포포는 사랑을 만들 것이다. 사랑 그 자체. 그런 일이 가능할까? 지금은 할 수 있을 것 같다. 사랑이 눈으로 보이지는 않아도 사랑의 존재를 느낄 수 있으니. 영혼이 앉은 자리에 사랑이 깃들었으니. 영혼이 앉아 있는 자리에 사랑이 함께 앉아 있으니.

민정

그는 병원으로 갔다.

민정이 그의 집에 다녀온 날, 바로 그 저녁에.

민정은 그에게 이상한 고집이 있다는 것을 안다. 하지만 자신의 생명이 걸린 일에 그런 고집을 부릴 줄은 몰랐다. 그는 민정이 오기 전에는 자신의 집을 떠나지 않으려 했던 것이다.

그날 밤 그는 병원에서 민정의 스크린 윈도를 노크했다.
"내가 죽으면 당신이 내 집을 가져."
"내가 왜?"

"내 집 좋아하잖아. 가끔은 나보다 내 집을 더 좋아하는 것 같아서 질투가 났었어. 웃기지? 집을 질투하다니."

그의 목소리는 메마르고 건조했다. 병실 안이 아주 건조한 모양이라고 민정은 생각했다.

"우선 물을 좀 마셔."

민정은 그에게 잔소리했다. 리라한테 하듯.

"그래야겠어."

그가 기침했다.

"거기 있는 거 심심하지 않아?"

민정은 '외롭지 않아?'라고 묻고 싶었지만, 대신 그렇게 물었다. 그는 질문의 의미를 이해하지 못한 듯 잠시 침묵하다가 어설프게 대답했다.

"응, 뭐. 그렇지. 근데 집에 있을 때랑 별 차이는 없어."

그는 겨우 대답하고 나서 민정에게 묻는다.

"내가 병원에서 나가면 말이야. 같이 여행 가지 않을래?"

밖에는 벌레 폭풍이 밀려오고 있고, 리라는 너무도 어리다. 민정은 대답한다.

"그러자."

벌레 폭풍은 언젠가는 물러날 것이고, 리라는 하루나 이틀쯤 아빠에게 맡길 수 있을 것이다. 아니면 리라까지 데리고 그 남자와 포포의 동네로 놀러 간다면? 그 동네에는 여행자용 숙소가 있을까? 요즘은 여행자용 숙소가 있는 동네가 거의 사라졌다. 호텔의 시대는 이미 예전에 저물었다.

민정은 문득 그 남자의 집을 정말 호텔로 바꿀 수도 있겠다고 생각한다. 그와 함께 그 집에서 손님들을 맞이하며 살아갈 수도 있겠다고. 그저 잠깐 떠오르는 꿈일 뿐이지만. 민정은 일단은 그 남자가 살기를 바란다. 부디 살아주기를.

그가 다시 기침한다.

"이제 나가야겠어. 열이 오르네. 정해진 시간도 끝나가고."

그가 말하는 '정해진 시간'이란 스크린 윈도로 다른 사람과 이야기할 수 있는 시간일 것이다. 5분 정도밖에 안 됐는데. 그러나 민정 역시 그와 느긋하게 수다 떨 시간은 없다. 리라가 혼자 있다. 그 아이를 보살필 사람은 민정뿐이다. 민정은 지난 몇 년 동안 리라를 돌보는 데에 자신의 에너지를 거의 전부 쏟아부었다. 그와 있는 시간 외에는 그랬다. 1년에 다섯 시간 정도. 그 시간을 빼고는 리라와 함께 있었다.

민정은 리라를 사랑하고, 그도 사랑한다. 그를 리라만큼 사랑하지는 않지만, 그는 이미 삶의 중요한 부분이 되었다. 민정은 그와 여행하고 싶다. 단 하루라도 좋으니.

"안녕."

그가 인사하고 민정의 창문에서 나간다. 그가 내일도 창문을 노크할까? 그럴 수 있을까? SV가 발병하면 열흘이 고비다. 그에게는 아직 고비가 오지 않았다. 지금은 괜찮은 것 같기도 하지만, 최선을 다해 괜찮은 척하고 있는 것일 수도 있다. 정말 괜찮았다면 그는 병원에 가지 않았을 거다. 그는 병원을 싫어한다. 민정은 지금 그가 어떤 상태인지 모른다.

'과연 사랑이 그렇게 중요할까?'

'그가 정말 없어서는 안 될 존재인가?'

민정은 스스로에게 묻는다. 잘은 모르겠지만 그가 없는 삶은 쓸쓸할 것이다. 사랑이 없는 삶이 의미 있게 느껴질지 아직은 모르겠다. 지금 이 순간 민정이 바라는 것은 오직 그를 껴안고 잠드는 것이다. 그와 몸을 밀착하고 싶다. 그에게 입을 맞추고 다 잘될 거라고 속삭이며 재워주고 싶다.

그 뒤 얼마 안 되어 벌레 폭풍이 온 도시를 새까맣게 뒤덮었다. 그에게는 노크가 없었다. 민정은 어느 날 창문으로 그의 부고가 날아들까 봐 두려워하며 매일을 보냈다. 리라는 집 안에서 지내는 데 익숙하다. 회사는 잠시 멈췄고, 수업도 중단됐다. 민정은 리라와 조용한 시간을 보냈다. 리라는 그림을 많이 그렸다.

밤이 되면 민정은 리라를 껴안고 잠이 든다. 언제나 리라가 먼저 잠든다. 잠들기 전에 민정은 리라의 이마에 입을 맞춘다. 그러고는 막힌 창문을 바라보며 소원을 빈다. 그가 다시 노크를 보내기를. 내일 아침에 그런 일이 일어나면 좋겠다고.

리라는 새근새근 잘 잔다. 더워서 땀을 흘린다. 리라의 작은 몸은 따뜻하다. 민정은 리라에게 부채질해준다. 리라가 있어서 다행이다. 이 아이가 없었다면 어쩔 뻔했을까. 그랬다면 외로움에 피폐해졌을 것이다. 죽은 사람처럼 살고 있을 것이다.

자기 전에 민정은 포포의 결혼식을 생각한다. 포포는 벌레 폭풍이 지나간 뒤에 결혼식을 열기로 했다고 말했다. 무이를 직접 만났고, 그렇게 하기로 정했다고. 민정은 동생의 결혼식을 상상한다. 포포가 결혼하는 사람, 무이는 어떻게 생겼을까? 아빠는 어떤 옷을 입고 결혼식에 참여할까? 엄마는 정말 포포의 결혼식에 오지 않을 생각인 걸까?

신경 쓸 사람이 너무 많다. 가족. 가족이란. 가족이란 참, 너무도 복잡한 존재, 번잡스러운 관계다. 너무나 많은 것이 얽혀 있는. 엉킨.

민정은 리라의 손을 잡고 눈을 감는다. 가족들의 얼굴 하나 하나가 어른거린다. 그의 얼굴도. 민정은 그들 모두에게 차례로 입을 맞추고 싶다. 그들의 볼에. 아니면 손등에. 그들, 사랑하는 이들과 한 번이라도 같은 방에 보여 잠들어봤으면 싶다. 옛날, 아주 어렸을 때처럼.

포포가 아기였을 때 온 가족이 같은 공간에서 잤던 적이 있다. '엄마 아빠의 침실이었나? 아니면 거실?' 기억이 정확하지는 않다. 민정은 엄마와 아빠 사이에서 잤다. 한 손에는 엄마의 손을, 다른 한 손에는 아빠의 손을 쥐고서. 오늘은 잊고 살던 그 기억이 생생하게 떠오른다. 포포가 칭얼거리던 소리도 기억나는 것 같다.

모든 인간은 이렇게 작은 사랑을 가슴 깊숙이 품고 살아가는 것일까? 그 마음으로 인해 누군가를 사랑하거나 미워하거나, 사랑하는 동시에 미워하거나 하면서. 어떤 사랑을, 사랑들을 몹시 그리워하면서. 다시 돌아오지 않을 시간들을 잠자리에서 곱씹으면서. 모두 그렇게 살아가고 있는 걸까?

민정은 가족들의 창문에 노크해서 그들을 불러 모으고 싶은 충동을 느낀다. 포포의 결혼식에서 그들은 모이게 될까? '실제로 모이는 거면 좋을 텐데. 현실에서.' 민정은 누구에게도 말하지 않을 바람을 혼자 떠올린다. 모두가 한자리에 모이면 불가능하다고 생각했던 일이 가능해질지도 모른다. 화해라거나, 엄마를 다시 사랑할 수 있게 되는 일 같은 것. 가족이 모두 모여 서로를 껴안고 사랑한다고 말할 수 있게 되거나, 죽기 전에 여한이 없도록 서로에 대한 마음을 털어놓고 서로 사랑한다는 것을 확인하는 일 같은 것 말이다.

민정은 자신이 그들을 얼마나 사랑하는지 깨닫는다. 그러나 그 깨달음은 가슴을 뻐근하게만 한다. 아직 화해하지 못했기 때문에. 화해할 수 없기 때문에.

가슴이 아파서 민정은 뒤척인다. 오늘 밤에는 영 잠들지 못할 것 같다. 그가 보고 싶다. 동생도. 아빠도. 엄마도. 리라에게 가족들을 보여주고 싶다. 가족들에게 리라를 보여주고 싶다. 모두 함께 모여 시간을 보낼 수 있다면. 그것은 불가능하게 느껴지는 행복이다. 깊은 밤에는 불가능한 것을 꿈꾸는 일이 허용되기도 한다. 이렇게 잠이 오지 않는 밤에나 잠깐씩.

리라가 민정의 몸을 파고든다. 민정은 리라의 등을 토닥인다. 밖에서는 벌레들이 날아다니는 소리가 들린다. 흉폭한 바람 소리 같다. 리라는 그 소리를 듣지 못하지만, 민정은 리라를 그 소리에서 지키려는 듯 감싼다. 리라가 잠결에 칭얼거리는 소리를 낸다. 민정은 리라의 등을 가만가만 두드린다. "그래, 그래. 우리 아기. 잘 자라. 내가 널 지켜줄게." 자장가 대신 작게 중얼거린다.

리라는 새근거리며 다시 깊이 잠든다. 벌레들이 건물에 부딪히는 소리가 들리기 시작한다. 창문을 막은 철판에 벌레 떼가 부딪히는 소리는 무시할 수 없을 만큼 요란하다. 민정은 그 소리를 들으며 리라의 이마에 입 맞춘다. 리라가 그 소리를 듣지 못해서 다행이다. "잘 자라. 우리 아기."

깊은 밤. 오늘은 깨어 있는 사람들이 많을 것이다. 광장으로 나가보고 싶어진다. 스크린 윈도 5단계로. 오늘 같은 밤에도 광장에 나오는 사람들이 있을 것이다. 오늘 같은 밤에는 더 그럴 것이다. 거기서 민정은 자신과 같은 사람들을 보게 될 것이다. 그들과 인사하고 몇 마디쯤 나누며 작은 위안을 얻을 수도 있다. 가슴에 사랑을 품은 외로운 사람들과. 사람들을 만나러 나온 이들과.

민정은 그런 이들이 있다는 생각만으로도 가슴이 따뜻해진다. 지금 이 순간 외로운 사람이 세상에 자기 하나뿐은 아니라는 생각을 하면. 민정은 그들을 떠올릴 수 있다. 상상할 수 있다. 세상에 남은 그들을 사랑할 수 있다. 그들의 행복을 기원할 수도 있다. 그들 모두를, 그 남자나 포포나 아빠나 엄마를 떠올리듯 상상할 수 있다. 민정은 그 이름 모를 수많은 이에게 사랑을 느낀다. 민정은 이 세상을 사랑한다.

벌레 폭풍이 온 도시를 덮친 이 밤, 모두가 무사하기를. 사랑하는 사람을 잃지 않기를. 사랑하는 이를 잃었다고 해서 사랑까지 잃게 되지는 않기를. 민정은 소망한다. 그 작은 소망이 오늘 밤 민정을 지킬 것이다. 그 소망은 자기 자신을 향한 기도이기에. 그런 소망은 영혼을 꺼지지 않게 하는 불씨이기에. 우리의 영혼은 사랑으로 밝혀지는 기다란 초 같은 것이기에.

민정이 가진 초는 오늘 밤에도 밝게 타오른다. 누구에게나 어느 때고 불을 나눠 줄 준비가 되어 있다.

에필로그

결혼식

눈부신 빛이 쏟아진다. 잠시 아무것도 보이지 않았다가 차차 다시 앞이 보인다. 하늘에는 밝은 태양이 떠 있고, 들판에는 색색의 꽃들이 잔잔한 별처럼 반짝거린다. 들판 너머로는 바다가 보인다. 결혼식을 위해 준비된 완벽한 날씨다. 멀리서 작고 파란 새 몇 마리가 날아와 머리 위를 맴돈다.

이 결혼식의 주인공은 포포와 무이다. 두 사람은 오늘을 위해 빌린 스크린 윈도 5단계용 정장을 입고 있다. 무이의 옷은 풀로 짠 모양새의 초록색 슈트이고, 포포는 역시 식물성 소재이지만 광택이 나는 하얀색 슈트를 입었다. 하늘하늘한 질감의 슈트에는 금색 별무늬 자수가 아름답게 수놓아져 있다. 무이의 옷은 몸에 착 붙고, 포포의 옷은 통이 넓어서 나풀거린다.

둘 다 이렇게까지 차려입은 것은 태어나서 처음이라 어색하고 민망해서 고개를 푹 숙이고 웃음을 참고 있다. 무이는 근사하다. 너무 근사해서 조금은 웃기기도 하다. 포포는 기분이 간질거려서 입술을 앙다물고 걷는다. 두 사람은 들판 가운데로 걸어간다. 거기에는 작은 성당이 서 있다. 중세 이탈리아풍 성당이다. 소박한 분위기의 하얀색 건물이 파란 바다와 잘 어울린다.

두 사람은 성당 앞에서 멈춰 선다. 할 말은 없다. 둘은 아주 잠깐 스치듯 눈빛을 교환하고 살짝 고개를 끄덕인다. 들어가자는 신호다. 함께 성당 문을 연다. 그와 동시에 박수 소리가 터져 나온다. 성당 건물 안에 있는 벽 양쪽과 정면에 아주 커다란 스크린 윈도가 설치되어 있다. 초대형 화면 세 개. 가정에서 쓰는 것과는 다른 고급 라인의 물건이다.

포포는 어지러움을 느낀다. 스크린 윈도 화면 속에 사람이 너무 많다. 설상가상으로 화면이 계속 바뀐다. 어떤 얼굴은 알겠지만, 어떤 얼굴은 낯설다. 아는 사람들과 모르는 사람들이 섞여 있다. 원래는 천 명이 들어올 수 있는 공간을 예약했지만, 무이가 아무래도 올 사람에 비해 공간이 작은 것 같다고 불안해서 '하객 무제한'으로 옵션을 바꿨다. '하객 무제한 공간'은 비싸긴 해도 디자인이 더 예쁘고, 꾸밀 수 있는 폭도 훨씬 넓었다.

포포와 무이는 며칠 간 이 공간을 꾸미며 즐거운 시간을 보냈다. 비용은 포포의 엄마가 냈다. 엄마가 그러고 싶어 했다. 포포는 별로 고민하지 않고 엄마의 돈을 받았다. 엄마는 예전부터 그런 식으로 무거운 마음을 조금씩 털어내고는 했다. 민정이나 포포에게 용돈을 주거나 학비를 대신 내주거나 집세나 생활비를 도와주는 식으로 말이다. 언니는 엄마가 돈을 주면 짜증을 냈지만, 포포는 항상 그냥 받았다. '엄마는 자기가 할 수 있는 방식으로 책임지고 싶은 거겠지. 감정적인 부분은 해줄 방법을 모르니까.' 포포는 이번에도 그렇게 이해했다.

포포와 무이가 카펫 끝까지 걸어가는 모습이 정면 스크린 윈도에 커다랗게 비친다. 무이는 스크린 윈도 화면 속의 사람들에게 손을 흔든다. 포포는 수줍게 두리번거린다. 그때 정면에 있는 화면의 양쪽에 새로운 화면 두 개가 나타난다. 왼쪽 화면이 켜지자마자 화면 속의 사람들이 환호성을 지른다. 무이의 가족들이다.

할아버지, 할머니, 외할머니, 엄마와 엄마, 이모와 고모, 무이의 형제들 셋. 요즘은 드문 대가족이다. 무이의 가족들은 다인용 주택에 함께 산다. 지금은 다인용 주택의 공용 공간에 모여 파티를 벌이고 있는 것 같다. 밝고 즐거운 분위기다. 포포는 스크린 윈도 화면 속에 있는 사람들을 보며 무이가 했던 말을 떠올린다. "우리 가족들에 비하면 난 냉혈한이야." 그 말을 들었을 때는 웃었지만, 무이의 가족들을 보니 무이가 왜 그런 말을 했는지 알 것 같다. 따뜻하고 정이 흘러넘치는 게 한눈에 보인다.

포포는 왼쪽 화면에 시선을 빼앗겼다가 오른쪽 화면을 본다. 화면 속에 아빠와 언니가 있다. 포포와 눈이 마주친 민정이 혼자 환호를 보낸다. 민정의 옆에는 리라도 있다. 아빠와 민정은 각자 다른 공간에 있는 것 같다. 리라는 손을 흔들고, 민정은 괜히 박수를 친다. 민정의 볼은 핑크빛으로 달아올랐다. 커다란 눈에도 생기가 돈다. 포포보다 더 행복해 보인다. 포포는 언니의 따뜻한 격려에 힘을 얻어 허리를 펴고 방금 전보다 여유롭게 미소 짓는다. 아빠도 포포를 향해 미소를 지어 보인다. 포포와 아빠는 그런 식으로 많은 말을 대신 해왔다.

〈결혼식을 축하드립니다.〉

정면의 스크린 원도 화면에 글자가 떴다. 바닥이 열리면서 책상 하나가 두둥실 떠서 위로 올라온다. 책상이 충분히 위로 올라왔을 때 바닥이 닫힌다. 책상이 땅으로 내려온다. 옛날 옛적의 분위기가 물씬 풍기는 짙은 색의 나무 책상이다. 그런데 앉을 데가 없다. 무이가 두리번거리는 척을 한다. 포포는 다음에 무슨 일이 일어날지 알고 있다. 정해놓은 대로 의자가 하늘에서 뚝 떨어진다. 두 사람은 펄쩍 뛰어 물러나 의자를 피한다. 사람들이 웃는다. 이 정도 쇼는 해줘야 결혼식을 보는 사람들이 지루해하지 않을 거라고 무이가 말했다. 포포는 무이의 말에 반신반의했지만, 웃는 사람들을 보니 덩달아 즐거워진다.

무이가 먼저 의자에 앉는다. 책상 위에 서류 한 장과 잉크, 만년필이 나타났다. 정면의 스크린 윈도 화면에 책상 위의 물건들이 크게 나와 있다. 무이가 펜촉이 달린 골동품처럼 생긴 펜을 들고 잉크에 묻힌 다음(사실 무이는 펜촉이 달린 펜이나 잉크를 어떻게 쓰는지도 모른다) 서류에 멋들어진 서명을 휘갈긴다. 서류에는 딱 한 문장만 써 있다. '나는 우리의 결혼에 동의하며, 약속을 충실히 지키겠습니다.' 그 문장에는 수많은 약속이 함축되어 있다. 세세한 계약서를 쓰는 사람들도 많지만, 두 사람은 간략한 내용의 서류만 한 장 쓰기로 했다. 정식 혼인 계약서는 따로 있어서 결혼식이 끝난 뒤에 공식적으로 제출해야 한다.

무이가 일어나서 포포에게 의자를 내준다. 이번에는 포포가 의자에 앉아 자신의 서류에 서명한다. 포포의 서명은 글씨가 정갈하다. 포포는 천천히 자신의 이름을 쓰고 펜을 내려놓는다. 무이가 손을 내민다. 포포는 무이의 손을 잡고 일어난다. 책상 위의 서류 두 장이 반지 두 개로 변한다. 두 사람은 서로의 손에 반지를 끼워준다.

음악이 흘러나온다. 결혼식에 많이 쓰이는 곡이다. 피아노 연주에 바이올린이 합쳐지고, 관악기들이 나오고, 북소리가 난다. 화려한 오케스트라다. 책상은 사라지고, 테이블이 나타난다. 하얀 식탁보를 씌운 원형 테이블이다. 바로 그 순간에 맞추어 정면의 스크린 윈도 화면이 스테인드글라스 창으로 바뀌었다가 활짝 열린다. 열린 창문으로 날개 달린 요정들이 꽃과 리본으로 장식된 케이크를 가지고 들어온다.

원래 무이는 아기 천사들이 케이크를 가지고 오는 것으로 하고 싶어 했다. "그건 너무 과해." 포포는 아기 천사라니 말도 안 된다고 생각했다. "우리가 무슨 신도 아니고." "우리 결혼식에서는 우리가 주인공이잖아." 무이는 아쉬워했다. 결국 두 사람은 요정 정도로 타협을 봤다. 요정들이 날갯짓을 할 때마다 반짝이는 금색 가루와 장미 꽃잎이 떨어졌다. 이건 포포의 아이디어였다. 포포가 이 효과를 골랐을 때 무이는 웃으며 물었다. "이건 안 과해?"

두 사람은 공간을 꾸밀 때 창문을 열어놓아서 많은 사람이 결혼식 준비 과정을 지켜봤다. 지금 결혼식을 보고 있는 사람 중 다수가 두 사람이 이 공간을 어떻게 꾸몄는지 알고 있었다. 사람들은 이런저런 조언을 해주기도 했다. 그런 식으로 이 결혼식을 꾸미는 과정에 참여했다. 요정들이 케이크를 가지고 나타났을 때 사람들은 포포와 무이 사이에 있었던 티격태격을 떠올리고 웃으며 박수를 보냈다.

그다음에는 짠, 두 사람의 옷이 드레스로 바뀐다. 포포는 디즈니 애니메이션 「미녀와 야수」에서 벨이 입었던 노란 드레스를 골랐고, 무이는 영화 「크루엘라」에 나오는 빨간 드레스를 입었다. 영화 코스튬은 무이의 취향이 아니었지만, 이 부분에서는 무이가 포포의 희망을 따라주었다(하지만 포포도 무이가 '크루엘라'를 고를 줄은 몰랐다).

요정들이 성당 안을 날아다니는 가운데 포포와 무이가 함께 나이프를 잡고 케이크를 자른다. 웨딩 케이크 커팅이 끝나고, 노래가 춤곡으로 바뀐다. 양쪽 벽의 스크린 윈도 화면이 투명하게 꺼지며 사라지고 벽면이 거대한 문으로 변해 열린다. 문으로 사람들이 밀려 들어와 순식간에 떠들썩해진다. 이제부터는 결혼식 파티다.

포포와 무이는 사람들과 인사를 나누며 나가는 문으로 향한다. 사람들이 계속 늘어나서 정신이 하나도 없다. 두 사람은 인파를 헤치며 밖으로 나간다. 축하 인사가 끝없이 이어진다. 결혼식의 드레스 코드가 '코스튬'이라 거의 모두들 만화나 영화 속 인물의 복장을 하고 있다. 디즈니 공주들, 애니메이션 캐릭터들, 마블과 DC 히어로, 눈사람, 강아지, 꿀벌, 인어, 외계인, 뱀파이어, 괴물 등 별별 코스튬들이 다 있다. 사람들의 코스튬도 '하객 무제한 공간'의 옵션이다. 무제한으로 고를 수 있는 결혼식 참석 복장에 신이 나서 코스튬을 차려입고 온 사람들이 포포의 눈에는 아주 귀여워 보인다.

결혼식은 하객들을 위한 파티이기도 하다. 그래서 다들 몰려온 것이다. 약간의 입장료를 내면 들어올 수 있는 테마파크랄까? 밖으로 나가자 훨씬 많은 사람이 보인다. '5단계 모드로 안 했으면 어쩔 뻔했을까.' 포포는 들판 위의 사람들을 보며 생각한다. 애초 계획대로 포포와 무이만 5단계로 결혼식을 진행하고, 사람들은 그냥 화면을 지켜보는 방식으로 했다면 아주 지루한 행사가 될 뻔했다. 오늘 결혼식에 온 사람들은 즐거워보인다. 포포는 그들을 지켜보는 것이 즐겁다.

"내 말대로 하길 잘했지?"

무이가 으쓱해하며 포포에게 묻는다.

"응, 이게 훨씬 낫다."

포포가 말한다. 멀리서 무이의 가족들이 손을 흔든다. 무이의 가족들은 벌써 테이블을 하나 잡았다. 모두 샴페인 잔을 하나씩 들고 있다. 무이와 포포는 함께 그쪽으로 가서 인사한다. 무이의 가족들이 각자 한꺼번에 축하의 말을 쏟아내서 포포는 기쁘면서도 머리가 어질하다. 한바탕 인사를 나누고 나서 두 사람은 다른 테이블로 이동한다. 무이의 친구들, 함께 일하는 동료들, 학생들. 무이가 아는 사람이 훨씬 많다.

포포는 한참 무이와 함께 이곳저곳을 돌다가 살짝 빠져나온다. 무이에게는 인사를 나눠야 할 사람이 아직 많이 남았다. '아빠랑 언니는 어디 있지?' 어디 있는지 보이지 않는다. 사람이 너무 많다. 걷다 보니 아빠와 언니는 리라와 함께 해변에 서 있다. 리라는 모래 놀이를 하고 있다. 포포는 들판 아래로 걸어 내려가 해변으로 간다. 푸른 바다가 잔잔하게 물결친다. 날씨를 따뜻하게 설정해놓아서 물놀이를 하는 사람들도 있다. 그래도 들판보다는 해변이 한적하다.

"왜 여기 있어? 테이블에서 샴페인이라도 한잔하지."

어차피 진짜 마실 수는 없고 기분만 내는 스크린 윈도 5단계용 샴페인이지만, 결혼식에 온 사람들은 모두 잔을 하나씩 들고 있다. 결혼식은 역시 샴페인인 것이다.

"벌써 챙겼지. 이거 마시러 오는 건데."

민정이 아래를 가리킨다. 샴페인 병 하나가 꽂힌 얼음 통이 있다. 그럼 그렇지. 언니가 샴페인을 놓칠 리 없다. 포포는 웃는다.

"아빠."

포포가 아빠에게 다가간다. 아빠는 웃고 있다. 두 사람은 서로를 안거나 만지는 대신 눈빛을 나눈다. 민정은 아쉬운 눈빛으로 포포를 바라본다. 분명 포포를 꽉 껴안아주고 싶은 것이다. 적어도 손이라도 잡거나. 리라는 수줍은지 이모를 아는 척하지 않고 모래만 만지고 있다. 포포는 그런 리라를 보고 웃으며 살짝 다가가 옆에 앉는다.

"리라, 안녕."

리라는 모래성을 만들고 있다.

〈모래성 멋지다.〉

포포가 미니 윈도로 글자를 찍어 리라에게 내민다. 리라는 그것을 보고 끄덕이며 미소 짓는다. 포포는 잠깐 리라와 함께 모래성을 만든다. 리라가 만들던 모래성은 건드리지 않고 그 옆에 작은 호수를 만들었다. 어설프지만 드레스를 입은 신부도 만든다. 리라는 그게 마음에 들었는지 모래로 만든 드레스를 쓰다듬는다.

이 결혼식은 실시간으로 기록되고 있다. 포포는 이 순간을 아무 때나 꺼내어 볼 수 있어서 다행이라고 생각하며 리라를 바라본다. 리라가 포포에게 손을 내민다. 포포는 머뭇거리지 않고 리라에게 손을 내준다. 리라는 포포의 손에 자신의 손을 가만히 댄다. 그러나 만지는 느낌은 들지 않을 것이다. 리라가 이상하다는 듯 민정을 쳐다본다.

"5단계 모드라 그래."

민정이 입 모양과 수화로 설명한다. 리라는 익숙한 듯 고개를 끄덕이고 포포에게 손을 뗀다. 모두의 머리에 숫자 5가 떠 있다. 5의 인간들. 포포도 마찬가지다. 이 결혼식은 현실에서 일어나는 일이지만, 가상 세계에서 일어나는 일이기도 하다. 이중의 세계. 지금의 세계는 두 겹으로 이루어져 있다.

포포는 반짝이는 물결과 바다에서 노는 사람들을 바라본다.

그들은 행복하고 즐거워 보인다. 아빠도 포포와 나란히 서서 바다를 바라본다.

"아빠, 축사하러 가야죠."

포포가 아빠에게 갑자기 말한다. 아빠는 당황한 듯 아무 말도 없다.

"축사 안 썼어요?"

"쓰긴 썼지."

"그럼 가요."

포포가 앞장선다. 아빠는 마지못한 듯 따라온다.

"리라야, 할아버지가 축사한대. 가서 구경하자."

민정이 리라를 챙기며 말한다. 리라는 안긴 채로 무슨 말을 한 거냐고 묻는 것처럼 엄마를 콕콕 찌른다. "축사. 축사." 민정은 다시 말하면서 입 모양을 보여준다. 포포가 리라에게 미니 윈도로 글자를 보낸다. 〈할아버지가 이모 결혼식을 축하하는 말을 하는 거야.〉 리라는 고개를 끄덕인다.

그렇게 네 사람은 들판으로 올라간다. 무이가 포포를 찾고 있었는지 두리번거리다 손을 흔들며 다가온다. 무이가 포포의 가족들에게 인사를 하고, 자신의 가족들을 소개해준다. 두 집안이 인사를 나눈다. 포포는 기분이 이상하다. 무이의 가족들과 인사를 하고 있는 아빠와 언니가 조금 낯설어 보인다. 가족들을 한 발짝 떨어져서 보는 기분이다. '나는 그동안 여기에 소속되어 있었구나.' 포포는 자신이 진작에 가족들에게서 떨어져 나왔다고 생각했지만, 언제나 이어져 있었다는 것을 깨닫는다. 그리고 앞으로도 보이지 않는 투명한 끈으로 이어져 있으리라 는 걸. 동시에 조금 더 자유로워지리라는 것을. 포포에게는 새 로운 가족이 생겼다. 포포는 독립을 한 번 더 하는 듯한 기분이 든다. 이것은 두번째 독립이다.

무이의 가족들은 모두가 축사를 준비했다. 한 명씩 차례대로 나가 축하의 말을 한다. 포포는 한 명 한 명의 얼굴과 목소리를 기억한다. 그들의 얼굴이나 표정이나 말투에서 무이와 닮은 부 분을 조금씩 발견하는 게 재밌다. 누구는 짧게 말하고, 또 누구 는 긴 축사를 준비했다. 무이의 두 엄마는 번갈아 축사를 한 뒤 무이를 양쪽에서 껴안았다. 촉감이 느껴지지 않아도 그들은 서 로를 느낀다.

무이의 가족들의 축사가 끝난 뒤 포포의 아빠가 축사를 한 다. 아빠의 축사는 서툴고 소박하지만 따뜻하다. 포포는 아빠 를 보면 눈물이 날 것 같아 괜히 먼 곳을 보며 축사를 듣는다. 사람들의 얼굴이 보인다. 사람들도 따뜻한 눈빛으로 그들을 보 며 축사를 듣고 있다. 대부분 모르는 얼굴이지만, 아는 얼굴들 도 있다. 포포는 여러 사람의 얼굴 속에서 자신의 인형을 오래 좋아해준 사람 몇 명을 알아본다.

들판 위에는 축의금을 넣는 크고 기다란 통이 있다. 사람들이 지나가며 그 통에 돈을 조금씩 넣는다. 누가 얼마를 냈는지는 자동으로 기록된다. 워낙 많은 사람이 모이기 때문에 적은 돈이어도 상관없다. 큰돈을 넣는 사람도 있고, 적게 내는 사람도 있다. 어차피 포포의 엄마가 준 돈으로 결혼식 비용을 충당했기 때문에 포포나 무이는 축의금에 별 신경을 쓰지 않는다. 사람들도 가벼운 마음으로 돈을 넣는다.

포포는 문득 또 다른 아는 얼굴을 발견한다. 멀리 떨어진 곳에 어떤 여자가 혼자 테이블을 잡고 앉아 있다. 성질이 고약해 보이는 여자다. 깡마른 몸에 검은색 원피스를 입고 있다. 코스튬 따위는 전혀 신경 쓰지 않는다는 듯한 옷차림이다. 포포가 언니에게 그 여자를 살짝 가리킨다. 민정이 여자를 보고 포포에게 눈짓을 보낸다. 포포는 그 눈짓의 의미를 알아듣는다. '결국 왔구나.' '그러게, 결국 왔어.' 포포는 아빠에게 시선을 돌린다. 아빠의 축사가 끝나가고 있다. 아빠는 속으로 진땀을 흘리고 있을 것이다.

축사가 끝나고 포포는 박수를 치며 엄마를 슬쩍 본다. 엄마는 박수를 치지 않는다. 대신 일어나서 뒤돌아 나간다. 결혼식 구경이 끝난 것이다. 정말 자기 마음대로인 사람이다. 뽀뽀는 자신이 엄마와 얼마나 닮았는지 느낀다. 괴팍한 괴짜에 외로운 사람. 혼자가 편한 사람. '나도 언젠가 엄마처럼 이 결혼이 답답해질까?' 포포는 엄마의 뒷모습을 보며 생각하다 무이를 바라

본다. '아니, 나는 다를 거야. 나는 엄마와는 다른 방식으로 해 나갈 테니까.'

결혼식이 끝나면 포포는 스크린 윈도에서 나올 것이다. 수많은 사람은 한순간에 사라질 테고, 무이는 무이의 공간에, 포포는 포포의 공간에 있을 것이다. 두 사람은 혼자 쉬다가 서로의 창문을 두드릴 것이다. 옛날 사람들이 보냈던 것 같은 첫날밤은 없을 것이다. 두 사람은 오늘 각자의 공간에서 밤을 보낼 것이다. 다만 서로가 보이도록 창문은 열고 있을 수도 있다. 그것으로 충분할 것이다.

작가의 말

안녕하세요.『벌레 폭풍』을 읽어주신 독자분들께 진심으로 감사드립니다.『벌레 폭풍』은 코로나19가 한창이던 2019년 초에 팬데믹을 주제로 한 SF 앤솔러지에 수록될 단편을 청탁받아 쓰게 되었던 소설입니다. 처음에는 포포가 무이와 물리적으로 가까운 거리에서 살기 위해 오랫동안 혼자 살던 집을 떠나는 내용의 단편 하나로 끝나는 이야기로 구상했습니다.

그런데 포포에 대해 쓰다 보니 민정과 리라가 튀어나왔고, 포포의 부모도 떠올랐습니다. 포포가 무이와 새로운 삶을 살기 위해 떠나기 전에 원래 가졌던 첫번째 가족들이었죠. 저는 포포만이 아니라 포포의 가족 한 명 한 명이 궁금해졌습니다. 그들은 어떤 사람인지, 어떻게 살고 있는지, 살면서 어떤 선택을 해왔는지, 서로에 대해 어떤 마음을 품고 있는지.

포포 다음으로 선명하게 떠오른 인물은 민정이었습니다. 그래서 포포의 이야기를 한 편 마무리 짓고 앤솔러지가 출간된 뒤에 민정의 이야기를 한 편 썼습니다. 그다음에는 이 책에는 들어가지 않았지만 리라의 이야기를 썼지요. 그리고 다시 포포의 이야기를 쓰고 그리고 다시 포포와 민정의 이야기를 한 편 한 편씩 번갈아 써 나갔습니다.

포포의 부모는 2030년 이전에 태어난 사람들입니다. 2020년대에 태어난 사람들이죠. 『벌레 폭풍』의 시점은 2100년 전후입니다. 2100년을 기준으로 포포는 40세, 민정은 46세, 포포의 부모는 칠십대입니다. 『벌레 폭풍』은 제가 팬데믹 상황 속에서 '미래에 사람들은 어떻게 살고 있을까?' '가족의 형태는 어떻게 변화할까?'를 상상해본 이야기입니다.

미래에 사람들이 실제로 제가 상상한 것처럼 살고 있지는 않을 겁니다. 저는 예측을 하려 한 것이 아니라 '이런 식으로 계속 사람들이 직접 접촉하지 않는 방향으로 세계가 발달한다면?'이라는 가정을 놓고 '미래의 가족'에 대해 상상해본 것에 불과하니까요. '미래에도 가족은 유효할까?' '미래에 가족은 어떤 의미일까?' '미래에도 사람들은 사랑을 할까?'라는 질문에 대한 답을 소설이라는 형식으로 스스로 생각해보려 시도했습니다.

저는 『벌레 폭풍』을 쓰면서 미래에도 사람은 사랑을 하고 가족을 필요로 할 것이라는 답을 냈습니다. 천 년 전에도, 만 년 전에도 사람들은 가슴에 사랑을 품고 있었는데 몇십 년 뒤라고 해서 사랑이 갑자기 사라질 것이라는 생각은 들지 않았습니다. 사람들은 가까운 존재를 사랑하며 살아가고, 놀랍게도 가까운 존재만이 아니라 한 번도 본 적 없는 먼 존재들까지 사랑할 수 있다는 것. 그런 것들을 생각하며 썼습니다.

벌레들은 올해도 인간과 크고 작게 충돌하고 있습니다. 올해는 러브버그가 이슈였지요. 러브버그가 창궐한 것은 방역으로 인해 그들을 잡아먹는 큰 벌레들이 줄었기 때문이라는 분석을 기사로 읽었습니다. 이 책을 처음 쓰기 시작했을 당시에는 '벌레 폭풍'이 제 머릿속에서 나온 상상인 줄 알았는데, 나중에 본격적으로 작업에 들어간 뒤 찾아보니 이미 일어나고 있는 일이더군요.

벌레 폭풍은 산업화가 시작된 지난 백 년간 우리 인류가 벌인 그 모든 일에 대한 결과입니다. 겨우 백 년 남짓한 시간 동안 인류가 지구의 환경을 얼마나 많이 파괴했는지를 생각하면 아찔할 정도입니다. 우리는 과연 더 많은 것을 파괴하고 망치기 전에 멈출 수 있을까요?

할 수만 있다면 모든 것을 멈추고 자연으로 돌아가고 싶습니다. 되돌릴 수 있는 만큼은 되돌렸으면 좋겠습니다. 그러지 못

하고 결국 사람이 세계에서 한 줌밖에 남지 않았을 때, 그 한 줌 밖에 남지 않은 사람들도 가슴에 사랑을 품고 있을 거라는 생각을 하며 『벌레 폭풍』의 마지막 장을 썼습니다. 가슴에 사랑을 품고 있는 사람들과 아름다운 생물들이 다 함께 살아가고 있는 이 세계에서 저는 냉소적인 생각을 갖기 어렵습니다. 『벌레 폭풍』의 이야기를 마친 후로 저는 냉소적이게 되려고 할 때마다 민정을 떠올립니다. 누구에게든 불을 나눠줄 준비가 된 사람. 저는 아직 그런 사람이 아니지만 언젠가는 그렇게 되길 바랍니다. 이 세계에 사는 사람들이 가슴속에 하나씩 살아 있는 불들이 꺼지지 않기를 바랍니다. 자신만의 불을 지키고 살아갈 수 있기를 비는 일종의 기도가 저에게는 이 이야기를 쓰는 과정이었던 것 같습니다. 그리고 제가 품고 살아가는 사랑이나 다른 사람들의 사랑이 미움이나 혐오, 박해의 대상이 되지 않길 원합니다. 신이 아니라 이 세상 자체를 믿습니다. 그것은 곧 이 세상에 아름다운 것들이 아직 많이 남아 있다는 믿음입니다. 매일 사랑을 느끼며 사는 한 이런 믿음은 깨어지기 어려울 것입니다. 사랑하는, 아름다운 세계에 저의 작은 기도를 올리는 마음으로 『벌레 폭풍』을 보냅니다.

2024년 9월

이종산